地球大炮

刘慈欣 夏笳 等 著

EARTH ARTILLERY

北京理工大学出版社

科幻硬阅读第二季
—— 我们每个人都是星辰

当小鲜肉、流量明星、鸡汤文和小清新大行其道,当坚硬强悍磊落豪雄变成小众,拼爹、晒富、割韭菜成为常态,当群魔乱舞中理性精神和至性深情被某些人弃如敝屣——我们是否可以反其道而行,暂离尘嚣,将目光投向自己的梦与理想,投向诗与远方,投向地球之外的星辰大海?

美国著名天文学家、天体物理学家卡尔·萨根曾说:"我们DNA里的氮元素,牙齿里的钙元素,还有我们吃掉的食物里的碳元素,都是宇宙大爆炸时千万星辰散落后组成的,所以我们每个人都是星辰。"

我们来自浩瀚宇宙,来自奇点大爆炸时的璀璨瞬间——我们每个人都是宇宙中极其微小的一部分,包括我们所生活的地球,以及地球上每时每刻正在发生的战争、瘟疫、政变、尔虞我诈勾心斗角……放在宇宙尺度上,都是小的近于无的微末存在。

也许,正因为人类慢慢意识到了自己的渺小,逐渐认清了自己在宇宙中所处的位置，才开始认真思考人类之于宇宙的价值和意义。于是，一种叫做科幻文学的艺术品诞生了。

它自诞生伊始，便展现出一种向高远、向未来的鲜活生机。它是尊重科学的，是基于科学的一种思考、推衍和设定；但同时它又是文学的，拥有自身的血脉和灵魂的——它绝不是对科学的拙劣模仿和枯燥演示。

科幻不是目的，思考才是根本。所以这套书里除了传统意义上的硬核科幻，还会有其他一些提神醒脑类作品，希望它们能给读者朋友带来一丝极致的阅读体验——极致的思考或震撼、极致的美丽与忧愁、极致的愉悦和放松……不求完美，但求在某方面达到极致——极致，便是"科幻硬阅读"的注脚。

但这种"硬"绝不应该是艰深晦涩，故作深沉！

好看的作品通常都是柔软而流动的，如水，亦似爱人或者时光，默默陪伴，于悄无声息间渗透血脉、融入心魂，让我们在一条注定是一去不返的人生路上，逐渐、逐渐，获得一分坚强和硬度！

愿所有可爱而有趣的灵魂，脚踩大地，仰望星辰，追逐梦想。

——小威

科幻硬阅读，不求完美，追逐极致。

献给那些聪明的头脑和有趣的灵魂。

科幻
硬阅读
DEEP READ
不求完美 追逐极致

目录

001 | 地球大炮
　　　极限发射 / 刘慈欣

055 | 微纪元
　　　纳米人主宰地球 / 刘慈欣

087 | 马卡
　　　不是结局的结局 / 夏笳

149 | 昔日玫瑰
　　　死于愚昧的智慧 / 长铗

197 | 起源
　　　水母文明之歌 / 冷霄毅

245 | 请你闭上眼
　　　虚拟世界的坍缩 / 不暇自衰

287 | 听风的歌
　　　自然人与克隆人 / 哈迪

独立思考，个性书写，充分表达，
拥有独属于自己的风格和调性。

地球大炮

极限发射

文 / 刘慈欣

科幻硬阅读
DEEP READ
不求完美 追逐极致

随着各大陆资源的枯竭和环境的恶化,世界把目光投向南极洲。南美突然崛起的两大强国在世界政治格局中取得了与他们在足球场上一样的地位,使得南极条约成为一纸空文。但人类的理智在另一方面取得了胜利,全球彻底销毁核武器的最后进程开始了,随着全球无核化的实现,人类对南极大陆的争夺变得安全了一些。

1. 新固态

走在这个巨洞中,沈华北如同置身于没有星光的夜空下的黑暗平原上。脚下,在核爆的高温中熔化的岩石已经冷却凝固,但仍有强劲的热力透过隔热靴底使脚板出汗。远处洞壁上还没有冷却的部分发着在黑暗中刚能看到的红光,如同这黑暗平原尽头的朦胧晨曦。沈华北的左边走着他的妻子赵文佳,前面是他们八岁的儿子沈渊,这孩子在笨重的防辐射服中仍蹦蹦跳跳。在他们周围，是联合国核查组的人员，他们密封服头盔上的头灯在黑暗中射出许多道长长的光柱。

全球核武器的最后销毁采用两种方式：拆卸和地下核爆炸。这是位于中国的地下爆炸销毁点之一。

核查组组长凯文斯基从后面赶上来，他的头灯在洞底投下前面三人晃动的长影子："沈博士，您怎么把一家子都带来了？这里可不是郊游的好去处。"

沈华北停下脚步，等着这位俄罗斯物理学家赶上来："我妻子是销毁行动指挥中心的地质工程师，至于儿子，我想他喜欢这种地方。"

"我们的儿子总是对怪异和极端的东西着迷。"赵文佳对丈夫说，透过防辐射面罩，沈华北看到了她脸上忧虑的表情。

小男孩儿在前面手舞足蹈地说："这个洞开始时只有菜窖那么大点儿呢，两次就给炸成这么大了！想想原子弹的火球像个被埋在地下的娃娃，哭啊叫啊蹬啊踹啊，真的很有趣儿呢！"

沈华北和赵文佳交换了一下眼色，前者面露微笑，后者脸上的忧虑又加深了一些。

"孩子，这次是八个娃娃！"凯文斯基笑着对沈渊说，然后转向沈华北，"沈博士，这正是我现在想要同您谈的：这次销毁的是八颗巨浪型潜射导弹的弹头，每颗当量十万吨级，这八颗核弹放在一个架子上呈正立方体布置……"

"有什么问题吗?"

"起爆前我从监视器中清楚地看到,在这个由核弹头构成的立方体正中,还有一个白色的球体。"

沈华北再次停住脚步,看着凯文斯基说:"博士,销毁条约规定了向地下放的东西不能少于多少,好像不禁止多放进去些什么。既然爆炸的当量用五种观测方式都核实无误,其它的事情应该是无所谓的。"

凯文斯基点点头:"这正是我在爆炸后才提这个问题的原因,只是出于好奇心。"

"我想您听说过'糖衣'吧?"

沈华北的话如同一句咒语,使这巨洞中的一切都僵滞不动了,所有的人都停下了脚步,指向各个方向的头灯光柱也都不再晃动了。由于谈话是通过防辐射服里的无线电对讲系统进行的,远处的人也都能清楚地听到沈华北的话。短暂的静止后,核查组的成员们从各个方向会聚过来,这些不同国籍的人大部分都是核武器研究领域的精英。

"那东西真的存在?"一个美国人盯着沈华北问,后者点点头。

据传说,上世纪中叶,在得知中国第一次核试验完成的消息后,当时的领导人问的第一个问题是:"那是核爆炸吗?"不知是有意还是无意,这个问题问得很内行。裂变核弹的关键技术是向心压缩，核弹引爆时，裂变物质被包裹着它的常规炸药的爆炸力压缩成一个致密的球体，达到临界密度而引发剧烈的链式反应，产生核爆炸。这一切要在百万分之一秒内发生，对裂变物质的向心压缩必须极其精确，向心压力极微小的不平衡都可能在裂变物质还没有达到临界密度前将其炸散，那样的话所发生的只是一次普通的化学爆炸。自核武器诞生以来，研究者们用复杂的数学模型设计出各种形状的压缩炸药，近年来，又尝试用最新技术通过各种手段得到精确的向心压缩，"糖衣"就是这类技术设想中的一种。

"糖衣"是一种纳米材料，它用来在裂变弹中包裹核炸药，外面再包裹一层常规炸药。"糖衣"具有自动平衡分配周围压应力的功能，即使外层炸药爆炸时产生的压应力不均匀，经过"糖衣"的应力平衡分配，它包裹的核炸药仍能得到精确的向心压缩。

沈华北说："你们看到的由八颗核弹头围绕的那个白色球体，是用'糖衣'包裹的一种合金材料，它将在核爆中受到巨大的向心压力。这是我们计划在整个销毁过程中进行的一项研究，这毕竟是一个难得的机会，当核弹全部消失后，短时期内地球上很难再产生这么大的瞬间压应力了。在如此巨大的向心压力下试验材料会变成什么，会发生些什么，将是一件很有意思的事，我们希望通过这项研究，为'糖衣'技术在民用领域找到一个光明的前景。"

一位联合国官员说："你们应该把石墨包在'糖衣'中，那样我们每次爆炸都能得到一大块钻石，耗资巨大的核销毁工程说不定变得有利可图呢？"

耳机里听到几声笑，没有技术背景的官员在这种场合总是受到轻蔑的。"八十万吨级核爆炸产生的压力，不知要比将石墨转化为金刚石的压力大多少个数量级。"有人说。

沈渊清亮的童音突然在大家的耳机中响起："这大爆炸产生的当然不是金刚石，我告诉你们是什么吧：是黑洞！一个小小的黑洞！它将把我们都吸进去，把整个地球吸进去！通过它，我们将钻到一个更漂亮的宇宙中！"

"呵呵，孩子，那这次核爆炸的压力又太小了……沈博士，您儿子的小脑袋真的不同寻常！"凯文斯基说，"那么试验结果呢？那块合金变成了什么？我想你们多半找不到它了吧？"

"我也还不知道呢，我们去看看吧。"沈华北向前指指说。核爆炸使这个巨洞呈规则的球形，洞的底面是一个小盆地，在远方盆地的正中央，晃动着几盏头灯，"那是'糖衣'试验项目组的人。"

大家向盆地中央走去，感觉像在走下一道长长的山坡。这时，凯文斯基突然站住了，接着蹲下来把双手贴着地面："地下有震动！"

其他人也感觉到了："不会是核爆炸诱发的地震吧？"

赵文佳摇摇头："销毁点所在地区的地质结构是经过反复

勘测的，绝对不会诱发地震，这震动不是地震，它在爆炸后就出现了，持续不断直到现在，邓伊文博士说它与'糖衣'试验有关，具体的我也不清楚。"

随着他们接近盆地中心，由地层深处传来的震动渐渐增强，直到使脚底发麻，仿佛大地深处有一个粗糙的巨轮在疯狂旋转。当他们来到盆地中心时，那一小群人中有一个站起身来，他就是赵文佳刚才提到的邓伊文——材料核爆压缩试验项目的负责人。

"你手里拿的什么？"沈华北指着邓伊文手中一大团白色的东西问。

"钓鱼线，"邓博士说。分开围成一圈蹲在地上的那群人，他们正盯着地上的一个小洞看，那个洞出现在熔化后又凝结的岩石表面，直径约十厘米，呈很规则的圆形，边缘十分光滑，像钻机打的孔，邓伊文手中的钓鱼线正源源不断地向洞中放下去，"瞧，已经放了一万多米了，还远没到底儿呢！经雷达探测，这洞已有三万多米深，还在不断延长。"

"它是怎么来的？"有人问。

"那块被压缩后的试验合金钻出来的，它沉到地层中去了，就像石块在海面上沉下去一样，这震动就是它穿过致密的地层时传上来的。"

"哦，天啊，这可真是奇迹！"凯文斯基惊叹说，"我还以为那块合金将被核爆的高温蒸发掉呢！"

邓伊文说:"如果没有包裹'糖衣'的话会是那样的结果,但这次它还没来得及被蒸发,就被'糖衣'焦聚的向心压力压缩成一种新的物质形态,叫超固态比较合适,但物理学中已经有了这个名称,我们就叫它新固态吧!"

"您是说,这东西的比重与地层的比重相比,就如同石块与水的比重相比?"

"比那要大得多,石块在水中下沉主要是因为水是液体,水结冰后比重变化不大,但放在上面的石块就沉不下去,现在新固态物质竟然在固态的岩石中下沉,可见它的密度是多么惊人!"

"您是说它成了中子星物质?"

邓伊文摇摇头:"我们现在还没有精确测定,但可以肯定它的密度比中子星的简并态物质小得多,这从它的下沉速度就可以看出来。如果真是一块中子星物质,那么它在地层中的下沉将如同陨石坠入大气层一样快,那会引起火山爆发和大地震。它是介于普通固态和简并态之间的一种物质形态。"

"它会一直沉到地心吗?"沈渊问。

"也许会吧,孩子,因为在下沉到一定深度后,地层物质将变成液态的,那将更有利于它的下沉!"

"真好玩儿,真好玩儿!"

在人们都把注意力集中到那个洞上的时候，沈华北一家三口悄悄地离开了人群，远远地走到黑暗之中。除了脚下地面的震动外，这里很静，他们头灯的光柱照不了多远就溶于黑暗中，仿佛他们只是无际虚空中三个抽象的存在。他们把对讲系统调到私人频道，在这里，小沈渊将做出一个决定一生的选择：是跟爸爸还是跟妈妈。

沈渊的父母面临着一个比离婚更糟的处境：他的爸爸现在已是血癌晚期。沈华北不知道他的病是否与所从事的核科学研究有关，但可以肯定自己已活不过半年了。幸运的是人体冬眠技术已经成熟，他将在冬眠中等待治愈血癌的技术出现。沈渊可以和父亲一起冬眠，然后再一同醒来，也可以同妈妈一起继续生活。从各方面考虑，显然后者是一个更明智的选择，但孩子倾向于同爸爸一起到未来去，现在沈华北和赵文佳再次试图说服他。

"妈妈，我和你留下来，不同爸爸去睡觉了！"沈渊说。

"你改变主意了？！"赵文佳惊喜地问。

"是的，我觉得不一定非要去未来，现在就很好玩儿，比如刚才那个沉到地心去的东西，多好玩儿！"

"你决定了？"沈华北问，赵文佳瞪了他一眼，显然怕孩子又改变主意。

"当然！我去看那个洞了……"小沈渊说着向远处那头灯

晃动的盆地中心跑去。

赵文佳看着孩子的背影，忧虑地说："我不知道能不能带好他，这孩子太像你了，整日生活在自己的梦中，也许未来真的更适合他。"

沈华北扶着妻子的双肩说："谁也不知道未来是什么样，再说像我有什么不好？总要有爱做梦的那一类人。"

"生活在梦中没什么可怕，我就是因为这个爱上你的，但你难道没有发现这孩子的另一面？他在学校竟然同时当上了两个班的班长！"

"这我也是刚知道，真不明白他是怎么做到的。"

"他的权力欲像刀子一样锋利，而且不乏实现它的能力和手段，这与你是完全不同的。"

"是啊，这两种性格怎么可能融为一体呢？"

"我更担心的是这种融合将来会发生什么！"

这时孩子的身影已完全融入远方那一群头灯中，他们将目光收回，都关掉头灯，将自己完全融入黑暗中。

沈华北说："不管怎样，生活还得继续。我所等待的技术，也许在明年就能出现，也许要等上一个世纪，也许……永远也不会出现。你再活四十年没有问题，一定要答应我一个请求：如果四十年后那项技术还没出现，一定要让我苏醒一次，我想用看看你和孩子,千万不要让这一别成为永别。"

黑暗中赵文佳凄凉地笑笑:"到未来去见一个老太婆妻子和一个比你大十岁的儿子?不过,像你说的,生活还得继续。"

他们就在这核爆炸形成的巨洞中默默地度过了在一起的最后时光。明天,沈华北将进入无梦的长眠,赵文佳将和他们那个生活在梦中的孩子一起,继续沿着莫测的人生之路,走向不可知的未来。

2. 苏醒

他用了一整天时间才真正醒来,意识初萌时,世界在他的眼中只是一团白雾,十个小时后这白雾中出现了一些模糊的影子,也是白色的,又过了十个小时,他才辨认出那些影子是医生和护士。冬眠中的人是完全没有时间感的,所以沈华北这时绝对肯定自己的冬眠时间仅是这模糊的一天,他认定冬眠维持系统在自己刚失去知觉后就出了故障。视力进一步恢复后,他打量了一下这间病房,很普通的白色墙壁,安在侧壁上的灯发出柔和的光芒,形状看上去也很熟悉,这些似乎证实了他的感觉。但接下来他知道自己错了——病房白色的天花板突然发出明亮的蓝光,并浮现出醒目的白字:

您好！承担您冬眠服务的大地生命冷藏公司已于2089年破产，您的冬眠服务已全部移交绿云公司，您现在的冬眠编号是WS368200402-118，并享有与大地公司所签定合同中的全部权利。您已经完成全部治疗程序，您的全部病症已在苏醒前被治愈，请接受绿云公司对您获得新生的祝贺。

您的冬眠时间为74年5个月7天零13小时，预付费用没有超支。

现在是2125年4月16日，欢迎您来到我们的时代。

又过了三个小时他才渐渐恢复听力，并能够开口说话，在七十四年的沉睡后，他的第一句话是："我妻子和儿子呢？"

站在床边的那位瘦高的女医生递给他一张折叠的白纸："沈先生，这是您妻子留给您的信。"

我们那时已经很少有人用纸写信了……沈华北没把这话说出来，只是用奇怪的目光看了医生一眼，但当他用还有些麻木的双手展开那张纸后，得到了自己跨越时间的第二个证据：纸面一片空白，接着发出了蓝荧荧的光，字迹自上而下显示出来，很快铺满了纸面。他在进入冬眠前曾无数次想像过醒来后妻子对他说的第一句话，但这封信的内容还是超出了他最怪异的想象。

亲爱的，你正处于危险中！

看到这封信时，我已不在人世。给你这封信的是郭医生，她是一个你可以信赖的人,也许是这个世界上你惟一可以信赖的人,一切听她的安排。

请原谅我违背了诺言,没有在四十年后让你苏醒。我们的渊儿已成为一个你无法想象的人,干了你无法想象的事,作为他的母亲我不知该如何面对你,我伤透了心,已过去的一生对于我毫无意义,你保重吧!

"我儿子呢?沈渊呢?!"沈华北吃力地支起上身问。

"他五年前就死了。"医生的回答极其冷酷,丝毫不顾及这消息带给这位父亲的刺痛,接着她似乎多少觉察到这一点,安慰说,"您儿子也活了七十八岁。"

郭医生掏出一张卡片递给沈华北:"这是你的新身份卡,里面存贮的信息都在刚才那封信上。"

沈华北翻来覆去地看那张纸,上面除了赵文佳那封简短的信外什么都没有,当他翻动纸张时,折皱的部分会发出水样的波纹,很像用手指按压他的时代的液晶显示器时发生的现象。郭医生伸手拿过那张纸,在右下角按了一下,纸上的显示被翻过一页,出现了一个表格。

"对不起,真正意义上的纸张已经不存在了。"

沈华北抬头不解地看着她。

"因为森林已经不存在了。"她耸耸肩说,然后逐项指着表格上的内容,"你现在的名字叫王若,出生于 2097 年,父母双亡,也没有任何亲属,你的出生地在呼和浩特,但现在的居住地在这里——这是宁夏一个很偏僻的山村,是我能找到的最理想的地方,不会引人注意……不过你去那里之前需要整容……千万不要与人谈起你儿子,更不要表现出对他的兴趣。"

"可我出生在北京,是沈渊的父亲!"

郭医生直起身来,冷冷地说:"如果你到外面去这样宣布,那你的冬眠和刚刚完成的治疗就全无意义了,你活不过一个小时。"

"到底发生了什么?!"

医生笑笑:"这个世界上大概只有你不知道……好了,我们要抓紧时间,你先下床练习行走吧,我们要尽快离开这里。"

沈华北还想问什么,突然响起了震耳的撞门声,门被撞开后,有六七个人冲了进来,围在他的床边。这些人年龄各异,衣着也不相同,他们的共同点是都有一顶奇怪的帽子,或戴在头上或拿在手中,这种帽子有齐肩宽的圆沿,很像过去农民戴的草帽;他们的另一个共同之处就是都戴着一个透明的口罩,其中有些人进屋后已经把它从嘴上扯了下来。这些人齐盯着沈华北,脸色阴沉。

"这就是沈渊的父亲吗?"问话的人看上去是这些人中最老的一位,留着长长的白胡须,像是有八十多岁了,不等医生回答,他朝周围的人点点头,"很像他儿子。医生,您已经尽到了对这个病人的责任,现在他属于我们了。"

"你们是怎么知道他在这儿的?"郭医生冷静地问。

不等老者回答,病房一角的一位护士说:"我,是我告诉他们的。"

"你出卖病人?!"郭医生转身愤怒地盯着她。

"我很高兴这样做。"护士说,她那秀丽的脸庞被狞笑扭曲了。

一个年轻人揪住沈华北的衣服把他从床上拖了下来,冬眠带来的虚弱使他瘫在地上,一个姑娘一脚踹在他的小腹上,那尖尖的鞋头几乎扎进他的肚子里,剧痛使他在地板上像虾似地弓起身体,那个老者用有力的手抓住他的衣领把他拎了起来,像竖一根竹杆似的想让他站住,看到不行后一松手,他又仰面摔倒在地,后脑撞到地板上,眼前直冒金星,他听到有人说:

"真好,那个杂种欠这个社会的,总算能够部分偿还了。"

"你们是谁?"沈华北无力地问,他在那些人的脚中间仰视着他们,好像在看着一群凶恶的巨人。

"你至少应该知道我,"老者冷笑着说,从下面向上看去,他的脸十分怪异,让沈华北胆寒,"我是邓伊文的儿子,邓洋。"

这个熟悉的名字使沈华北心里一动,他翻身抓住老者的裤脚，激动地喊道："我和你父亲是同事和最好的朋友，你和我儿子还是同班同学，你不记得了？天啊，你就是洋洋？！真不敢相信，你那时……"

"放开你的脏爪子！"邓洋吼道。

那个拖他下床的人蹲下来，把凶悍的脸凑近沈华北说："听着小子，冬眠的年头儿是不算岁数的，他现在是你的长辈，你要表现出对长辈的尊敬。"

"要是沈渊活到现在，他就是你爸爸了！"邓洋大声说，引起了一阵哄笑，接着他挨个指着周围的人向他介绍，"在这个小伙子四岁时，他的父母同时死于中部断裂灾难；这姑娘的父母也同时在螺栓失落灾难中遇难，当时她还不到两岁；这几位，在得知用毕生的财富进行的投资化为乌有时，有的自杀未遂，有的患了精神分裂症……至于我，被那个杂种诱骗，把自己的青春和才华都扔到那个该死的工程中，现在得到的只是世人的唾骂！"

躺在地板上的沈华北迷惑地摇着头，表示他听不懂。

"你面对的是一个法庭，一个由南极庭院工程的受害者组成的法庭！尽管这个国家的每个公民都是受害者，但我们要独享这种惩罚的快感。真正的法庭当然没有这么简单，事实上比你们那时还要复杂得多，所以我们才不会把你送到那里去，让他们和那些律师扯一年淡之后宣布你无罪，就像他们对你儿子做的那样。我们会让你得到真正的审判，当一小时后这个审判执行时，你会发现如果七十多年前就死于白血病是一件多么幸运的事。"

周围的人又齐声狞笑起来。接着有两个人架起沈华北的双臂把他向门外拖去，他的双腿无力地拖在地板上，连挣扎的力气都没有。

"沈先生，我已经尽力了。"在他被拖出门前，郭医生在后面说，他想回头再看看她，看看这个被妻子称为他在这个冷酷时代唯一可以信任的人，但这种被拖着的姿式使他无力回头，只听到她又说，"其实，你不必太沮丧，在这个时代，活着也不是一件容易的事。"当他被拖出门后，听到医生在喊，"快把门关上，把空净器开大，你要把我们呛死吗？！"听她的口气，显然不再关心他的命运。

出门后，他才明白医生最后那句话的意思：空气中有一种刺鼻的味道，让人难以呼吸。他被拖着走过医院的走廊，出了大门后，那两个人不再拖他，把他的胳膊搭到肩上架着走。来到外面后他如释重负地深深地吸了一口气，但吸入的不是他想象的新鲜空气，而是比医院大楼内更污浊更呛人的气体。他的肺里火辣辣的，爆发出持续不断的剧烈咳嗽。就在他咳到要窒息时，听到旁边有人说："给他戴上呼吸膜吧，要不在执行前他就会完蛋。"接着有人给他的口鼻罩上了一个东西，虽然只是一种怪味代替了另一种，他至少可以顺畅地呼吸了。又听到有人说："防护帽就不用给他了，反正在他能活的这段时间里，紫外线什么的不会导致第二次白血病的。"这话又引起了其他的人一阵怪笑。当他喘息稍定，因窒息而流泪的双眼视野清晰后，便抬起头来第一次打量未来世界。

他首先看到街道上的行人，他们都戴着被称为呼吸膜的透明口罩和叫作防护帽的大草帽，他还注意到，虽然天气很热，但人们穿得都很严实，没有人露出皮肤。接着他看到了周围的世界，这里仿佛处于一个深深的峡谷中，这峡谷是由高耸入云的摩天大楼构成的。说高耸入云一点都不夸张，这些高楼全都伸进半空中的灰云里，在狭窄的天空上，他看到太阳呈一团模糊的光晕在灰云后出现，那光晕移动着黑色的烟纹，他这才知道这遮盖天空的不是云而是烟尘。

"一个伟大的时代，不是吗？"邓洋说，他的那些同伙又哈哈大笑起来，好像很久没有这么开心了。

他被架着向不远处的一辆汽车走去，虽然形状有些变化，但他肯定那是汽车，大小同过去的小客车一样，能坐下几个人。接着有两个人超过了他们，向另一个方向走去，他们戴着头盔，身上的装束与过去有很大的不同，但沈华北还是一眼就认出了他们的身份，并冲他们大喊起来：

"救命！我被绑架了！救命！！"

那两个警察猛地回头，跑过来打量着沈华北，看了看他的病号服，又看了看他光着的双脚，其中一个问："您是刚苏醒的冬眠人吧？"

沈华北无力地点点头："他们绑架我……"

另一名警察对他点点头说："先生，这种事情是经常发生的，这一时期苏醒的冬眠人数量很多，为安置你们占用了大量的社会保障资源，因而你们经常受到仇视和攻击。"

"好像不是这么回事……"沈华北说，但那警察挥手打断了他。

"先生，您现在安全了。"然后那名警察转向邓洋一伙人，"这位先生显然还需要继续治疗，你们中的两个人送他回医院，这位警官将一同去了解情况，我同时通知你们，你们七个人已经因绑架罪被逮捕。"说着他抬起手腕对着上面的对讲机呼叫支援。

邓洋冲过去制止了他："等一下警官，我们不是那些迫害冬眠人的暴徒，你们看看这个人，不面熟吗？"

两个警察仔细地盯着沈华北看，还短暂地摘下他的呼吸膜以更好地辨认："他……好像是米西西！"

"不是米西西，他是沈渊的父亲！"

两个警察瞪大双眼在邓洋和沈华北之间来回看着，像是见了鬼。那位中部断裂灾难活下来的孤儿把他们拉到一边低声说着什么，这一过程中两个警察不时抬头朝沈华北这边看看，每次的目光都有变化，在最后一次朝这边投来的目光中，沈华北绝望地读出这些人已是邓洋一伙的同谋了。

两个警察走过来，没有朝沈华北看一眼，其中一位警惕地环视四周做放哨状，另一名径直走到邓洋面前，压低了声音说："我们就当没看见吧，千万不要让公众注意到他，否则会引起一场骚乱的。"

让沈华北恐惧的不仅仅是警察话中的内容，还有他说这话时的样子，他显然不在乎让沈华北听到这些，好像他只是一件放在旁边的没有生命的物件。

那些人把沈华北塞进汽车，他们也都上了车，在车开的同时车窗的玻璃都变得不透明了，车是自动驾驶的，没有司机，前面也看不到可以手动的操纵杆件。一路上车里没有人说话，仅仅是为了打破这令人窒息的沉默，沈华北随口问：

"谁是米西西？"

"一个电影明星，"坐在他旁边的因螺栓失落灾难留下的孤女说，"因扮演你儿子而出名，沈渊和外星撒旦是目前影视媒体上出现最多的两个大反派角色。"

沈华北不安地挪挪身体，与她拉开一条缝，这时他的手臂无意间触碰了车窗下的一个按钮，窗玻璃立刻变得透明了。他向外看去，发现这辆车正行驶在一座巨大而复杂的环状立交桥上，桥上挤满了汽车，车与车的间距只有不到两米的样子。这景象令人恐惧之处是：这时并不是处于塞车状态，就在这塞车时才有的间距下，所有的车辆都在高速行驶，时速可能超过了每小时一百千米！这使得整个立交桥像一个由汽车构成的疯狂大转盘。他们所在的这辆车正在以令人目眩的速度冲向一个叉路口。在这辆车就要撞入另一条车流时，车流中正好有一个空档在迎接它，这种空档以令人难以觉察的速度在叉路口不断出现，使两条湍急的车流无缝地合为一体。沈华北早就注意到车是自动驾驶的，人工智能已把公路的利用率发挥到极限。

后面有人伸手又把玻璃调暗了。

"你们真想在我对这一切都一无所知的情况下杀死我吗？"沈华北问。

坐在前排的邓洋回头看了他一眼，懒洋洋地说："那我就简单地给你讲讲吧！"

3. 南极庭院

"想象力丰富的人在现实中往往手无缚鸡之力，相反，那些把握历史走向的现实中的强者，大多只有一个想象力贫乏的大脑，你儿子，是历史上少有的把这两者合为一体的人。在大多数时间，现实只是他幻想海洋中的一个小小的孤岛，但如果他愿意，可以随时把自己的世界翻转过来，使幻想成为小岛而现实成为海洋，在这两个海洋中他都是最出色的水手……"

"我了解自己的儿子,你不必在这上面浪费时间。"沈华北打断了邓洋。

"但你无论如何也不会想到沈渊在现实中爬到了多高的位置,拥有了多大的权力,这使他有能力把自己最变态的狂想变成现实。可惜,社会没有及早发现这个危险。也许历史上曾有过他这样的人,但都像擦过地球的小行星一样,没能在这个世界上释放自己的能量就消失在茫茫太空中,不幸的是,历史给了你儿子用变态狂想制造灾难的机会。

"在你进入冬眠后的第五年,世界对南极大陆的争夺有了一个初步结果:这个大陆被确定为全球共同开发的区域,但各个大国都为自己争得了大面积的专属经济区。尽早使自己在南极大陆的经济区繁荣起来,并尽快开发那里的资源,是各大国摆脱因环境问题和资源枯竭而带来的经济衰退的唯一希望,'未来在地球顶上'成为当时尽人皆知的口号。

"就在这时,你儿子提出了那个疯狂设想,声称这个设想的实现将使南极大陆变为这个国家的庭院,那时从北京去南极将比从北京去天津还方便。这不是比喻,是真的。旅行的时间要比去天津的短,消耗的能源和造成的污染都比去天津的少。那次著名的电视演讲开始时,全国观众都笑成一团,像在看滑稽剧,但他们很快安静下来,因为他们发现这个设想真的能行!这就是南极庭院设想,后来根据它开始了灾难性的南极庭院工程。"

说到这里,邓洋莫名其妙地陷入沉默。

"接着说呀,南极庭院的设想是什么?"沈华北催促道。

"你会知道的。"邓洋冷冷地说。

"那你至少可以告诉我,我与这一切有什么关系?"

"因为你是沈渊的父亲,这不是很简单吗?"

"现在又盛行血统论了?"

"当然没有,但你儿子的无数次表白使血统论适合你们。当他变得举世闻名时,就真诚地宣称他思想和人格的绝大部分是在八岁前从父亲那里形成的,以后的岁月不过是进行一些知识细节方面的补充而已。他还声明,南极庭院设想的最初创造者也是他父亲。"

"什么?!我?南极……庭院?!这简直是……"

"再听我说完最后一点:你还为南极庭院工程提供了技术基础。"

"你指的什么?!"

"当然是新固态材料,没有它,南极庭院设想只是一个梦呓,而有了它,这个变态的狂想立刻变得现实了。"

沈华北困惑地摇摇头,他实在想象不出,那超高密度的新固态材料如何能把南极大陆变成这个国家的庭院。

这时车停了。

4. 地狱之门

下车后，沈华北迎面看到一座奇怪的小山，山体呈单一铁锈色，光秃秃的看不到一棵草。邓洋向小山一偏头说："这是一座铁山，"看到沈华北惊奇的目光，他又加上一句，"就是一大块铁。"沈华北举目四望，发现这样的铁山在附近还有几座，它们以怪异的色彩突兀地出现在这广阔的平原上，使这里有一种异域的景色。

沈华北这时已恢复到可以行走，他脚步蹒跚地随着这伙人走向远处一座高大的建筑物，那个建筑物呈一个完美的圆柱形，有上百米高，表面光滑一体，没有任何开口。他们走近后，看到一扇沉重的铁门轰隆隆地向一边滑开，露出一个入口，一行人走了进去，门在他们身后密实地关上了。

在暗弱的灯光下，沈华北看到他们身处一个像是密封舱的地方，光滑的白色墙壁上挂着一长排像太空服一样的密封装，人们各自从墙上取下一套密封装穿了起来，在两个人的帮助下他也开始穿上其中的一件。在这过程中他四下打量，看到对面还有一扇紧闭的密封门，门上亮着一盏红灯，红灯旁边有一个发光的数码显示器，他看出显示的是大气压值。当他那沉重的头盔被旋紧后，在面罩的右上角出现一块透明的液晶显示区，显示出飞快变化的数字和图形,他只看出那是这套密封服内部各个系统的自检情况。接着,他听到外面响起低沉的嗡嗡声,像是什么设备启动了,然后注意到对面那扇门上方显示的大气压值在迅速减小,在大约三分钟后减到零,旁边的红灯转换为绿灯,门开了,露出这个密封建筑物黑洞洞的内部。沈华北证实了自己的猜测:这是一个由大气区域进入真空区域的过渡舱,如此说来,这个巨大圆柱体的内部是真空的。

一行人走进了那个入口,门又在后面关上了,他们身处浓浓的黑暗之中,有几个人密封服头盔上的灯亮了,黑暗中出现几道光柱,但照不了多远。一种熟悉的感觉出现了,沈华北不由打了个寒战,心里有一种莫名的恐惧。

"向前走。"他的耳机中响起了邓洋的声音,头灯的光晕在前方照出了一座小桥,不到一米宽,另一头伸进黑暗中,所以看不清有多长,桥下漆黑一片。沈华北迈着颤抖的双腿走上了小桥,密封服沉重的靴子踏在薄铁板桥面上发出空洞的声响,他走出几米,回过头来想看看后面的人是否跟上来了,这时所有人的头灯同时灭了,黑暗吞没了一切。但这只持续了几秒钟,小桥的下面突然出现了蓝色的亮光。沈华北回头看,只有他上了桥,其他人都挤在桥边看着他,在从下向上照的蓝光中,他们像一群幽灵。他扶着桥边的栏杆向下看去,几乎使血液凝固的恐惧攫住了他。

他站在一口深井上。

这口井的直径约十米,井壁上每隔一段距离就有一个环绕光圈,在黑暗中标示出深井的存在。他此时正站在横过井口的小桥的正中央,从这里看去,井深不见底,井壁上无数的光圈渐渐缩小,直至成为一点,他仿佛在俯视着一个发着蓝光的大靶标。

"现在开始执行审判,去偿还你儿子欠下的一切吧!"邓洋大声说,然后用手转动安装在桥头的一个转轮,嘴里念念有词,"为了我被滥用的青春和才华……"小桥倾斜了一个角度,沈华北抓住另一面的栏杆努力使自己站稳。

接着邓洋把转轮让给了因中部断裂灾难留下的孤儿,后者也用力转了一下:"为了我被熔化的爸爸妈妈……"小桥倾斜的角度又增加了一些。

转轮又传到因螺栓失落灾难留下的孤女手中,姑娘怒视着沈华北用力转动转轮:"为了我被蒸发的爸爸妈妈……"

因失去所有财富而自杀未遂者从螺栓失落灾难留下的孤女手中抢过转轮:"为了我的钱、我的劳斯莱斯和林肯车、我的海滨别墅和游泳池,为了我那被毁的生活,还有我那在寒冷的街头排队领救济的妻儿……"小桥已经转动了九十度,沈华北此时只能用手抓着上面的栏杆坐在下面的栏杆上。

因失去所有财富而患精神分裂症的人也扑过来同因失去所有财富而自杀未遂者一起转动转轮,他的病显然还没好利索,没说什么,只是对着下面的深井笑。小桥完全倾覆了,沈华北双手抓着栏杆倒吊在深井上方。

　　这时的他并没有多少恐惧，望着脚下深不见底的地狱之门，他不算长的一生闪电般地掠过脑海：他的童年和少年时代是灰色的，在那些时光中记不起多少快乐和幸福；走向社会后，他在学术上取得了成功，发明了"糖衣"技术，但这并没有使生活接纳他；他在人际关系的蛛网中挣扎，却被越缠越紧，他从未真正体验过爱情，婚姻只是不得已而为之；当他打定主意永远不要孩子时，孩子来到了人世……他是一个生活在自己思想和梦想世界中的人，一个令大多数人讨厌的另类，从来不可能真正地融入人群。他的生活是永远的离群索居，永远的逆水行舟。他曾寄希望于未来，但这就是未来了：已去世的妻子、已成为人类公敌的儿子、被污染的城市、这些充满变态仇恨的人……这一切已使他对这个时代和自己的生活心灰意冷。本来他还打定主意，要在死前知道事情的真相，现在这也无关紧要了，他是一个累极了的行者，唯一渴望的是解脱。

　　在井边那群人的欢呼声中，沈华北松开了双手，向那发着蓝光的命运的靶标坠下去。

　　他闭着眼睛沉浸在坠落的失重中，身体仿佛变得透明，一切生命不能承受之重已离他而去。在这生命的最后几秒钟，他的脑海中突然响起了一首歌，这是父亲教他的一首古老的苏联歌曲，在他冬眠前的时代已没有人会唱了，后来他作为访问学者到莫斯科去，在那里希望找到知音，但这首歌在俄罗斯也失传了,所以这成了他自己的歌。在到达井底之前他也只能在心里吟唱一两个音符,但他相信,当自己的灵魂最后离开躯体时,这首歌会在另一个世界继续的……不知不觉中,这首旋律缓慢的歌已在他的心中唱出了一半,时间过去了好长,这时意识猛然警醒,他睁开双眼,看到自己在不停地飞快穿过一个又一个的蓝色光环。

坠落仍在继续。

"哈哈哈哈……"他的耳机中响起了邓洋的狂笑声,"快死的人,感觉很不错吧?!"

他向下看,看到一串扑面而来的发着蓝光的同心圆,他不停地穿过最大的一个圆,在圆心处不断有新的小圆环出现并很快扩大;向上看,也是一个同心圆,但其运动是前一个画面的反演。

"这井有多深?"他问。

"放心,您总会到底的,井底是一块坚硬平滑的钢板,叭叽一下,你摔成的那张肉饼会比纸还薄的!哈哈哈哈……"

这时,他注意到面罩右上角的那块液晶显示区又出现了,有一行发着红光的字:

您现在已到达 100 千米深度,速度 1.4 千米/秒,您已经穿过莫霍不连续面,由地壳进入地幔。

沈华北再次闭上双眼,这次他的脑海中不再有歌声,而是像一台计算机般飞快地思索着,当半分钟后他再次睁开眼睛时,已经明白了一切：这就是南极庭院工程，那块坚硬平滑的井底钢板并不存在，这口井没有底。

这是一条贯穿地球的隧道。

5. 大隧道

"它是走切线，还是穿过地心？"沈华北问，只是思维以语言的形式冒了一下头。

"聪明的头脑，这么快就想到了！"邓洋惊叹道。

"很像他儿子。"有人跟着说，听上去可能是中部断裂灾难留下的孤儿。

"是穿过地心，由中国的漠河穿过地球到达南极大陆的最东端南极半岛。"邓洋回答沈华北说。

"刚才那座城市是漠河？！"

"是的，它因作为地球隧道起点而繁荣起来。"

"据我所知，从那里贯穿地球应该到达阿根廷南部。"

"不错，但隧道有轻微的弯曲。"

"既然隧道是弯曲的，我会不会撞上井壁呢？"

"如果隧道笔直地直达阿根廷，你倒是肯定会撞上，那种笔直的地球隧道只有在贯穿两极之间的地轴上才能实现,这种与地轴成一定角度的隧道必须考虑地球的自转因素,它的弯曲正好能让你平滑地通过。"

"呵,伟大的工程!"沈华北由衷地赞叹道。

您现在已到达300千米深度,速度2.4千米/秒,已进入地幔黏性物质区。

他看到自己穿过光圈的频率正在加快,下面和上面那两个同心圆的密度增加了许多。

邓洋说:"关于建造穿过地球的隧道,不是什么新想法,十八世纪就有两个人提出了这个设想,一位是叫莫泊都的数学家,另一位则是举世闻名的伏尔泰。到后来,法国天文学家佛兰马理翁又把这个计划重新提了出来,并且首先考虑了地球的自转因素……"

沈华北打断他问:"那你怎么说这想法是从我这里来的呢?"

"因为前面那些人不过是在做思想试验,而你的设想影响了一个人,这人后来用自己魔鬼般的才能促成了这个狂想的实现。"

"可……我不记得向沈渊提起过这些。"

"真是个健忘的人,你做了一个后来改变人类历史进程的设想,却忘了。"

"我真的想不起来。"

"那你总能想起那个叫贝加多的阿根廷人,还有他送给你儿子的生日礼物吧?"

您现在已到达 1 500 千米深度,速度 5.1 千米／秒,已进入地幔刚性物质区。

沈华北终于想起来了。那是沈渊六岁的生日,沈华北请在北京的阿根廷物理学家贝加多博士到家里做客。当时南美两强已经崛起,阿根廷对南极大陆的大片陆地提出领土要求,并向南极大量移民,同时快速发展核武器,让全世界大惊失色。在后来的全球无核化进程中,阿根廷自然是以有核国家的身份加入联合国销毁委员会,沈华北和贝加多都是这个委员会中一个技术小组的专家。

那次贝加多给沈渊带来的礼物是一个地球仪,它用一种最新的玻璃材料制成,那种玻璃是阿根廷飞速发展的技术水平的一个体现,它的折射率与空气相同,因而看不出玻璃球的存在,地球仪上的大陆仿佛是悬浮在两极之间,沈渊很喜欢这个礼物。

在晚饭后的聊天中,贝加多拿出了一张国内的日报,让沈华北看上面的一幅政治漫画,画上一位阿根廷球星正在踢地球。

"我不喜欢这个,"贝加多说,"中国人对我的国家的了解好像只限于足球,并把这种了解引伸到国际政治上,阿根廷在你们的眼中也成了一个充满攻击性的国家。"

"您要知道,阿根廷毕竟是在地球上与中国相距最远的一个国家,你们正在地球的对面。"赵文佳微笑着说,从沈渊的手中拿过那个全透明的地球仪,在上面,中国和阿根廷隔着那个超透明的球体重叠在一起。

"其实我有个办法能够使两国更好地交流,"沈华北拿过地球仪说,"只需从中国挖一条通过地心贯穿地球的隧道就行了。"

贝加多说:"那个隧道最少有一万两千多公里长,并不比飞机航线短多少。"

"但旅行时间会短许多的,想想您带着旅行包从隧道的这一端跳进去……"

沈华北的本意是想把话题从政治上引开,他成功了,贝加多来了兴趣:"沈,你的思维方式总是与众不同……让我们看看:我跳进去后会一直加速,虽然我的加速度会随坠落深度的增加而减小,但确实会一直加速到地心,通过地心时我的速度达到最大值,加速度为零;然后开始减速上升,这种减速度的值会随着上升而不断增加,当到达地球的另一面阿根廷的地面时,我的速度正好为零。如果我想回中国,只需从那面再跳下去就行了,如果我愿意,可以在南北半球之间做永恒的简谐振动,嗯,妙极了,可是旅行时间……"

"让我们计算一下吧!"沈华北打开电脑。

计算结果很快出来了，以地球理想的平均密度，从中国跳进地球隧道，穿过直径一万两千多千米的地球，坠落到阿根廷，需四十二分钟十二秒。

"快捷的旅行！"贝加多高兴地说。

……

您现在已到达 2 800 千米深度，速度 6.5 千米／秒，您正在穿过古腾堡不连续面，进入地核。

坠落中的沈华北又听到邓洋说："在那个晚上，你一定没有注意到，你的儿子瞪圆了眼睛，出神地听着你的话，你更不可能知道，他盯着床头的那个透明地球一夜没睡。当然，你对你儿子的这种影响可能有过无数次，你在沈渊的心灵中播下了许多狂想的种子，这只是其中开出花朵的一颗。"

沈华北凝视着周围距自己四五米远处的那一圈飞速上升的井壁，高频掠过的环绕光圈使井壁的表面有些模糊。

"这是新固态材料吗？"他问。

"还能是其他什么？有什么别的材料具有建造这样的隧道的强度呢？"

"这样巨量的新固态物质是如何生产出来的？这种比重大得能沉入地层的材料怎样搬运和加工呢？"

"只能最简略地说说：新固态物质是通过连续不断的小型核爆炸生产出来的，核心技术当然是你的'糖衣'，其生产线是庞大而复杂的；新固态材料有多种密度级别，较低密度的材料不会沉入地层，用它造出一个面积较大的基础，将高密度材料放置于其上，其压强被基础分散，就能够浮在地面上了，用类似的原理，也可以进行这种材料的运输；至于新固态材料的加工，技术更加复杂，以你的知识水平可能无法理解。总之新固态材料已经是一个庞大的产业，其经济规模超过了钢铁……它并不只是用于南极庭院工程。"

"那么这条隧道是如何建成的呢？"

"首先告诉你一点：建构隧道的基本构件是井圈，每个井圈长约一百米，整条隧道由大约 24 万个井圈连接而成。至于具体的施工过程，你是个聪明人，也许自己能想出来。"

您现在已到达 4 100 千米深度，速度 7.5 千米／秒，正处于液态地核中部。

"沉井？"

"是的，是用沉井工艺，首先从中国和南极将井圈沉入地层，并拼接成贯穿地球的一条线，第二步是将拼接后的井圈中的地层物质掏出，隧道就形成了。你在隧道入口的外面看到的那些铁山，就是由从隧道的地核部分中掏出的铁镍合金堆成的。具体的施工要由地下船来进行，这种能在地层中行驶的机器也是由新固态材料制造的,有的型号能在地核深处行驶,它们能在地层中使下沉的井圈定位。"

"这样算下来,只需十二万个井圈。"

"超固态物质承受地球深处的压力和高温是没有问题的,但地下还有许多流动体,较浅处是流动的岩浆,更危险的是地核中的液态铁镍流,它们会对隧道产生巨大的剪切冲击,新固态材料的强度能够承受这种冲击,但井圈之间的连接处就不行了,所以隧道由内外两层井圈构成,内层的井圈紧贴外层井圈,两层井圈间相互交错,这样就使隧道形成了足够的抗剪切强度。"

您现在已到达5 400千米深度,速度7.7千米／秒,正在接近固态地核。

"下面,我想你要告诉我南极庭院工程带来的灾难了。"

6. 灾难

"南极庭院工程的第一次灾难发生于二十五年前,那时工程进入最后的勘探设计阶段,需要进行大量的地下航行。在一次勘探航行中,一艘名叫"落日六号"的地下船在地幔中失事,并下沉到地核中,船上三名乘员中有两人遇难,只有一名年轻的女领航员幸存,她现在仍被封闭在地心中,在狭窄的地下船里度过余生。那艘船上的中微子通讯设备已失去发射功能，但可能仍能接收。顺便说一句：她的名字叫沈静，是您的孙女。"

沈华北的心抽搐了一下。

在这疯狂的速度下，井壁上的光圈在沈华北眼中已连为一体，使这巨井的井壁发出刺目的蓝光，正在其中飞速坠落的沈华北，仿佛在穿过时光隧道，进入那并不遥远但他不曾经历过的过去。

您现在已到达 5 800 千米深度，速度 7.8 千米／秒，您已进入固态地核，正在接近地心！

"南极庭院工程进行到第六年，发生了惨烈的中部断裂灾难。前面说过，隧道是由内外两层相互交错的井圈构成，在装入内层井圈时，必须首先将已连接好的外层井圈中的地下物质掏空，以免两层井圈间混入杂质，影响它们之间贴合的紧密度。在施工中采用掏空一段外井圈放入一个内井圈的工艺，这就意味着在地核段的施工中，在一段外井圈被掏空而内井圈还未到位的这段时间里，包括接合部在内的两个外井圈将单独承受地核铁镍流的冲击。本来，两段井圈间的接合部采用十分坚固的铆接技术，在设计中，应该能够在相当长的时间里承受铁镍流的冲击。但在进入地核四百九十多千米处，两段刚刚掏空的井圈处有一股异常强大的铁镍流，其流速是以前的大量勘探中观测到的最高值的 5 倍。强大的冲击力使两个井圈错位，高温高压的地核物质瞬时涌入隧道，并沿着已建成的隧道飞速上升。

在得知断裂发生后，作为工程总指挥的沈渊立刻下令关闭了位于古腾堡不连续面处的安全闸门，它被称为古腾堡闸。这时在闸门下近五百千米的隧道中，有两千五百多名工程人员在施工，在得知断裂发生后，他们同时乘坐隧道中的高速升降机撤离，共有一百三十多部升降机，最后一部升降机与沿隧道上升的铁镍流保持着三十千米左右的距离。但最后只有六十一部升降机来得及通过古腾堡闸，其余都在闸门关闭后被四千多度高温的地核激流吞没，一千五百二十七人殒命地心。

"中部断裂灾难举世震惊，沈渊同时受到了两方面的强烈谴责：一方认为他完全可以等所有升降机都通过古腾堡闸时再关闭闸门，这时铁镍流距闸门还有三十千米，虽然时间很短，但还是来得及的。即使这道闸门没来得及关闭，在上面的莫霍不连续面（地表和地幔的交界面）处还有一道安全闸——莫霍闸。那些遇难者的极端愤怒的家属控告沈渊故意杀人罪。对此，沈渊在媒体面前只有一句话：'我怕出漏子啊。'这漏子确实出不得，有不止一部以南极庭院工程为题材的灾难片，其中最著名的是《铁泉》，在影片中有地核物质冲出地表的恶梦般的景象：一股铁镍液柱高高冲上同温层，在那个高度上散成一朵巨大的死亡之花，它发出的刺目白光使北半球的黑夜变成白昼，大地上下起了灼热的铁水的暴雨，亚洲大陆成了一口炼钢炉，人类最终面临同恐龙一样的命运……这描述并不夸张，正因为如此，沈渊又面临着另一项与上面完全相反的指控：他应该更早些关闭古腾堡门，根本没有必要等那六十一部升降机通过。有更多的人支持这项指控，舆论给他安上了一项临时杜撰的罪名：因渎职而反人类罪。虽然在法律上两项指控最终都没有成立，但沈渊因此辞职，离开了南极庭院工程的指挥层，他拒绝了另外的任命，以后一直作为一名普通工程师在隧道中工作。"

这时，井壁发出的蓝光突然变成红色。

您现在已到达6 300千米深度，速度8千米／秒，正在穿过地心！

耳机里响起了邓洋的声音："你现在已达到可以飞出地球的速度，却正处在这个星球的中心，地球正在围着你旋转，所有的海洋和大陆，所有的城市和所有的人，都在围着你旋转。"

沐浴在这庄严的红光中，沈华北的脑海中又响起了音乐，这次是一首宏伟的交响曲，他以第一宇宙速度穿过这发着红光的地心隧道，仿佛漂行在地球的血管中，这使他热血沸腾。

邓洋又说："虽然新固态材料有良好的绝热性能，现在你周围的温度仍超过了一千五百度，你的密封服中的冷却系统正在全功率运行。"

井壁的红光只延续了十多秒钟，又变回宁静的蓝光。

您已通过地心，现在正在上升，并开始减速。您已经上升了500千米，速度7.8千米／秒，仍在固态地核中。

蓝光使沈华北冷静下来，他已适应了失重，现在缓缓地转动身体，使头部向着前进的方向，以找到上升的感觉。他问邓洋："好像还有第三次灾难？"

"螺栓失落灾难发生在五年前，那时南极庭院工程已经完工，地球隧道已投入了正式运营，每时每刻都有地心列车穿行于其中。地心列车的车箱是直径8米、长50米的圆柱体，每列地心列车最多可由200节车箱组成，可运载两万吨货物或近万名乘客，穿过地球单程需42分钟，运输过程只是自由坠落，不消耗任何能源。

"当时，在漠河起点站，一名维修工人不小心将一颗直径不到十厘米的螺栓掉进隧道，这枚螺栓是用一种能够吸收电磁波的新材料制造的，因而没有被安全监测系统的雷达检测到。螺栓在隧道中一直坠落，穿过地球到达南极站，又从那里向回坠落，在到达地心时击中了一列正在向南极上升的地心列车。螺栓与列车的相对速度高达每秒16千米，这样的动能使它像一颗炸弹。它穿透了头两节车箱，把沿路的一切都汽化了，这两节车箱的爆炸，使整列列车以每秒8千米的速度擦到井壁上，在一瞬间就被撕得粉碎。大量的碎片在隧道中来回运行，有的一次次穿过整个地球，大部分则因撞击失去了部分速度，只是在地核附近摆动。人们用了一个月时间才把隧道中的碎片完全清理干净，列车上的三千名乘客的遗体没有找到，地核段的高温已把他们彻底火化了。"

您现在已从地心上升了2200千米，速度7.5千米／秒，已重新进入地核的液态部分。

"但最大的灾难还是这个超级工程本身,南极庭院工程在技术上是人类史无前例的壮举,而在经济上的愚蠢也是空前绝后的,直到现在,人们对这样一个在经济规划上近乎白痴的工程竟得以实施仍百思不得其解,沈渊那魔鬼般的才能固然起了作用,其根本原因可能还在于人们开发新大陆的狂热和对技术的盲目崇拜。在经济学上,南极庭院工程的完工之日,也就是它的死亡之时。虽然通过地球隧道的运输极其快捷,且几乎不消耗能量,用当时人们的话说:'扔下去就到了'或'跳下去就到了',但由于工程巨大的投资,使得地心列车的运输费用极其昂贵,这抵消了它快捷的长处,使得地心列车在与传统运输方式的竞争中没什么明显优势。"

您现在已从地心上升了 3 500 千米,速度 6.5 千米/秒,正在穿过古腾堡不连续面,重新进入地幔。

"人类的南极梦破灭了。蜂拥而来的工业和过度的开发很快毁掉了这个地球上仅存的洁净世界,使南极大陆与其他大陆一样成了一个弥漫着烟尘的垃圾场。南极上空的臭氧层被完全破坏,其影响波及全球,即使在北半球,强烈的紫外线也使人们必需加以防护才能出门,南极冰盖的加速融化使全球的海平面急剧升高。在经历了一个痛苦的过程后,人类的理智再次占了上风,联合国所有的成员国签署了新的南极公约——人类全面撤出南极大陆,再次把南极变成人迹罕至的地方,期望那里的环境能够慢慢恢复。随着向南极运输需求的骤减,在螺栓失落灾难后,地心列车完全停止了运营,地球隧道被封闭,到现在已有八年了。但南极庭院工程带来的经济灾难一直在持续,无数购买了南极庭院公司股票的人血本无归,引发了严重的社会动乱,投资的黑洞使世界经济到了崩溃的边缘,现在,我们还在这场灾难的低谷中痛苦地徘徊着……好了,这就是南极庭院工程的故事。"

随着速度的降低,井壁上本是稳定平滑的蓝光开始闪烁,渐渐地,周围的井壁能够分辨出单个的环绕光圈在掠过,向两个方向看,那密密的同心圆靶标又开始呈现出来。

您现在已从地心上升了4 800千米,速度5.1千米／秒,正在穿过地幔的刚性物质区。

7. 沈渊之死

"我儿子后来怎么样了?"沈华北问。

"隧道封闭后,沈渊作为留守人员待在漠河起点站。有一天我给他打了个电话,他只说了一句话'我同女儿在一起'。后来我知道,他在这几年中一直过着一种不可思议的生活:每天都穿着密封服在地球隧道中来回坠落,睡觉都在里面,只有在吃饭和为密封服补充能量时才回到起点站。他每天要穿过地球三十次左右，就这样日复一日年复一年，在漠河和南极半岛间，做着周期为 84 分钟、振幅为 12 600 千米的简谐振动。"

您现在已从地心上升了 6 000 千米，速度 2.4 千米／秒，正在穿过地幔的黏性物质区。

"谁也不知道沈渊在这永恒的坠落中都干了些什么，但据他的同事说，每次通过地心时，他都会通过中微子通讯设备与女儿打招呼，他更是常常在坠落中与女儿长谈，当然只是他一个人在说话，但生活在随着铁镍流在地核中运行的落日六号里的沈静应该是能够听到的。

"他的身体长时间处于失重状态中，但由于必须在起点站吃饭和给密封服充电，每天还要在地面经受两到三次的正常地球重力，这样的折腾使他年老的心脏变得很脆弱，他在一次坠落中死于心脏病，当时没人注意到，于是他的遗体又在地球隧道中运行了两天，密封服的能量耗尽，停止制冷，地球隧道成了他的火葬炉，遗体在最后一次通过地心时被烧成了灰。我相信，你儿子对于这个归宿是很满意的。"

您现在已从地心上升了 6 200 千米，速度 1.4 千米／秒，已经穿过莫霍不连续面，进入地壳。注意，您正在接近地球隧道的南极顶点！

"这也是我的归宿，对吗？"沈华北平静地问。

"你也应该感到满足，临死前，你已经看到了自己想看的东西。本来我们是想在不穿密封服的情况下把你扔进地球隧道的，但现在让你穿上了，完整地看到了你儿子创造的东西。"

"是的，我很满足，此生足矣，我真诚地谢谢各位了！"

没有回答，耳机中的嗡嗡声骤然消失，地球另一端的那几个复仇者中断了通讯。

沈华北看到上方的同心圆已经很稀疏了，他两三秒才能穿过一个光圈，而且这间隔还在急剧地拉长，这时耳机中响起了一声蜂鸣，面罩上显示：

您已经到达地球隧道的南极顶点！

他看到同心圆的圆心变空了，不再有新的光圈浮现，中间那个光圈越来越大，终于，他穿过了这最后一个蓝色光圈，以不太快的速度升向一座与隧道另一端一模一样的横过井口的小桥，小桥上站着几个穿密封服的人，在他升出井口时，这些人一起伸手抓住了他，把他拉上桥。

南极站的内部也处于黑暗之中，只有井壁上光圈的蓝光照上来。他抬起头，迎面看到上方悬着一个巨大的圆柱体，其直径比井口稍小，他走到小桥尽头的井边，再向上看，隐约看到上方有一排这样的圆柱体，他数出了四个，再后面的就隐没在高处的黑暗中了，他知道，这就是停运的地心列车。

8. 南极

半小时后,沈华北同那几名救他一命的警察一起,走出地球隧道的南极站,站在已没有积雪的南极平原上,远处可以看到被废弃的城市。低垂在地平线上的太阳把软弱无力的光芒投在这广阔而没有生机的大陆上。这里的空气比地球的另一端要好些,不用戴呼吸膜。

一名警官告诉沈华北,他们是在南极空城中留守的少数警务人员,接到郭医生的报警后,立刻赶到了南极站。当时井口是被封闭的,他们紧急联系地球隧道管理部门打开井盖,正好看见沈华北在蓝光中升向井口,仿佛从深海中浮出来一般。如果晚几秒钟,沈华北必死无疑,那样密封的井盖将会挡住他,使他开始向北半球的另一次坠落,而在他再次通过地心之前,密封服的能量就会耗尽,他将像他儿子一样在地心熔炉中化为灰烬。

"以邓洋为首的那几个家伙已经被逮捕,他们将被以杀人罪起诉,不过,"警官冷冷地盯着沈华北说,"我理解他们的感情。"

沈华北仍然沉浸在失重带来的眩晕中,他看着天边的太阳,长出一口气,又说了一句:"我此生足矣……"

"要是这样,您对自己今后的命运就比较容易接受了。"另一名警官说。

"命运?"沈华北清醒过来,扭头看着那名警官。

"您不能在这个时代生活,否则这样的事还会发生。好在政府有一个时间移民计划,为了减轻人口对环境的压力,强制一部分人口进入冬眠,让他们到未来去生活,现在政府已经决定,您将作为时间移民的一员,重新进入冬眠,这一次要多长时间才能被苏醒,我可说不准。"

沈华北好一会儿才理解了这话的意思,对警官深深地鞠躬:"谢谢谢谢,我怎么总是这样幸运?"

"幸运?"警官不解地看着他说,"即使是这个时代的冬眠移民,也不可能适应未来社会的生活,别说您这样来自过去的人了!"

沈华北的脸上浮现出微笑:"无所谓,关键是,我将看到地球隧道再次成为人类的骄傲!"

警官们发出了几声笑:"怎么可能呢?这个完全失败的超级工程,只能永远作为你们父子俩的耻辱柱。"

"哈哈哈哈……"沈华北大笑起来,失重的虚弱使他站立不稳,但在精神上他已亢奋到极点,"长城和金字塔都是完全失败的超级工程,前者没能挡住北方游牧民族的入侵,后者也没能使其中的法老木乃伊复活,但时间使这些都无关紧要,只有凝结于其上的人类精神永远光彩照人!"他指指身后高高耸立的地球隧道南极站,"与这条伟大的地心长城相比,你们这些哭哭啼啼的孟姜女是多么可怜!哈哈哈哈……"

沈华北张开双臂,让南极的寒风吹透自己的身体,"渊儿,我们此生足矣!"他幸福地说。

尾 声

沈华北再次苏醒是半个世纪以后。他醒来后,几乎经历了与五十年前的那次苏醒时一样的事:被一群陌生人带上车,进入地球隧道的漠河站,穿上密封服(令他不可理解的是,这密封服竟然比五十年前的那身笨重了许多),再次被扔进地球隧道开始漫长的坠落。五十年之后,地球隧道看上去没有什么变化,仍是一条由无数蓝色光圈标示出的不见底的深井。

不过这次,有一个人陪着他下坠,这是一个美丽姑娘,她自我介绍说是他的导游。

"导游?对了,我的预感对了,地球隧道真的成为长城和金字塔了!"坠落中的沈华北兴奋地说。

"不,地球隧道没有成为长城和金字塔,它成了……"导游姑娘在失重中拉着沈华北的手,小心地与他在坠落中保持着同步。

"成了什么？"

"地球大炮！"

"什么？！"沈华北吃惊地打量着周围飞速掠过的井壁。

导游开始回忆："在您冬眠后，全球的环境进一步恶化，污染和臭氧层破坏使各大陆最后的植被迅速消失，可呼吸的空气已成了商品……这时，要想拯球地球生态，只有关闭人类所有的重工业和能源工业。"

"那样也许能让地球生态恢复，却会使人类文明毁灭。"沈华北插嘴说。

"面对当时的惨状，真有许多人愿意做出这种选择。不过更多的人在寻找另外的出路，最可行的办法，是把地球上的所有工业转移到太空和月球上。"

"那么，你们建立了太空电梯？"

"没有，试了试才知道那比挖地球隧道还难。"

"那么，发明了反重力飞船？"

"更没有，倒是从理论上证明了它根本不可能。"

"核动力火箭？"

"这倒是有，但其运输成本与传统火箭不相上下。如果用这些手段向太空转移工业，就又会发生地球隧道式的经济灾难了。"

"那么你们什么也转移不了了,这么说,"沈华北咧嘴苦笑,"上面是后人类时代了?"

导游没有回答,两人在沉默中向那无底深渊继续坠下去,周围飞掠而过的光环越来越密,最后井壁成为发出蓝光的平滑的一体。又过了 10 分钟,蓝光变成红光,他们默默地以每秒 8 千米的速度通过地心,井壁很快又发出蓝光,导游姑娘灵巧地使身体旋转 180 度,变为头向上的上升姿态,沈华北也笨拙地跟着这样做了。

"欧……"沈华北突然发出一声惊叫,从面罩右上角的显示中,他看到现在他们的速度是每秒 8.5 千米。

通过地心后,他们仍在加速!

让沈华北惊恐的另一件事是:他感到了重力,在这穿过地球的坠落过程中,本应自始至终是失重的,可他真的感到了重力!科学家的直觉很快告诉他,这不是重力,是推力,正是这推力使他们克服了不断增长的地球引力保持加速。

"你一定还记得凡尔纳的登月大炮吧?"导游突然问。

"小时候看过的最愚蠢的一本书。"沈华北心不在焉地回答着,四下张望,想搞清这突然出现的怪事。

"一点儿都不愚蠢,用大炮进行发射,是人类大规模进入太空最理想最快捷的方式。"

"除非你想在炮弹中被压成肉浆。"

"被压成肉浆是因为加速度太大,加速度太大是因为炮管太短,如果有足够长的炮管,炮弹就能以温柔的加速度射出去,就像您现在感觉到的一样。"

"这么说,我们是在凡尔纳大炮里?"

"我说过,它叫地球大炮。"

沈华北仰望着发出蓝光的隧道,努力把它想像成一根炮管,由于速度太快,井壁看上去浑然一体,已没有任何运动感了,他们仿佛一动不动地悬浮在这发着蓝光的巨管中。

"在您冬眠后的第四年,我们又研制出一种新型的新固态材料,除了具有以前这类材料的性质外,它还是优良的导体。现在,在这一半的地球隧道外表面,就缠绕着一圈用这种材料制成的粗导线,使这一半地球隧道变为一根长达六千三百千米的电磁线圈。"

"线圈中的电流从哪里来?"

"地核中有强大丰富的电流,正是这些电流产生了地球的磁场。我们用地核船拖着那种新固态导线,在地核中拉了上百个大回路,每个回路都有几千千米长,用这些回路来采集地核中的电流,并将它汇聚到隧道线圈上,使隧道中充满了强磁场。我们密封服的肩部和腰部有两个超导线圈,线圈中的电流产生方向相反的磁场,推力就是这样产生的。"

由于继续加速，上升段很快要走完了，井壁再次发出红光。

"注意，现在我们的速度已达到每秒 15 千米，超过了第二宇宙速度，我们就要飞出炮口了！"

这时，在地球隧道的南极出口，停放地心列车的高大建筑早已拆除，地球隧道的圆形出口直接面对着天空，上面有一个密封盖板。扩音器中传出这样的声音："游客们请注意，地球大炮将进行今天的第 43 次发射，请您戴上护目镜和耳塞，否则对您的视力和听力将造成永久性损害。"

10 秒钟后，隧道口的密封盖板哗地滑向一边，露出了直径十米的圆形井口，空气涌入真空的井内，发出尖利的呼啸声。一声巨响，井口喷出了一道长长的火舌，其亮度使南极天边低垂的太阳黯然失色，密封盖板又迅速滑回原位盖住井口，井内的抽气机发出低沉的轰鸣声，抽空刚才盖板打开的三秒钟进入井内的空气，以准备下一次发射。人们抬头仰望，只见两颗拖着火尾的流星正在急速上升，很快消失在南极深蓝色的苍穹中。

沈华北并没有像想象中的那样看到隧道出口迎面扑来，速度太快，他不可能看清，只看到，身处其中的那条发着红光似乎通向无限高处的隧道在瞬间消失，代之以南极的蓝天，两者之间没有任何过渡，快得像屏幕上两幅图像的切换。他猛地回头，看到脚下的大地正在急速退去,他认出了那座南极城市,那城市很快变成了一块篮球场大小的长方形。抬起头,他看到天空的颜色正在迅速地由蓝变黑,速度之快像一块正在被调暗的屏幕。再低头,他看到了南极半岛狭长弯曲的形状,看到了围绕着半岛的大海。他的身后拖着一条长长的火尾,看看身上才发现密封服的表面在燃烧,他被裹在一层薄薄的火焰中。看看在距他十几米处与他一起上升的导游,也被裹在火焰中,像一个拖着长长火尾的小怪物。巨大的空气阻力像一个巨掌狠狠压在他的头上和肩上,但随着天空的变黑,这巨掌像被另一个更加强大的力量征服了一样,它的压力渐渐放松。低头看,南极大陆已显示出了完整的形状,沈华北惊喜地发现这块大陆又恢复了它的白色。向远处看,地球已显示出了弧形,太阳正从地球边缘上移上来,在薄薄的大气层中散射出绚丽的曙光。再向上看,群星已在太空中出现,沈华北第一次见到如此晶莹灿烂的星星。身上的火光熄灭了,他们已冲出大气层,漂浮在寂静的太空中。沈华北有种身轻如燕的感觉,他发现自己身上的密封服——太空服变薄了许多,表面的那层散热物质已在与大气的剧烈磨擦中蒸发了。这时,高速通过大气层时的通讯盲区已过,他的耳机中响起了导游的声音:

"穿过大气层时的阻力消耗了一部分速度,但我们现在的速度仍超过了逃逸值,我们正在飞离地球。你看那儿……"

导游指着下面已经变得很小的南极半岛,沈华北在地球隧道出口所在的位置看到了闪光,接着一颗拖着火尾的流星从半岛缓慢地飞升而上，在飞出大气层后火光熄灭了。

"那是地球大炮刚刚发射的一艘太空船，它将接我们回去。地球大炮的炮管中每时每刻都同时运行着五六颗'炮弹'，这样它每过八到十分钟就能射出一艘太空船，所以现在进入太空就如乘地铁一样便捷。在二十年前工业大迁移开始时，是发射最频繁的时期，炮管中往往同时有二十多颗'炮弹'在加速，地球大炮以两三分钟一发的频率向太空急促地射击，一批批太空船组成了上升的流星雨，那是人类向命运的庄严挑战，真是壮观！"

这时，沈华北在群星中发现了许多快速移动的星星，它们的运动在静止的星空背景上很容易看出来，那些东西一定就在地球轨道上。再细看，它们中相当一部分可以看出形状，有环形的，圆柱形的，还有多个形状组合而成的不规则体，像漆黑太空上精美的小饰件。

"那是宝山钢铁公司，"导游指着一个发光的圆环说，然后又依次指着其他几个亮点，"那几个是中国石化，当然他们现在不处理石油了；那几个圆柱形的是欧洲冶金联合体；那些是用微波向地球供电的太阳能电站，发光的只是它们的控制中心，太阳能电池组和传输电能的天线阵列是看不到的……"

沈华北被这情景陶醉了，再看看下面蔚蓝色的地球，他的眼泪涌了出来，他现在最大的愿望，就是让参加过南极庭院工程的每一个人，故去的和健在的，都看看这些，他特别想到了其中的一个人，一个在所有人心目中永远年轻的女性。

"找到我的孙女了吗？"他问。

"没有，我们缺少在地核中进行远距离探测的技术，那是一个广阔的区域，谁也不知道铁镍流把她带到哪里了。"

"能不能把我们看到的这些用中微子发向地心？"

"一直在这么做呢，相信她会看到的。"

微纪元

纳米人主宰地球

文 / 刘慈欣

科 幻
硬阅读
DEEP READ
不求完美 追逐极致

1. 回 归

先行者知道,他现在是全宇宙中唯一的一个人了。

他是在飞船越过冥王星时知道的,从这里看去,太阳是一颗暗淡的星星,同三十年前他飞出太阳系时没有两样,但飞船计算机刚刚进行的视行差测量告诉他,冥王星的轨道外移了许多,由此可以计算出太阳比他启程时损失了4.74%的质量,由此又可推论出另外一个使他的心先是颤抖然后冰冻的结论。

那事已经发生过了。

其实,在他启程时人类已经知道那事要发生了——通过发射上万个穿过太阳的探测器,天体物理学家们确定了太阳将要发生一次短暂的能量闪烁,并损失大约5%的质量。

如果太阳有记忆,它不会对此感到不安,在那几十亿年的漫长生涯中,它曾经历过比这大得多的剧变。当它从星云的旋涡中诞生时,它的生命的剧变是以毫秒为单位的,在那辉煌的一刻,引力的坍缩使核聚变的火焰照亮星云混沌的黑暗……它知道自己的生命是一个过程，尽管现在处于这个过程中最稳定的时期，偶然的、小小的突变总是免不了的，就像平静的水面上不时有一个小气泡浮起并破裂。能量和质量的损失算不了什么，它还是它——一颗中等大小、视星等为-26.8的恒星。甚至太阳系的其他部分也不会受到太大的影响，水星可能被熔化，金星稠密的大气将被剥离，再往外围的行星所受的影响就更小了，火星颜色可能由于表面的熔化而由红变黑，地球嘛，只不过表面温度升高至4 000℃，这可能会持续100小时左右，海洋肯定会被蒸发，各大陆表面岩石也会熔化一层，但仅此而已。以后，太阳又将很快恢复原状，但由于质量的损失，各行星的轨道会稍微外移，这影响就更小了，比如地球，气温可能稍稍下降，平均降到零下110℃左右，这有助于熔化的地表重新凝结，并使水和大气多少保留一些。

那时人们常谈起一个笑话，说的是一个人同上帝的对话：上帝啊，一万年对你是多么短啊！上帝说：就一秒钟。上帝啊，一亿元对你是多么少啊，上帝说：就一分钱。上帝啊，给我一分钱吧！上帝说：请等一秒钟。

现在，太阳让人类等了"一秒钟"：预测能量闪烁的时间是在一万八千年之后。这对太阳来说确实只是一秒钟，但却可以使目前活在地球上的人类对"一秒钟"后发生的事采取一种超然的态度，甚至当作一种哲学理念。影响不是没有的，人类文化一天天变得玩世不恭起来，但人类至少还有四五百代的时间可以从容地想想逃生的办法。

两个世纪以后，人类采取了第一个行动：发射了一艘恒星际飞船，在周围 100 光年以内寻找带有可移民行星的恒星，飞船被命名为方舟号，这批宇航员都被称为先行者。

方舟号掠过了六十颗恒星，也是掠过了六十个炼狱。其中有一颗恒星有一颗行星，那是一滴直径八千千米的处于白炽状态的铁水，因其液态，在运行中不断地改变着形状……方舟号此行唯一的成果，就是进一步证明了人类的孤独。

方舟号航行了二十三年时间，但这是"方舟时间"，由于飞船以接近光速行驶，地球时间已过了两万五千年。

本来方舟号是可以按预定时间返回的。

由于在接近光速时无法同地球通讯，必须把速度降至光速的一半以下，这需要消耗大量的能量和时间。所以，方舟号一般每月减速一次，接收地球发来的信息，而当它下一次减速时，收到的已是地球一百多年后发出的信息了。方舟号和地球的时间，就像从高倍瞄准镜中看目标一样，瞄准镜稍微移动一下，镜中的目标就跨越了巨大的距离。方舟号收到的最后一条信息是在"方舟时间"自启航 13 年，地球时间自启航一万七千年时从地球发出的，方舟号一个月后再次减速，发现地球方向已寂静无声了。一万多年前对太阳的计算可能稍有误差，在方舟号这一个月，地球这一百多年间，那事发生了。

方舟号真成了一艘方舟，但已是一艘只有诺亚一人的方舟。其他的七名先行者，有四名死于一颗在飞船四光年处突然爆发的新星的辐射，二人死于疾病，一人（是男人）在最后一次减速通讯时，听着地球方向的寂静开枪自杀了。

以后，这唯一的先行者曾使方舟号保持在可通讯速度很长时间，后来他把飞船加速到光速，心中那微弱的希望之火又使他很快把速度降下来聆听，由于减速越来越频繁，回归的行程拖长了。

寂静仍持续着。

方舟号在地球时间启程二万五千年后回到太阳系，比预定的晚了九千年。

2. 纪念碑

穿过冥王星轨道后，方舟号继续飞向太阳系深处，对于一艘恒星际飞船来说，在太阳系中的航行如同海轮行驶在港湾中。太阳很快大亮了，先行者曾从望远镜中看了一眼木星，发现这颗大行星的表面已面目全非，大红斑不见了，风暴纹似乎更加混乱。他没再关注别的行星，径直飞向地球。

先行者用颤抖的手按动了一个按钮，高大舷窗的不透明金属窗帘正在缓缓打开。啊,我的蓝色水晶球,宇宙的蓝眼珠,蓝色的天使……先行者闭起双眼默默祈祷着,过了很长时间,才强迫自己睁开双眼。

他看到了一个黑白相间的地球。

黑色的是熔化后又凝结的岩石,那是墓碑的黑色;白色的是蒸发后又冻结的海洋,那是殓尸布的白色。

方舟号进入低轨道,从黑色的大陆和白色的海洋上空缓缓越过,先行者没有看到任何遗迹,一切都被熔化了,文明已成过眼烟云。但总该留个纪念碑的,一座能耐受4 000℃高温的纪念碑。

先行者正这么想着,纪念碑就出现了。飞船收到了从地面发上来的一束视频信号,计算机把这信号显示在屏幕上,先行者首先看到了用耐高温摄像机拍下的几千年前的大灾难景象。能量闪烁时,太阳并没有像他想象的那样亮度突然增强,太阳迸发出的能量主要以可见光之外的辐射传出。他看到,蓝色的天空突然变成地狱般的红色,接着又变成恶梦般的紫色;他看到,城市中他熟悉的高楼群在几千度的高温中先是冒出浓烟,然后像火炭一样发出暗红色的光,最后像蜡一样熔化了;灼热的岩浆从高山上流下,形成了一道道巨大的瀑布,无数个这样的瀑布又汇成一条条发着红光的岩浆的大河,大地上火流的洪水在泛滥;原来是大海的地方,只有蒸汽形成的高大的蘑菇云,这形状狰狞的云山下部映射着岩浆的红色,上部透出天空的紫色,在急剧扩大,很快一切都消失在这蒸汽中……

当蒸汽散去，又能看到景物时，已是几年以后了。这时，大地已从烧熔状态初步冷却，黑色的波纹状岩石覆盖了一切。还能看到岩浆河流，它们在大地上形成了错综复杂的火网。人类的痕迹已完全消失，文明如梦一样无影无踪了。又过了几年，水在高温状态下离解成的氢氧又重新化合成水，大暴雨从天而降，灼热的大地上再次蒸气弥漫，这时的世界就像在一个大蒸锅中一样阴暗闷热和潮湿。暴雨连下几十年，大地被进一步冷却，海洋渐渐恢复了。又过了上百年，因海水蒸发形成的阴云终于散去，天空现出蓝色，太阳再次出现了。再后来，由于地球轨道外移，气温急剧下降，大海完全冻结，天空万里无云，已死去的世界在严寒中陷入寂静。

先行者接着看到了一个城市的图像：先看到如林的细长的高楼群，镜头从高楼群上方降下去，出现了一个广场，广场上一片人海。镜头再下降，先行者看到所有的人都在仰望着天空。镜头最后停在广场正中的一个平台上，平台上站着一个漂亮姑娘，好像只有十几岁，她在屏幕上冲着先行者挥挥手，娇滴滴地喊："喂，我们看到你了，像一个飞得很快的星星！你是方舟一号？！"

在旅途的最后几年，先行者的大部分时间是在虚拟现实游戏中度过的。在那个游戏里，计算机接收玩家的大脑信号，根据玩家思维构筑一个三维画面，这画面中的人和物还可根据玩家的思想做出有限的活动。先行者曾在寂寞中构筑过从家庭到王国的无数个虚拟世界，所以现在他一眼就看出这是一幅这样的画面。但这个画面造得很拙劣，由于大脑中思维的飘忽性，这种由想象构筑的画面总有些不对的地方，但眼前这个画面中的错误太多了：首先，当镜头移过那些摩天大楼时，先行者看到有很多人从楼顶窗子中钻出，径直从几百米高处跳下来，经过让人头晕目眩的下坠，这些人平安无事地落到地上；同时，地上有许多人一跃而起，像会轻功一样一下就跃上几层楼的高度，然后他们的脚踏上了楼壁上伸出的一小块踏板上（这样的踏板每隔几层就有一个，好像专门为此而设），再一跃，又飞上几层，就这样一直跳到楼顶，从某个窗子中钻进去。仿佛这些摩天大楼都没有门和电梯，人们就是用这种方式进出的。当镜头移到那个广场平台上时，先行者看到人海中有用线吊着的几个水晶球，那些球直径可能有一米多。有人把手伸进水晶球，很轻易地抓出水晶球的一部分，在他们的手移出后晶莹的球体立刻恢复原状，而人们抓到手中的那部分立刻变成了一个小水晶球，那些人就把那个透明的小球扔进嘴里……除了这些明显的谬误外，有一点最能反映造这幅计算机画面的人思维的变态和混乱：在这城市的所有空间，都漂浮着一些奇形怪状的物体，它们大的有两三米，小的也有半米，有的像一块破碎的海绵，有的像一根弯曲的大树杈。那些东西缓慢地漂浮着，有一根大树枝飘向平台上的那个姑娘，她轻轻推开了它，那大树枝又打着转儿向远处飘去……先行者理解这些，在一个濒临毁灭的世界中，人们是不会有清晰和正常的思维的。

这可能是某种自动装置，在这大灾难来临前被人们深埋地下,躲过了高温和辐射,后来又自动升到这个已经毁灭的地面世界上。这装置不停地监视着太空,监测到零星回到地球的飞船时就自动发射那个画面,给那些幸存者以这样糟糕透顶又滑稽可笑的安慰。

"这么说后来又发射过方舟飞船?"先行者问。

"当然,又发射了十二艘呢!"那姑娘说。不说这个荒诞变态的画面的其他部分,比如这个姑娘,造得倒是真不错。她那融合东西方精华的娇好的面容露出一副天真无邪的样子,仿佛她仰望的整个宇宙是一个大玩具。那双大眼睛好像会唱歌,还有她的长发,好像失重似的永远飘在半空不落下,使得她看上去像身处海水中的美人鱼。

"那么,现在还有人活着吗?"先行者问,他最后的希望像野火一样燃烧起来。

"您这样的人吗?"姑娘天真地问。

"当然是我这样的真人,不是你这样用计算机造出来的虚拟人。"

"前一艘方舟号是在七百三十年前回来的,您是最后一艘回归的方舟号了。请问你船上还有女人吗?"

"只有我一个人。"

"您是说没有女人了?!"姑娘吃惊地瞪大了眼。

"我说过只有我一人。在太空中还有没回来的其他飞船吗？"

姑娘把两只白嫩的小手儿在胸前绞着："没有了！我好难过好难过啊，您是最后一个这样的人了。如果，呜呜……如果不克隆的话……呜呜……"这美人儿捂着脸哭起来，广场上的人群也是一片哭声。

先行者的心沉底了，人类的毁灭最后证实了。

"您怎么不问我是谁呢？"姑娘又抬起头来仰望着他说，她又恢复了那副天真神色，好像转眼忘了刚才的悲伤。

"我没兴趣。"

姑娘娇滴滴地大喊："我是地球领袖啊！"

"对，她是地球联合政府的最高执政官！"下面的人也都一起闪电般地由悲伤转为兴奋，这真是个拙劣到家的制品。

先行者不想再玩这种无聊的游戏了，他起身要走。

"您怎么这样？！首都的全体公民都在这儿迎接您，前辈，您不要不理我们啊！"姑娘带着哭腔喊。

先行者想起了什么，转过身来问："人类还留下了什么？"

"照我们的指引着陆，您就会知道！"

3. 首　都

先行者进入了着陆舱，把方舟号留在轨道上，在那束信息波的指引下开始着陆。他戴着一副视频眼镜，可以从其中的一个镜片上看到信息波传来的那个画面。

"前辈，您马上就要到达地球首都了，这虽然不是这个星球上最大的城市，但肯定是最美丽的城市，您会喜欢的！不过您的落点要离城市远些，我们不希望受到伤害……"画面上那个自称地球领袖的女孩还在喋喋不休。

先行者在视频眼镜中切换了一个画面，显示出着陆舱正下方的区域，现在高度只有一万多米了，下面是一片黑色的荒原。

后来，画面上的逻辑更加混乱起来，也许是几千年前那个画面的构造者情绪沮丧到了极点，也许是发射画面的计算机的内存在这几千年的漫长岁月中老化了。画面上，那姑娘开始唱起歌来：

啊，尊敬的使者，你来自宏纪元！

辉煌的宏纪元，

伟大的宏纪元，

美丽的宏纪元，

你是烈火中消逝的梦……

这个漂亮的歌手唱着唱着开始跳起来,她一下从平台跳上几十米的半空,落到平台上后又一跳,居然飞越了大半个广场,落到广场边上的一座高楼顶上,又一跳,飞过整个广场,落到另一边,看上去像一只迷人的小跳蚤。她有一次在空中抓住一根几米长的奇形怪状的漂浮物,那根大树干载着她在人海上空盘旋,她在上面优美地扭动着苗条的身躯。

下面的人海沸腾起来,所有人都大声合唱:"宏纪元,宏纪元……"每个人轻轻一跳就能升到半空,以至整个人群看起来如同撒到振动鼓面上的一片沙子。

先行者实在受不了了,他把声音和图像一起关掉。他现在知道,大灾难前的人们嫉妒他们这些跨越时空的幸存者,所以做了这些变态的东西来折磨他们。但过了一会儿,当那画面带来的烦恼消失一些后,当感觉到着陆舱接触地面的震动时,他产生了一个幻觉:也许他真的降落在一个高空看不清楚的城市中?当他走出着陆舱,站在那一望无际的黑色荒原上时,幻觉消失,失望使他浑身冰冷。

先行者小心地打开宇宙服的面罩,一股寒气扑面而来,空气很稀薄,但能维持人的呼吸。气温在摄氏零下40℃左右。天空呈一种大灾难前黎明和黄昏时的深蓝色,但现在太阳正在当空照耀着,先行者摘下手套,没有感到它的热力。由于空气稀薄,阳光散射较弱,天空中能看到几颗较亮的星星。脚下是刚凝结了两千年左右的大地,到处可见岩浆流动的波纹形状,地面虽已开始风化，但仍然很硬，土壤很难见到。这带波纹的大地伸向天边，其间有一些小小的丘陵。在另一个方向，可以看到冰封的大海在地平线处闪着白光。

先行者仔细打量四周，看到了信息波的发射源：那儿有一个镶在地面岩石中的透明半球护面，直径大约有一米，半球护面下似乎扣着一片很复杂的结构。他还注意到远处的地面上还有几个这样的透明半球，相互之间相隔二三十米，像地面上的几个大水泡，反射着阳光。

先行者又在他的左眼镜片中打开了画面，在计算机的虚拟世界中，那个恬不知耻的小骗子仍在那根漂浮在半空中的大树枝上忘情地唱着扭着，并不时向他送飞吻，下面广场上所有的人都在向他欢呼。

……

宏伟的宏纪元！

浪漫的宏纪元！

忧郁的宏纪元！

脆弱的宏纪元！

……

先行者木然地站着，深蓝色的苍穹中，明亮的太阳和晶莹的星星在闪耀，整个宇宙围绕着他 —— 最后一个人类。

孤独像雪崩一样埋住了他,他蹲下来捂住脸抽泣起来。

歌声戛然而止,视频画面中的所有人都关切地看着他,那姑娘骑在半空中的大树枝上,突然嫣然一笑。

"您对人类就这么没信心吗?"

这话中有一种东西使先行者浑身一震,他真的感觉到了什么,站起身来。他突然注意到,左眼镜片画面中的城市暗了下来,仿佛阴云在一秒钟内遮住了天空。他移动脚步,城市立即亮了起来。他走到那个透明半球旁,伏身向里面看,他看不清里面那些密密麻麻的细微结构,但看到左眼镜片中的画面上,城市的天空立刻被一个巨人的东西占据了。

那是他的脸。

"我们看到您了!您能看清我们吗?!去拿个放大镜吧!"姑娘大叫起来,广场上的人海再次沸腾起来。

先行者明白了一切。他想起了那些跳下高楼的人们,在微小环境下重力是不会造成伤害的,同样,在那样的尺度下,人也可以轻易地跃上几百米(几百微米?)的高楼。那些大水晶球实际上就是水,在微小的尺度下水的表面张力处于统治地位,那是一些小水珠,人们从这些水珠中抓出来喝的水珠就更小了。城市空间中漂浮的那些看上去有几米长的奇怪东西,包括载着姑娘漂浮的大树枝,只不过是空气中细微的灰尘。

那个城市不是虚拟的,它就像两万五千年前人类的所有城市一样真实，它就在这个一米直径的半球形透明玻璃罩中。

人类还在，文明还在。

在微型城市中，漂浮在树枝上的姑娘——地球联合政府最高执政官，向几乎占满整个宇宙的先行者自信地伸出手来。

"前辈，微纪元欢迎您。"

4. 微人类

"在大灾难到来前的一万七千年中，人类想尽了逃生的办法，其中最容易想到的是恒星际移民，但包括您这艘在内的所有方舟飞船都没有找到带有可居住行星的恒星。即使找到了，以大灾难前一个世纪人类的宇航技术，连移民千分之一的人类都做不到。另一个设想是移居到地层深处，躲过太阳能量闪烁后再出来。这不过是拖长死亡的过程而已，大灾难后地球的生态系统将被完全摧毁，养活不了人类的。

"有一段时期，人们几乎绝望了。但那时一位基因工程师的脑海中闪现了一个这样的火花：如果把人类的体积缩小十亿倍会怎么样？这样人类社会的尺度也缩小了十亿倍，只要有很微小的生态系统，消耗很微小的资源就能生存下来。很快全人类都意识到这是拯救人类文明唯一可行的办法。这个设想是以两项技术为基础的，其一是基因工程，在修改人类基因后，人类将缩小至 10 微米左右，只相当于一个细胞大小，但其身体的结构完全不变。做到这点是完全可能的，人和细菌的基因本来就没有太大的差别；另一项是纳米技术，这是一项在二十世纪就发展起来的技术，那时人们已经能造出细菌大小的发电机了，后来人们可以在纳米尺度下造出从火箭到微波炉的一切设备，只是那些纳米工程师做梦都不会想到他们的产品竟会用在这里。

"培育第一批微人类近似于克隆：从一个人类细胞中抽取全部遗传信息，然后培育出同主体一模一样的微人，但其体积只是主体的十亿分之一。以后他们就同宏人（微人对你们的称呼，他们还把你们的时代叫宏纪元）一样生育后代了。

"第一批微人的亮相极富戏剧性。有一天，大约是您的飞船启航后一万二千年吧，全球的电视上都出现了一个教室，教室中有二十个孩子在上课，画面极其普通，孩子是普通的孩子，教室是普通的教室，看不出任何特别之处。但镜头拉开，人们才发现这个教室是放在显微镜下拍摄的……"

"我想问，"先行者打断了最高执政官的话，"以微人这样微小的大脑，能达到宏人的智力吗？"

"那么您认为我是个傻瓜了？鲸鱼也并不比您聪明！智力不是由大脑的大小决定的，以微人大脑中在原子数目和它们的量子状态的数目来说，其信息处理能力是像宏人大脑一样绰绰有余的……嗯，您能请我们到那艘大飞船去转转吗？"

"当然,很高兴,可……怎么去呢?"

"请等我们一会儿!"

于是,最高执政官跳上了半空中一个奇怪的飞行器,那飞行器就像一片带螺旋桨的大羽毛。接着,广场上的其他人也都争着向那片"羽毛"上跳。这个社会好像完全没有等级观念,那些从人海中随机跳上来的人肯定是普通平民,他们有老有少,但都像最高执政官姑娘一样一身孩子气,兴奋地吵吵闹闹。这片"羽毛"上很快挤满了人,空中不断出现新的"羽毛",每片刚出现,就立刻挤满了跳上来的人。最后,城市的天空中漂浮着几百片载满微人的"羽毛",它们在最高执政官那片的带领下,浩浩荡荡向一个方向飞去。

先行者再次伏在那个透明半球上方,仔细地观察着里面的微城市。这一次,他能分辨出那些摩天大楼了,它们看上去像一片密密麻麻的直立的火柴棍。先行者穷极自己的目力,终于分辨出那些像羽毛一样的交通工具,它们像一杯清水中漂浮的细小的白色微粒,如果不是几百片一群,根本无法分辨出来。凭肉眼看到人是不可能的。

在先行者视频眼镜的左镜片中,那由一个微人摄像师用小得无法想象的摄像机实况拍摄的画面仍很清晰,现在那摄像师也在一片"羽毛"上。先行者发现,在微城市的交通中,碰撞是一件随时都在发生的事。那群快速飞行的"羽毛"不时互相撞在一起,撞在空中漂浮的巨大尘粒上,甚至不时迎面撞到高耸的摩天大楼上！但飞行器和它的乘员都安然无恙，似乎没有人去注意这种碰撞。其实这是个初中生都能理解的物理现象：物体的尺度越小，整体强度就越高，两辆自行车碰撞与两艘万吨巨轮碰撞的后果是完全不一样的，如果两粒尘埃相撞，它们会毫无损伤。微世界的人们似乎都有金刚之躯，毫不担心自己会受伤。当"羽毛"群飞过时，旁边的摩天大楼上不时有人从窗中跃出，想跳上其中的一片，这并不总是能成功的，于是那人就从"几百米"处开始了令先行者头晕目眩的下坠，而那些下坠中的微人，还在神情自若地同经过大楼窗子中的熟人打招呼！

"呀，您的眼睛像黑色的大海，好深好深，带着深深的忧郁呢！您的忧郁罩住了我们的城市，您把它变成一个博物馆了！呜呜呜……"最高执政官又伤心地哭了起来，别的人也都同她一起哭，任他们乘坐的"羽毛"在摩天大楼间撞来撞去。

先行者也从左眼镜片中看到了城市的天空中自己那双巨大的眼睛，那放大了上亿倍的忧郁深深震撼了他自己。"为什么是博物馆呢？"先行者问。

"因为只有在博物馆中才有忧郁，微纪元是无忧无虑的纪元！"地球领袖高声欢呼，尽管泪滴还挂在她那娇嫩的脸上，但她已完全没有悲伤的痕迹了。

"我们是无忧无虑的纪元！"其他人也都忘情地欢呼起来。

先行者发现，微纪元人类的情绪变化比宏纪元快上百倍，这变化主要表现在悲伤和忧郁这类负面情绪上，他们能在一瞬间从这种情绪中跃出。还有一个发现让他更惊奇：由于这类负面情绪在这个时代十分少见，以至于微人们把它当成了稀罕物，一有机会就迫不及待地去体验。

"您不要像孩子那样忧郁，您很快就会发现，微纪元没有什么可忧虑的！"

这话使先行者万分惊奇，他早就看到微人的精神状态很像宏时代的孩子，但孩子的精神状态还要夸张许多倍才真正像他们："你是说，在这个时代，人们越长越……越幼稚？！"

"我们越长越快乐！"领袖女孩说。

"对，微纪元是越长越快乐的纪元！"众人大声应和着。

"但忧郁也是很美的，像月光下的湖水，它代表着宏时代的田园爱情，呜呜呜……"地球领袖又大放悲声。

"对，那是一个多美的时代啊！"其他微人也眼泪汪汪地附和着。

先行者笑起来："你们根本不知道什么是忧郁，小人儿，真正的忧郁是哭不出来的。"

"您会让我们体验到的！"最高执政官又恢复到兴高采烈的状态。

"但愿不会。"先行者轻轻地叹息说。

"看，这就是宏纪元的纪念碑！"当"羽毛"群飞过另一个城市广场时，最高执政官介绍说。先行者看到那个纪念碑是一根粗大的黑色柱子，有过去的巨型电视塔那么粗，表面覆盖着无数片车轮大小的黑色巨瓦，叠合成鱼鳞状，高耸入云。他看了好长时间才明白，那是一根宏人的头发。

5. 宴　会

"羽毛"群从半球形透明罩上的一个看不见的出口飞了出来，这时，最高执政官在视频画面中对先行者说："我们距您那个飞行器有一百多千米呢，我们还是落到您的手指上，您把我们带过去快些。"

先行者回头看看身后不远处的着陆舱，心想他们可能把计量单位也都微缩了。他伸出手指，"羽毛"群落了上来，看上去像是在手指上飘落了一小片细小的白色粉末。

从视频画面中先行者看到，自己的指纹如一道道半透明的山脉，降落在其上的"羽毛"飞行器显得很小。最高执政官第一个从"羽毛"上跳下来，立刻摔了个四脚朝天。

"太滑了，您是油性皮肤！"她抱怨着，脱下鞋子远远地扔出去，光着脚丫好奇地来回转着，其他人也都下了"羽毛"，手指上的半透明山脉间现在有了一片人海。先行者粗略估计了一下,他的手指上现在有一万多人!

先行者站起来,伸着手指小心翼翼地向着陆舱走去。

刚进入着陆舱,微人群中就有人大喊:"哇,看那金属的天空,人造的太阳!"

"别大惊小怪,像个白痴!这只是小渡船,上面那个才大呢!"最高执政官训斥道,但她自己也惊奇地四下张望,然后又同众人一起唱起那支奇怪的歌来:

辉煌的宏纪元,

伟大的宏纪元,

忧郁的宏纪元,

你是烈火中消逝的梦……

在着陆舱起飞飞向方舟号的途中,地球领袖继续讲述微纪元的历史。

"微人社会和宏人社会共存了一个时期,在这段时间里,微人完全掌握了宏人的知识,并继承了他们的文化。同时,微人在纳米技术的基础上,发展起了一个十分先进的技术文明。这宏纪元向微纪元的过渡时期大概有,嗯,二十代人左右吧!

"后来,大灾难临近,宏人不再进行传统生育了,他们的数量一天天减少;而微人的人口飞快增长,社会规模急剧增大,很快超过了宏人。这时,微人开始要求接管世界政权,这在宏人社会中激起了轩然大波，顽固派们拒绝交出政权，用他们的话说，怎么能让一帮细菌领导人类。于是，在宏人和微人之间爆发了一场世界大战！"

"那对你们可太不幸了！"先行者同情地说。

"不幸的是宏人，他们很快就被击败了。"

"这怎么可能呢？他们一个人用一把大锤就可以捣毁你们一座上百万人的城市。"

"可微人不会在城市里同他们作战的。宏人的那些武器对付不了微人这样看不见的敌人，他们能使用的唯一武器就是消毒剂，而他们在整个文明史上一直用这东西同细菌作战，最后也并没有取得胜利。他们现在要战胜的是和他们同等智商的微人，取胜就更没可能了。他们看不到微人军队的调动，而微人可以轻而易举地在他们眼皮底下腐蚀掉他们的计算机芯片，没有计算机，他们还能干什么呢？大不等于强大。"

"现在想想是这样。"

"那些战犯得到了应有的下场，几千名微人的特种部队带着激光钻头空降到他们的视网膜上……"领袖女孩恶狠狠地说。

"战后，微人取得了世界政权，宏纪元结束了，微纪元开始了！"

"真有意思！"

登陆舱进入了近地轨道上的方舟号，微人们乘着"羽毛"四处观光，这艘飞船之巨大令微人们目瞪口呆。先行者本想从他们那里听到赞叹的话，但最高执政官这样告诉他自己的感想：

"现在我们知道，就是没有太阳的能量闪烁，宏纪元也会灭亡的。你们对资源的消耗是我们的几亿倍！"

"但这艘飞船能够以接近光速的速度飞行，可以到达几百光年远的恒星，小人儿，这件事，只能由巨大的宏纪元来做。"

"我们目前确实做不到，我们的飞船目前只能达到光速的十分之一。"

"你们能宇宙航行？！"先行者大惊失色。

"当然不如你们。微纪元的飞船最远到达金星，刚收到他们的信息，说那里现在比地球更适合居住。"

"你们的飞船有多大？"

"大的有你们时代的，嗯，足球那么大，可运载十几万人；小的吗，只有高尔夫球那么大，当然是宏人的高尔夫球。"

现在，先行者最后的一点儿优越感荡然无存了。

"前辈，您不请我们吃点儿什么吗？我们饿了！"当所有"羽毛"飞行器重新聚集到方舟号的控制台上时，地球领袖代表所有人提出要求，几万个微人在控制台上眼巴巴地看着先行者。

"我从没想到会同时请这么多人吃饭。"先行者笑着说。

"我们不会让您太破费的!"女孩怒气冲冲地说。

先行者从贮藏舱拿出一听午餐肉罐头,打开后,他用小刀小心地剜下一小块,放到控制台上那一万多人的旁边,他能看到他们所在的位置,那是控制台上一小块比硬币大些的圆形区域,那区域只是光滑度比周围差些,像在上面呵了口气一样。

"怎么拿出这么多?这太浪费了!"地球领袖指责道,从面前的大屏幕上可以看到,在她身后,人们涌向一座巍峨的肉山,从那粉红色的山体上抓出一块块肉来大吃着。再看看控制台上,那一小块肉丝毫不见减少。屏幕上,拥挤的人群很快散开了,有人还把没吃完的肉扔掉,领袖女孩拿着一块咬了一口的肉摇摇头。

"不好吃。"她评论说。

"当然,这是生态循环机中合成的,味道肯定好不了。"先行者充满歉意地说。

"我们要喝酒!"地球领袖又提出要求,这又引起了微人们的一片欢呼。先行者吃惊不小,因为他知道酒是能杀死微生物的!

"喝啤酒吗?"先行者小心翼翼地问。

"不,喝苏格兰威士忌或莫斯科伏特加!"地球领袖说。

"茅台酒也行!"有人喊。

先行者还真有一瓶茅台酒,那是他自启航时一直保留在方舟号上,准备在找到新的移民行星时喝的。他把酒拿出来,把那白色瓷瓶的盖子打开,小心地把酒倒在盖子中,放到人群的边上。他在屏幕上看到,人们开始攀登瓶盖那道似乎高不可攀的悬崖绝壁,光滑的瓶盖在微尺度下有大块的突出物,微人用他们上摩天大楼的本领很快攀到了瓶盖的顶端。

"哇,好美的大湖!"微人们齐声赞叹。从屏幕上,先行者看到那个广阔酒湖的湖面由于表面张力而呈巨大的弧形。微人记者的摄像机一直跟着最高执政官,这个女孩用手去抓酒,但够不着,她接着坐到瓶盖沿上,用一只白嫩的小脚在酒面上划了一下,她的脚立刻包在一个透明的酒珠里,她把脚伸上来,用手从脚上那个大酒珠里抓出了一个小酒珠,放进嘴里。

"哇,宏纪元的酒比微纪元好多了。"她满意地点点头。

"很高兴我们还有比你们好的东西,不过你这样用脚够酒喝,太不卫生了。"

"我不明白。" 她不解地仰望着他。

"你光脚走了那么长的路,脚上会有病菌什么的。"

"啊,我想起来了!"地球领袖大叫一声,从旁边一个随行者的手中接过一个箱子,她把箱子打开,从中取出一个活物,那是一个足球大小的圆家伙,长着无数只乱动的小腿,她抓着其中一只小腿把那东西举起来,"看,这是我们的城市送您的礼物!

乳酸鸡！"

先行者努力回忆着他的微生物学知识："你说的是……乳酸菌吧！"

"那是宏纪元的叫法，这就是使酸奶好吃的动物，它是有益的动物！"

"有益的细菌。"先行者纠正说，"现在我知道细菌确实伤害不了你们，我们的卫生观念不适合微纪元。"

"那不一定，有些动物，呵，细菌，会咬人的，比如大肠肝狼，战胜它们需要体力，但大部分动物，像酵母猪，是很可爱的。"地球领袖说着，又从脚上取下一团酒珠送进嘴里。当她抖掉脚上剩余的酒珠站起来时，已喝得摇摇晃晃了，舌头也有些打不过转来。

"真没想到人类连酒都没有失传！"

"我……我们继承了人类所有美好的东西，但那些宏人却认为我们无权代……代表人类文明……"地球领袖可能觉得天旋地转，又一屁股坐在地上。

"我们继承了人类所有的哲学，西方的、东方的、希腊的、中国的！"人群中有一个声音说。

地球领袖坐在那儿向天空伸出双手大声朗诵着："没人能两次进入同一条河流；道生一，一生二，二生三，三生万……

万物！"

"我们欣赏梵高的画，听贝多芬的音乐，演莎士比亚的戏剧！"

"活着还是死了，这是个……是个问题！"领袖女孩又摇摇晃晃站起，扮演起哈姆雷特来。

"但在我们的纪元，你这样儿的女孩是做梦也当不了世界领袖的。"先行者说。

"宏纪元是忧郁的纪元，有着忧郁的政治；微纪元是无忧无虑的纪元，需要快乐的领袖。"最高执政官说，她现在看起来清醒了许多。

"历史还没……没讲完，刚才讲到，哦，战争，宏人和微人间的战争，后来微人之间也爆发过一次世界大战……"

"什么？不会是为了领土吧？"

"当然不是，在微纪元，要是有什么取之不尽的东西的话，就是领土了。是为了一些……一些宏人无法理解的事，在一场最大的战役中，战线长达……哦，按你们的计量单位吧，一百多米，那是多么广阔的战场啊！"

"你们所继承的宏纪元的东西比我想象的多多了。"

"再到后来，微纪元就集中精力为即将到来的大灾难做准备了。微人用了五个世纪的时间，在地层深处建造了几千座超级城市，每座城市在您看来也就是一个直径两米的不锈钢大球，可居住上千万人。这些城市都建在地下八万千米深处……"

"等等,地球半径只有六千千米。"

"哦,我又用了我们的单位,用你们的来说,嗯,八百米深吧!当太阳能量闪烁的征兆出现时,微世界便全部迁移到地下。然后,然后就是大灾难了。

"在大灾难后的四百年,第一批微人从地下城中沿着宽大的隧道(大约有宏人时代的自来水管的粗细)用激光钻透凝结的岩浆来到地面,又过了五个世纪,微人在地面上建起了人类的新世界,这个世界有上万个城市,一百八十亿人口。

"微人对人类的未来是乐观的,这种乐观之巨大之毫无保留,是宏纪元的人们无法想象的。这种乐观的基础,就是微纪元社会尺度的微小,这种微小使人类在宇宙中的生存能力增强了上亿倍。比如您刚才打开的那听罐头,够我们这座城市的全体居民吃一到两年,而那个罐头盒,又能满足这座城市一到两年的钢铁消耗。"

"作为一个宏纪元的人,我更能理解微纪元文明这种巨大的优势,这是神话,是史诗!"先行者由衷地说。

"生命进化的趋势是向小的方向,大不等于伟大,微小的生命更能同大自然保持和谐。巨大的恐龙灭绝了,同时代的蚂蚁却生存下来。现在,如果有更大的灾难来临,一艘像您的着陆舱那样大小的飞船就可能把全人类运走,在太空中一块不大的陨石上，微人也能建立起一个文明，创造一种过得去的生活。"

沉默了许久，先行者对着他面前占据硬币般大小面积的微人人海庄严地说："当我再次看到地球时，当我认为自己是宇宙中最后一个人时，我是全人类最悲哀的人，哀大莫过于心死，没有人曾面对过那样让人心死的境地。但现在，我是全人类最幸福的人，至少是宏人中最幸福的人，我看到了人类文明的延续，其实用文明的延续来形容微纪元是不够的，这是人类文明的升华！我们都是一脉相传的人类，现在，我请求微纪元接纳我作为你们社会中一名普通的公民。"

"从我们探测到方舟号时我们已经接纳您了。您可以到地球上生活，微纪元供应您一个宏人的生活还是不成问题的。"

"我会生活在地球上，但我需要的一切都能从方舟号上得到，飞船的生态循环系统足以维持我的残生了，宏人不能再消耗地球的资源了。"

"但现在情况正在好转，除了金星的气候正变得适于人类外，地球的气温也正在转暖，海洋正在融化，可能到明年，地球上很多地方将会下雨，将能生长植物。"

"说到植物，你们见过吗？"

"我们一直在保护罩内种植苔藓，那是一种很高大的植物，每个分支有十几层楼高呢！还有水中的小球藻……"

"你们听说过草和树木吗？"

"您是说那些像高山一样巨大的宏纪元植物吗？唉，那是上古时代的神话了。"

先行者微微一笑："我要办一件事情，回来时，我将给你们看我送给微纪元的礼物，你们会很喜欢那些礼物的！"

6. 新　生

先行者独自走进了方舟号上的一间冷藏舱，冷藏舱内整齐地摆放着高大的支架，支架上放着几十万个密封管，那是种子库，其中收藏了地球上几十万种植物的种子，这是方舟号准备带往遥远的移民星球上去的。还有几排支架，那是胚胎库，冷藏了地球上十几万种动物的胚胎细胞。

明年气候变暖时，先行者将到地球上去种草，这几十万类种子中，有生命力极强的能在冰雪中生长的草，它们肯定能在现在的地球上种活的。

只要地球的生态能恢复到宏时代的十分之一，微纪元就拥有了一个天堂中的天堂，事实上地球能恢复的可能远不止于此。先行者沉醉在幸福的想象之中，他想象着当微人们第一次看到那棵顶天立地的绿色小草时的狂喜。那么一小片草地呢？一小片草地对微人意味着什么？一个草原！一个草原又意味着什么？那是微人的一个绿色的宇宙了！草原中的小溪呢？当微人们站在草根下看着清澈的小溪时,那在他们眼中是何等壮丽的奇观啊!地球领袖说过会下雨,会下雨就会有草原,就会有小溪的!还一定会有树,天啊,树!先行者想象一支微人探险队,从一棵树的根部出发开始他们漫长而奇妙的旅程,每一片树叶,对他们来说都是一片一望无际的绿色平原……还会有蝴蝶,它的双翅是微人眼中横贯天空的彩云;还会有鸟,每一声啼鸣在微人耳中都是一声来自宇宙的洪钟……是的,地球生态资源的千亿分之一就可以哺育微纪元的一千亿人口!现在,先行者终于理解了微人们向他反复强调的一个事实。

微纪元是无忧无虑的纪元。

没有什么能威胁到微纪元,除非……

先行者打了一个寒战,他想起了自己要来干的事,这事一秒钟也不能耽搁了。他走到一排支架前,从中取出了一百支密封管。

这是他同时代人的胚胎细胞,宏人的胚胎细胞。

先行者把这些密封管放进激光废物焚化炉,然后又回到冷藏库仔细看了好几遍,他在确认没有漏掉这类密封管后,回到焚化炉边,毫不动感情地,他按动了按钮。

在激光束几十万度的高温下,装有胚胎的密封管瞬间汽化了。

马卡

不是结局的结局

文 / 夏茄

科 幻
硬阅读
DEEP READ
不求完美 追逐极致

写小说的人住在阴暗的废巷深处,一排排常年滴水的床单掩盖了褪色的金属招牌,上面写着一个古怪的姓名:Z·马卡。

没有人知道他住在这里多久了,也没有人在乎。他只是一个写小说的人,苍白,卑微,佝偻着身子,小小的黑眼睛藏在眼镜片下,闪着幽暗的光。他从不踏出阁楼一步,大多数人甚至忘记了他的存在,只是偶尔在茶余饭后的闲聊中听到一点传闻,语焉不详,支离破碎,极少数人被这些碎片勾起了好奇心,于是出发去寻访他。

付点钱,你就可以得到一个故事,只有开头,没有结尾。

星期一　电子骑士

蓝顿·李爬上阁楼,靴子踏着被潮气侵蚀的木质楼梯,咯吱咯吱作响。

外面阴雨连绵,破旧的街景像水彩画一般在雨窗外绽开。写小说的人蜷缩在扶手椅里,像只姿态古怪的大鸟,他脚边有一个很大的纸篓,里面装满被蓝色墨水玷污的纸团。

"你就是他们说的那个马卡?"蓝顿·李好奇地四下里打量着,房间小而凌乱,三面墙都是书架,一面是书桌,屋子正中有一只浴缸,滴滴答答往下淌水。

"我是。"这间屋子的主人回答。

"我是你的主顾。"蓝顿·李说,他没有说自己的名字,或许是觉得对这样一个人报出姓氏有些不太体面。

"哪一位?"

"你有不止一位主顾?"蓝顿·李问,毕竟他对这个人的工作一无所知。

"是的。"

蓝顿·李突然觉得自己受到了冒犯。"你给我写那个电子骑士的故事。"他语气有些生硬地说,"孤胆英雄,不死不朽,骑着钢铁战马,还有一条狗……"

"狗的名字叫尤利西斯,是的,我记得。"马卡点头。

"那么你是否记住了我的要求?上一次取货的时候,我让仆人替我传达过。"

"记得,你要让你的未婚妻也进入这个系列故事。"马卡用一种低沉的声音回答，"两个人相遇，共历艰险，最终相爱，至死不渝的爱，既要精彩又要感人。"

"我甚至按照你的要求，提供了她的照片和详细资料。"

"我需要知道她的每一件事，她喜欢的、不喜欢的、内心中恐惧的、憎恨的、渴望的，好为她塑造一个真实可信的角色，就如同我为你写那个电子骑士的故事一样。"

"那么，你完成了吗？婚期很快就要到了。"

马卡一言不发，拉开书桌抽屉拿出一个很大的硬纸盒，上面扎着缎带。

"这就是我的故事？"蓝顿·李有些错愕地问。在此之前，他从没有亲眼见过一本被写出来的小说，都是由仆人读给他听的。

"是的。"马卡说，"付过钱，它就是你的。"

他伸出一只瘦骨嶙峋的手，指关节粗大变形，丑得要命，上面满是可疑的蓝色斑点。尊贵的主顾犹豫了一下，在那只手里扔下一枚金币。

"行了，拿走吧！"马卡说，"你会喜欢它的，拿走。"

蓝顿·李走了，靴子重新踏在楼梯上吱吱作响。

"真是个怪物。"他一边下楼一边喃喃自语，"话说回来，谁会在屋子正中央摆着浴缸呢？"

他走出阴暗的废巷，坐进银白色的飞行器，一口气升上二百米的高空。阳光重新涌入舷窗,好像生命的气息在吹拂,而刚才发生的一切就像一场噩梦:那咯吱作响的木质楼梯,那滴水的浴缸,还有写小说的人那张苍白、潮湿的脸……只有终年不见太阳的贱民才有那样的肤色,有钱人都住在高处,每天做日光浴,好让皮肤保持尊贵的棕褐色。

他打了个寒战,同时又隐约感到一丝刺激与满足感。不管怎样,他独自去了低矮潮湿的废巷,见过了写小说的人,这件事足以拿来在沙龙上跟朋友们夸耀。更何况他还拿到了新的故事。

他打开盒子,里面是一叠用蓝墨水写成的书稿,字迹潦草,到处是涂抹痕迹。蓝顿·李把它们拿到面前,一个字一个字地读出来。

"那是一个没有月亮的暴风雨之夜。"故事用这样的句子开头,"电子骑士蓝顿·李走进古堡大门。走廊里灯火通明,雨水从他那亮光闪闪的长靴上流下,散发出铁锈气息。"

一个相貌粗野的独眼男人走上来拦住他的去路:"你,进去,你的狗在外面等!"

"让他进去。"蓝顿·李冷冷地回答,"它是我唯一的朋友。"

如往常一样,作为读者的蓝顿·李被这几句话吸引住了。他继续看下去,华丽宴会,珍奇佳肴,月光石,祖母绿和血红美酒,在烛光下闪耀着不祥的光芒。他跳过这些冗长而详尽的描写,跳过餐桌上暗藏玄机的谈话，跳过小丑吟诵的十四行诗，仿佛感应到他的急切心情一般，餐桌边的蓝顿·李站了起来。

"感谢您的盛情款待。"他一边说，一边将手按在腰间的光剑上，"但您知道我来此的目的。"

古堡主人哈哈大笑起来，他肥硕的脸上长满疥疮，像一只巨型蛤蟆。

"伟大的电子骑士蓝顿·李，我欣赏你的勇气和直白，但你独自一人来到这里，实在是再愚蠢不过的一件事！"

他从紫金织锦的袍子下伸出两只又小又胖的手，啪啪拍了两下，身后那些黑色的落地帘幕后顿时跳出许多人影，动作整齐优美得好似舞蹈。蓝顿·李认出他们是由能工巧匠打造的机械卫士，有着精铜锻造的四肢和上好的钻石轴承，靠橄榄油传导动力，移动起来不发出一丝声响。他们光滑的脸上毫无表情，红宝石眼睛闪闪发光。

"雕虫小技！"他轻蔑地哼一声，抽出光剑腾空跃起，踏着长长的餐桌冲过去，在飞溅的骨瓷碎片和葡萄酒沫中跳起死亡之舞。他的剑锋是绿色的，划过空气时会发出嘶嘶的声响，好似一条蛇。那些鬼魅般狡猾的机械卫士在他的迅猛攻势中毫无招架余地。他们试图攻击，却发现对手的剑总是先一步指向他们持刀的手腕；他们想要闪避，却发觉自己闪避的步伐也被对手计算在内。他们被接二连三砍掉手脚和头颅，摇摇晃晃倒地，发出哑暗的声响。

蓝顿·李杀得兴起，光剑在手中呼呼旋转如一座风车。突然间有声音从背后袭来，他并不急着招架，而是上前一步劈开面前的敌人，回过头来，便看见他忠实的狗正压在妄想偷袭的机械卫士身上，巨大的爪子拍打着那张毫无表情的铁皮脸。

"很好。"他点点头环视四周。战斗已经结束，那些金属残躯横七竖八倒在地板上，像一堆奇形怪状的虫子，幽蓝的电火花此起彼伏，空气中弥漫着浓浓的臭氧味道。

他们的主人——那裹在紫色锦袍中的癞蛤蟆跑掉了。蓝顿·李皱了皱眉，低头说一声："尤利西斯，去找他出来。"

黑狗低声咕嘟着钻进落地帘幕后面，蓝顿·李紧紧跟上。帘幕后是一条幽长的走廊，两侧冰冷的砖石墙壁上有许多门，每扇门上都镶嵌着一条青铜少女手臂，曲线柔美，栩栩如生，手中举着火把，为他照亮前进的路。

他跟在尤利西斯身后一路前行，沉重的脚步声踏破了寂静。走廊尽头是一扇暗红小门，表面粗糙不平，仿佛鲜血凝固而成。黑狗停在门前，犹豫不决地回头看主人。

蓝顿·李抽出光剑刺穿门锁，一脚将门踹开。门后的房间精致奢华，充满幽甜的香料气息，房子正中悬挂着一个鎏金的鸟笼，里面睡着一位少女。

眼前的一切令这个无惧无畏的电子骑士吃了一惊。他垂下剑锋,放缓脚步走到近处,仰头凝望少女宁静的睡姿。一层薄如蝉翼的轻纱裹在她金色的皮肤上,像月光裹着蜜糖,随时要流淌到什么地方去。她又长又浓的黑发好似茂密的葡萄藤,从笼子缝隙中垂下来。

他犹豫了好一阵,终于拿定主意,悄无声息地打开笼门钻进去,将少女抱了起来。那娇小的身躯看似如一片羽毛般轻盈,抱在怀里却沉甸甸的,直往臂弯里坠。他拨开她额前浓密的长发,看着那张小小的脸,属于女人和孩子的线条在上面奇妙地融合。她湿润的嘴唇半开半闭,缝隙中露出小而白的牙齿。

他深吸一口气,把自己冰冷的钢铁嘴唇压在那些白牙上。仿佛有什么东西哗啦啦碎裂。少女睁开眼睛,绿莹莹的双眸璀璨如玉。

他们对视着,不说一句话,一双绿莹莹的猫眼和一双炭火般暗红的眼睛,一个丝绸般轻柔的呼吸和一个沉重的金属呼吸。他听见她的心跳,觉得自己空旷的胸膛里也有什么东西跳动起来,像一团小小的火焰。

少女嫣然一笑,从轻纱下摸出一把幽蓝的匕首,以迅雷不及掩耳的速度刺穿了他的胸膛。

电光照亮了整座古堡,紧接着是滚滚雷声,从遥远的旷野里翻涌而来。

故事在这一页戛然而止,蓝顿·李放下手中书稿,长长地舒了一口气。是这样的,总是这样,在最紧张的部分突然停下,以是写小说的人老掉牙的把戏，也唯有这样，人们才会继续来买他的故事。

他的心还沉浸在方才的氛围中砰通砰通直跳，终于慢慢平静下来。午后阳光温暖迷人，洒在前方一排白色尖顶上，他想起那个黑发绿眸的姑娘，想她此刻或许正坐在他的客厅里，百无聊赖地望着窗外发呆。离晚饭前还有很多时间，他可以坐在她旁边，亲自把这故事读给她听。

他轻快地吹一声口哨，驾驶飞船准备降落。

星期二　国王与小鸟

雨依然在下，空气潮湿，墙壁上挂着一层冰冷的水珠。

女孩身材娇小，坐在一堆书本中间，仿佛一只小鸟落在树叶搭成的窝里一样。她穿着宽大的军绿色外套，被雨水打湿的帽檐遮住脸，露出小而苍白的下巴。

"外面冷吗？"马卡问。

"冷透啦！"女孩子的声音很好听，像青涩的梨子，又沙又甜，"真羡慕你，这样的天气不用出门。"

"如果愿意，我也可以把故事寄给你。"马卡回答。

"我没有邮箱，也付不起寄信的钱。"女孩子低声说，"再说,谁来帮我读故事呢?"

马卡点点头,却忘了对方看不见这个动作。她是一个盲眼的歌手,在终年不见天日的地铁站里居住,在那里弹琴唱歌。过往行人听了她的歌,向她的琴盒里扔下几个硬币。

现在女孩子正把那些硬币从口袋里掏出来,一个一个排列在地板上,大大小小的头像闪着光。

"够了吗?"她问,"我就剩下这些。"

"够了。"马卡回答。

"那么,我的故事呢?"女孩子开心地说,"念给我听。"

马卡从桌上拿起一叠纸稿,凑到厚厚的眼镜片前,用沙哑的声音念起来。与电子骑士的故事不同,这篇小说是以一封信开头的。

亲爱的国王陛下:

或许您已经知道了,世界是平的。

在今天的课上,我终于看到了世界的模型。与想象中略有不同,它并不是像石板那样平,而是更像一片薄薄的圆形盘子:最外层是高山和冰川,中间凹下去,里面盛着海水,还有陆地,很多细细的河流从冰川上垂下来,沿着山脉和平原一直流到大海里去。海水被太阳晒热以后,又会蒸发变成云,被海风吹到陆地上,变成雨落下来。

是不是很有趣？

在大地之外是浩瀚的宇宙，漆黑广大，占满整间屋子。我看到天花板上镶嵌着一颗水晶球，那是宇宙的中心，大地被许多透明的细丝悬在它下面，像一只摇篮轻轻摆动，周围还有许多星辰，沿着各自的轨道在转动，有的快，有的慢，有时候出现在大地上方，有时候就沉入黑暗的另一面去了。它们中最大的一颗是太阳，光芒四射，时不时飞溅出暗红色的火星。月亮比太阳小一点儿。实际上，月亮不是一颗而是两颗，一颗发出比较温和的美丽的光，一颗完全是黑暗的，它们两个相互围绕着旋转，所以我们才会看到月亮有时候是圆的，有时候变成月牙，像是被什么东西挡住了一样。

盖娅老师告诉我们，天上的星星远比我们能看见的多得多，有些很大，甚至可能比太阳还要大，只是它们离得太远，我们看不清，或者看不见罢了。但它们是存在的，它们都被宇宙中心的水晶球牢牢吸在那里，像被不同长短的绳子拴住一样，在各自的轨道上旋转。

我们的大地，据老师说，处在一个非常美妙的平衡点上。宇宙中心吸引着它，把它悬挂在那里，而在遥远的宇宙边缘，许多看不见的暗物质也像磁铁一样牢牢吸附着它，因此我们站在地面上，会感到有什么力量拉住我们的脚，让我们不至于跳一跳就飞到天空中去。在宇宙中的其他位置，那种力量的平衡都不可能那么精确，所以那些星星才会在两种力量的拉扯下不停旋转，永远停不下来。

可是我依然有一个问题：这样美妙的位置上，难道只有我们生活栖息的这块大地吗？或许它本来是像蛋壳一样，均匀地包裹着宇宙中心，只是因为发生了什么意外，那一层壳碎掉了，变成无数碎片，而我们的大地，只是其中小小的一片？

那么，在其他碎片上，是否也有人生活着，甚至思考着这些问题？

想到这里，我兴奋得坐立难安，多么有趣又多么神奇啊！到现在为止，我连这座岛都没离开过，却已经想去宇宙中的其他世界去看一看了。

国王陛下，您掌管着这个世界上所有的海洋与陆地，会不会也想过类似的事呢？我是说，去更远的地方看一看？

这是一个美丽的中午，我坐在高大的菩提树下给您写信，过不了多久，太阳就会从天顶正中经过。那一刻很短暂，但是很美。一切都被照亮了：每一颗沙砾，每一朵花，每一片叶子上的露珠，甚至空气中每一粒飞翔的尘埃。

我喜欢阳光。盖娅老师说，我们能够认识这个世界，是因为这世界上有光。光赋予一切事物形状和色泽，赋予它们意义，而一切光的源头都是太阳。从夜间草丛里绿幽幽的萤火，到明亮的火光，它们归根结底都是从太阳里来的。我们的眼睛能看见东西，也是因为眼睛里面有属于光明的物质，但这种光明是不能被别人感知的,只有自己才感受到。

太阳永远在那里,日复一日从天顶正中经过,把它的光明慷慨无私地赐给万物分享,但我们每个人的眼睛,却只能感受到那么微小的一点儿,连太阳的亿万分之一都比不上。

我们为什么会被造成这个样子呢?为什么我的眼睛不能分享这世界上所有的光明,甚至,不能分享你的光明?

国王陛下,我们各自有各自的世界。每个夜晚,当我躺在床头小小的一团灯光中,都会幻想着亲眼看一看那属于您的整座世界,浩浩荡荡,无限广大。海洋、陆地、高山、河流,狂风在空中撕扯巨大的云块,雨哗哗地落在平原上,一千一万种鸟和蝴蝶,会跑的和会游的生物……我从未见过,只能想象,它们一定巍峨又雄壮,跟那些精美的图画和模型都不同。

而我的世界只有这座岛,这座小小的、飘浮在邬娜之眼中的岛。

盖娅老师曾给我们讲过那个传说:大神邬娜完成了创造这个世界的全部工作,准备潜入海底沉睡,但她又担心这个精致脆弱的世界会在她沉睡期间崩溃,于是她取下自己的一只眼睛扔在海面上。那巨大的眼睛旋转不停,卷起了周围的海水和空气,变成飓风,终年在海上飘浮,而眼中的一粒沙子就变成了夏阳岛,悬浮在风眼中平静的海面上方。千万年来,只有飞得最高的鸟才能越过那些云雾和海水铸成的墙,到岛上来栖息。它们带来了植物种子,于是岛上长出了树,在水汽和微弱的阳光中缓慢生长。又过了许多年,我们的祖先乘坐大鸟来到岛上,世世代代繁衍生息。

然而我还是有些不明白:既然邬娜留下她的眼睛是为了监视和守护这个世界,又为什么要用飓风在周围铸造一道坚不可破的风暴之墙呢?这样她就看不到外面了呀,就像我们生活在岛上,看不见外面的世界一样。

这个问题我不敢问,我想老师们是不会愿意回答的。

中午十二点的钟声响起来了,我看到了太阳,从头顶上方的风眼经过,那么明亮,那么耀眼。我鼓起勇气盯住它看,一瞬间,光明充满了我的眼睛。

如果能让我看到这世界上的全部光明,哪怕只是那么短暂的一刻,啊,就是从此献出我的生命也愿意。

不能再写了,眼里充满了各种颜色的光点,像是快要燃烧起来一样。国王陛下,祝您身体健康,下次我再写信给您。

又:关于我之前跟您提起的飞行器的事,目前为止一切顺利,但我依然很害怕长老们会发现。如果那样的情况发生,我们就永远没有机会见面了。

祈祷吧,为您,也为我。

您的 小鸟

诺尔斯伯爵躺在浴缸里读完了这封信。信纸是用他所不熟悉的技术制作的，纵然被揉搓、折叠，甚至浸泡过海水，上面的字迹依旧清晰可辨。

最初发现这封信的是一个渔夫的孩子，他在退潮后的海滩上捡到了一个小小的玻璃瓶，并把它交给自己的父亲，再通过层层关系一直送到这片土地的领主手中。信上的文字属于一种十分古老的语系，但依然可以根据古籍中留下的线索进行破译。

如果信中所描述的一切属实，那么它必然来自于某个神秘的种族。一个在大海上飘荡了几千年，掌握着极高知识和文明，却始终不曾被世人所发现的世外桃源，像托马斯·莫尔笔下的乌托邦。

想到这里，他拉动铃绳，叫来仆人为他擦拭更衣，然后手持一只烛台独自穿过长长的走廊。走廊尽头是一间密室，任何妄图窥测的人都将遭到严厉的惩罚。

他掏出一把小小的钥匙开门进去。屋里很暗，一个轮廓奇特的物体静静地躺在那里。它有一个细长的身子和三对翅膀，仿佛鸟和蝙蝠的混合体，轻捷的竹木骨架上绷着半透明的生绢，烛光跃动中，有一层柔润的光泽在上面流淌。

诺尔斯伯爵叹息一声，苍白的指尖从飞行器上抚过，这是他多年来的心血。总有一天，他会乘坐它飞上天空，像一只鸟儿，去茫茫大海里寻找那个神奇岛屿，以及那个女孩。

"谁都知道,世界是圆的。"黑暗中,他垂下头低低说一句。

故事到此为止,马卡放下手中的纸稿,抬头望向对面的女孩。她听得入神,帽檐从短发上不知不觉滑落下去,露出一双琥珀色的大眼睛,美丽,却没有神彩。

"就到这里吗?"她的样子像刚从梦里醒过来。

"就到这里。"马卡回答。

"真美啊,我好像真的可以看见你说的那些东西:暴风眼里飘浮的小岛,岛上的女孩,还有世界的模型,还有他们想要制造的飞行器。"

"你喜欢就好。"

"当然,喜欢极了。"女孩子笑起来,"可是后来呢,国王陛下有没有给小鸟回信,他们最终有没有见面?"

"那都在之后的故事里。"马卡说,"下星期这个时候你再来吧,我会把下一章节读给你听。"

"太好了。那么,如果我为这故事写一首歌,你不会介意吧?"

"当然不会,它是你的。"

"谢谢你。"

盲眼歌手抱着她的琴盒离开了，留下一线婉转的歌声在楼梯里回荡。马卡听着那歌声，继续趴在桌前开始写作，任由那些大大小小的硬币排列在地板上闪着光。

星期三　普兰星是个疯狂之地

摩叶先生打开信箱，看见一只厚厚的信封躺在里面。他的心怦怦地跳了起来，像个第一次收到情书的少年。

这是他的故事，全世界独一无二，只属于他一个人的故事。

当他还是一个小孩子的时候，曾无意中从阁楼里翻出一叠泛黄的旧杂志，里面的内容令他久久不能忘怀。那些虚构出来的故事就那样躺在纸页上，好像地层中的化石，散发出古老而迷人的气息。当他的指尖从上面划过，并尝试把它们念出来时，就好像有什么活生生的东西在空气中绽放开来，五光十色，编织出一个又一个无比奇妙的世界。

不知从什么时候开始，这个世界上再没有什么人写小说了，没有人知道究竟是为什么。小说家似乎变成一种危险而卑微的行业，像传说中那些在死人头骨里种植大麻的巫师，大多数人不清楚他们的存在，少数人厌恶或者憎恶他们，还有更少数人偷偷与他们做交易，为了各种各样的目的。

他抽出那个信封藏在大衣下,沿着一条小路快步走进花园。阳光很好,照在精心培育的玫瑰、风信子和尖角樱草上,各种芬芳混合在一处。他一直走到园子角落那棵高大的橡树下,这里很安静,就算有人找过来,也不容易被发现。

风从树叶间吹过,哗啦哗啦作响,像许多小小的风铃,摩叶先生迫不及待地从信封里取出那叠稿纸,开始低声念出属于他的故事。

在宇宙里形形色色的世界中穿行,你需要时刻保持冷静。

眼下摩叶正提着几件简单的行李,独自一人站在银白色的金属平台上向外张望。空气清新甜美,一派生机勃勃的绿色,航空港如同一只草草堆砌而成的鸟巢,掉落在无边无际的丛林中。普兰星的植被覆盖率是百分之百,他想起宣传手册上那句话,心中突然生出一丝微微的不安。

周围的景色宛若童话,那些根系、枝干、灌木和藤条纠结成一团,一刻不停地扭动着,敲打着,舞蹈着。天空被分割得支离破碎,一排巨型向日葵从高空中整齐庄严地飘过,金灿灿的花盘在阳光下熠熠生辉。他只顾着抬头仰望,没有注意到几只硕大沉重的南瓜正蹦蹦跳跳迎面而来,将他撞翻在地。

他躺在那里,脑袋里突然冒出来几个大而友善的字:

"不要恐慌"。

脚步声由远及近,一双小巧的黑皮靴子停在他面前,紧接着是一个银铃般清亮的女声。

"先生,您不要紧吧?"

摩叶缓缓抬起头,首先映入眼帘的是靴子上方光洁圆润的膝盖,在黑色蕾丝裙摆下若隐若现,然后是纤细的腰肢和露在绉纱领口外的脖颈,金色长发整整齐齐垂落在肩头,象牙般的脸蛋上,镶嵌着一双晶莹剔透的绿眸,像是把这颗星球上所有的绿色都凝聚到一起了似的。

一位从天而降的女神,年轻漂亮,适合作为所有英俊侦探一见钟情的对象,如果硬要说有什么美中不足,那就是看上去太过年轻了一点。

"你多大了?"摩叶脱口而出。

女孩看上去相当疑惑。

"按照你们地球的算法,十五岁,有什么问题吗?"

摩叶暗暗在心中叹了一口气。

"没有问题。"他绅士地微笑着,从地上爬起来。

"欢迎您来到普兰星。"女孩一边说话,一边从背包里掏出一张色彩鲜艳的地图,"请问您需要一位向导吗?"

"向导?哦,抱歉,我不是游客。"摩叶神情严肃地回答,"你能告诉我,去哪里才能找到这里的特别行政长官吗?"

"行政长官?"女孩极为可爱地把头歪向一边。

"我是……嗯,有些事需要见他。或者你能带我去游客聚集地吗?情况很紧急。"

"明白了,您就是他们派来的那位侦探。"女孩微笑着将地图装回背包,然后向摩叶伸出一只手,"我就是行政长官,等您很久了,很高兴您能来。"

身为见多识广的侦探,不能为这种小事半天合不住嘴。极力掩饰了心中的惊异后,摩叶拿出训练有素的绅士风度与对方握了一次手。

"'穿越黑洞无所不能星际侦探社',一级探员摩叶,很高兴认识你。"

"桑玛。"女孩点点头,"我的名字。"

"听说……这颗星上的行政部总共只有一名工作人员?"

"对,就是我。"桑玛帮摩叶提起一件行李,优美地甩了一下长发,"所以我也将是您在普兰星工作期间的助手。请这边来,摩叶先生,我送您去旅馆。"

摩叶跟在后面,仍旧半信半疑。

"请问……"

"您尽管问。"

"或许有些冒昧。"

"您不用这么客气。"

"呃……好吧……只是我不太明白,您为什么要假扮成向导呢?"

"瞧您说的,不过是兼职嘛!"桑玛回头嫣然一笑,"我是说,行政长官只是兼职,向导才是主业。毕竟,在这颗星球上搞建设,靠的还是旅游业。"

他们来到金属平台尽头,暗绿色的竹龙早已等候多时,正不耐烦地喷洒着潮湿芬芳的气体。它光滑坚韧的表皮凉丝丝的,好像真正的爬行动物,半透明的身体里隐约透出纵横交错的维管束,多节的躯干向两边逐渐变细,几乎分辨不出首尾,每一节下都生有灵活有力的脚爪,模样颇有点威武吓人。

摩叶再次告诫自己不能随便大惊小怪,跟着向导,哦不,是行政官爬上龙背。随着一道风声呼啸,竹龙展开身体两侧巨大的膜状翼,扭动着身躯掠过丛林上方,在灿烂的阳光下展翅翱翔。

"瞧,我本来是打算安排一株蛇麻藤来接你的。"桑玛悠然自得地向着迎面扑来的和风张开手臂,像一只展翅欲飞的小鸟,"可是我想,您是第一次来,一定很想体验一下从空中鸟瞰普兰的感觉。要知道,乘坐竹龙可是大多数游客都梦寐以求的,当然它有点儿喜欢上下扭动,那是为了更好地利用上升气流和阳光,除此以外简直完美极了,一切美景尽收眼底。啊,看见那片紫红的火箭莲了吗？很漂亮，不过我们最好绕一下路，它们发射的速度可比子弹还快。差点忘了提醒您，现在是成熟季节。还有我们右前方，那些吵死人的敲击斛，多有意思，您一定没见过植物也会像人喝醉了酒一样噼哩啪啦地乱闹腾。是的，我知道您很想一次都看个够，放心，以后有的是机会，眼下我们得急着赶路。"

摩叶一边听着对方像个兴奋的小姑娘一样（而实际上她就是）叽叽喳喳地说个不停，一边用双腿紧紧夹住龙背，竭力把自己想象成一位中世纪的威武骑士，正与心爱的公主一起周游世界。是的，骑龙毫无疑问是一件令人神往的事情——如果不是他有恐高症的话。

一路上他们躲过了一丛蒸汽百合喷射出的花粉，又差点被巨型马鞭草嚣张的叶片甩个正着，最后是一片绵延几千米长的木蝴蝶云，噼噼啪啪拍打着两扇豆荚飞过，还不时把熟透了的蝴蝶豆弹到他们脸上。

着陆的时候还算平稳。摩叶苍白着脸在角落里蹲了半天，才摇摇晃晃地走到明亮处，心中那丝不安在慢慢扩大，变成一片愁云惨淡。

"这边来，摩叶先生，我已经替您在龙璜宾馆定了房间。"身后传来桑玛欢快的声音。

摩叶回头望去，同时做好今晚要睡在一只土豆或是茄子里的心理准备。结果，在看到莒兰唯一的一座五星级宾馆时，他的反应与所有普通游客一样：张大着嘴，抬头向上看，向上，向上，再向上，直到下巴几乎脱臼。

龙璜粗大的树干直刺云霄，成百个晶莹剔透的花朵像灯笼一样倒悬在树冠下，仿佛无数流光溢彩的圣诞节彩灯。除此以外，还有许多色泽碧绿可爱的豌豆藤散布在方圆几平方千米的土地上，从地面一直通向枝干间，叶子像是小小的台阶，整整齐齐地呈螺旋状排列着。

他们选择了一株豌豆，沿着叶片一级一级向上爬。摩叶胆战心惊地抓紧粗大的藤萝，尽量平视前方。好在龙璜树虽然树冠宽大，高度却并不惊人——大约再爬个几百级也就到头了。就在他走得头晕眼花膝盖发软之际，一对衣着体面的中年夫妇乘坐着旁边另一株豌豆藤平稳快速地垂直升了上去，并向惊奇不已的摩叶微笑致意。

"这个……这个东西难道可以自己升上去吗？"

"当然。"桑玛回答道，"电梯哪儿都有，难道您就不想体验一下杰克与豌豆的童话故事吗？机会难得啊！"

"不，我想，下次吧！"摩叶有气无力地回答道，"电梯比较适合我……"

谢天谢地，房间看上去非常完美。

实际上，最开始摩叶并没有反应过来。他们突然间就来到一朵几人高的龙璜花旁边，沿着倒悬的花柄爬进半透明的水蓝色花瓣包围中，发现里面有一张花药铺成的、芬芳柔软的、生平所见最舒适的床。

能够睡在花里，这或许是许多孩子（不管男孩还是女孩）都有过的梦想。幸运的是，宇宙那么大，总有些地方可以实现你的梦。

"请先好好休息吧，晚饭前我会来拜访您。"桑玛说完这句话，行了一个完美无瑕的屈膝礼便退了出去。

摩叶在房间里转了一圈。整个房间像是一个巨大的吊篮，飘荡在高空中。空气清新甜美，丛林的喧嚣声从脚下很远的地方隐隐传来，四周是上上下下的豌豆藤，以及其他色泽柔美的花房，绯红、粉紫、柠檬黄、苹果绿……

他躺倒在床上，感觉自己仿佛身处色彩斑斓的童话中，直到一件微不足道的小事重新回到心头，破坏了来之不易的满足感。

他——"穿越黑洞无所不能星际侦探社"的一级探员，连续三年荣获《立方光年人物志》推选出的年度最迷人微笑奖，摩叶先生——并不是一位幸福的游客，而是来破案的。

那桩震动整个星系的游客连续神秘失踪案。

故事在这里停下了，尽管一切才刚刚开始。

午后阳光从摇曳的树影间跌落下来，照着纸页上潦草的蓝色字迹，为它们增加了几分神秘色彩。风在花园里穿行，草木哗啦啦摇摆，像是有无数个看不见的精灵在窃窃私语。摩叶躺在草丛里，望着头顶上方无数闪耀的光点，心头涌动着一股明媚的忧伤，仿佛少年情窦初开。

如果真有那样一颗星球该多好：神奇的丛林，美妙梦幻而又暗藏危险，一位无所不能的英俊侦探，以及谜一般的金发少女……

一阵轻快的脚步声由远及近，有人出现在他面前，一双小小的手撑在光洁的膝盖上，金色长发在阳光下一闪一闪。

"爸，你躲在这里干什么，妈让我喊你吃饭呢！"

"知道了。"摩叶先生点点头坐起来，并趁女儿不注意的时候，把那叠纸稿偷偷藏进草丛下面。

星期四　Jumper

少年们从来不走楼梯，他们蹲在外面砰砰地敲窗户，像一群莽撞的鸽子。马卡不得不停下笔，开窗放他们进来。

几双脚踩在破旧的木地板上，留下一个一个淌着泥水的脚印。

"已经是星期四啦，我们的故事怎么样了？"为首一个十五六岁的男孩说,看样子像是这群孩子的头儿。

"先洗手,"马卡回答,"把脚也洗一洗。"

少年们嘻嘻哈哈地跑到屋子中央,把他们脏兮兮的手和脚伸进浴缸里涮了又涮,再从旁边扯下一条破毛巾擦干。一切就绪后他们并排坐在浴缸边缘,几条腿在半空中晃悠着。

马卡拿起桌上那叠纸稿,递给其中一个女孩子,她是几人中唯一识字的。

"Jumper——"女孩有些费力地读出这个标题,"这是什么意思,会跳的人吗?"

"念下去就知道了。"马卡回答,"念吧!"

女孩子低头念起来,屋子里安静极了,只有浴缸在滴答滴答往下漏水。

窗外细雨朦胧,污浊的街景在刻满裂痕的玻璃外绽开,像是用最脏脏的颜料随意涂抹出的图画。

几个少年窝在阴暗的废仓库里,周围几乎没有什么光,雨水一股又一股从裂开的天花板往下淌,有一种湿漉漉的味道。迪克坐在高处,盯着指尖最后半截潮湿的烟卷,思考着怎么重新把它点燃。卡斯嘉靠在角落里看一本残破不全的旧杂志,她是从来不懂什么叫黑暗的。小狼则挑衅地瞪着始终在他旁边爬来爬去的威。威每到下雨天就会很不安,像那些常年生活在下水道里的老鼠一样。

"我们一定得带这家伙来吗?"小狼终于开口了。他年纪最小,还没学会忍耐,嘴角故意撇向一边,亮出锋利雪白的獠牙。

卡斯嘉啪地一声合上杂志,两只电子眼像摄像机镜头般嘶嘶转动。她只有下面半张脸,小巧圆润的下巴和丰满的嘴唇,嘴唇以上的部分全被掩在一堆电子传感器后面,代替了鼻子眼睛和耳朵。实际上她对自己的上半张脸一直很自豪,甚至绘了一些红黑相间的狰狞纹饰在上面。

"我带她来的。"她简短地回答,她的声音也是电子合成的,透出冷冷的金属质感。

小狼继续露出獠牙,卡斯嘉又补充一句:"迪克也同意了。"

迪克还在研究那半截烟卷。下面两人对视了一阵,觉得没有必要为这种小事惊动他。威还在绕着圈子爬来爬去,突然间,她一屁股坐在地上,忧伤地嚎叫起来。

像是得到了什么信号般,迪克站起身,低头问另外几个人:"都准备好了吗?"

他们简短地回应了一声。

"出发。"迪克下令道,随手扔掉了手中的烟卷。

雨还在淅淅沥沥地下着。迪克第一个跃出残破的窗框,在他脚尖踏上地面的一瞬间,雨滴停住了,在空中凝成一颗一颗扁圆形的、闪闪发光的珠子。

周围寂静无声，迪克看着脚下，一朵大而浑浊的水花正凝滞在那里，像一只张开的手，姿态优美，又有一丝狰狞。他把脚从水花里挪开，赤裸的脚踝从水中穿过，冰凉滑腻，却完全没有被浸湿。水花依旧保持着那个形态，仿佛是用水晶，或者其它更加黏稠的透明胶质做成的。

有人拍了拍他的肩膀，是卡斯嘉。迪克点点头，拇指向下，其他人也向他点头，谁都没有说话。当一切都静止时，连声音都无法在空气中传播。那些空中飞翔的尘埃，那些晶莹剔透的雨滴，那些楼群缝隙中的鸽群，还有姑娘被风掀起的裙角，它们统统一动不动。

只有这群少年们除外——四个闯入时空缝隙中、幽灵一般的少年。在这短暂而又漫长的一瞬间，整个冻结的城市只对这四个人开放。

迪克蹲下系鞋带，整个小队中只有他一个人穿了双破旧的运动鞋，其他人都是打赤脚。他仔细地把鞋带一根一根拉紧，时间足够，或者说，在比赛正式开始前，最不需要担心的就是时间。当他站起身时，其他人已经等得有些不耐烦了。他向他们笑了一下，比出准备就绪的手势。

大家屏息等待着，迪克摸出一枚硬币向上扔去，像以往一样，仿佛硬币永远落不了地。当它被冻结在最高点的一瞬间，四个少年一跃而起,几乎同时冲了出去。

启动速度最快的是小狼,他有一个向前弯曲的膝关节,可以手脚并用,像真正的野兽那样跳跃奔跑。紧跟在他后面的是威,这一点谁也无法解释,她的脑子像婴儿一样简单,身体却比耗子还灵活。迪克和卡斯嘉暂时落在后面,一切都在预料之中。

他们从城市边缘的这条废巷里出发,终点是城市中央最高的那座钟楼顶端。不管是从平面,还是从高度上来看,这都是一段不可思议的旅程。这座城市,艾罗斯特拉特,如同一座森林:有钱人是鸟,在最高的枝头筑巢,享受最好的阳光,呼吸最干净的空气;普通人是猴子和松鼠,从这棵树跳到那棵树,为了找一口食物上上下下奔忙;穷人是老鼠,在阴暗的地面上找地方藏身;至于这些少年,则是地下的居民。他们因为各种原因被社会遗弃,被剥夺了在阳光下行走的权利,只能像白蚁一样在树根下面做窝,钟楼对他们来说,是毕生可望不可及的空中楼阁。

唯独这短暂而又漫长的一刻,所有的禁忌都不复存在。时间的缝隙里,四个少年将要比赛穿越这座城。

迪克沿着一截水管向上爬,途中经过一座又一座阳台。破旧的花盆挤挤挨挨,有些空了,只剩浑浊的雨水,有些里面开着不知名的花。灰色的鸽子展翅欲飞,像栩栩如生的雕塑。

他从其中一个阳台上跳进去,像一阵风般从客厅里穿过。一家人正围坐在餐桌旁吃饭,汤和炖肉的热气凝固成一道道白色烟柱,一个孩子打翻了饭碗,晶莹的饭粒泼洒在半空中,旁边的电视上有一对男女在深情拥吻,像是某部电影中的一幕。迪克迅速看了一眼桌边那些人:一个四五岁的小女孩正瞪大眼睛紧盯着电视屏幕,一旁的父母面露尴尬,而年纪更大一点的那个男孩则露出一丝不怀好意的笑。

他意识到自己被这些琐事分散了注意力,连忙加快脚步跑出客厅穿过走廊,从另一扇窗户跳出去,落在街对面一座楼的屋顶上。一排不知是谁忘了收的床单和衣服晾在雨里,被风吹成奇怪的形状。他继续向前跑,跳跃、穿行、攀爬,并把沿途经过的每一处细节都牢牢记在心里。这是一条他精心设计过的路线,最直接、最便捷、最省力,威和小狼就不会在这上面动脑筋,他们还在那些道路与屋顶之间绕来绕去,局势对他相当有利。

现在他已经跑了快一半路,钟塔越来越近,巨大的指针像黑色铅锤,低垂在暗沉沉的浓云下一动不动。迪克放慢脚步看一眼脚下的城市,它和他平时看到的样子很是不同,如同一些精巧的玩具,在雨中闪闪发光。无数房顶、街道、台阶、桥梁、空中隧道,彼此联结咬合,好像一台大机器上的齿轮和轴承。这样的景色他原本一辈子都没机会看到。

他感觉到自己的心跳,一下一下敲打着胸膛,像是这寂静世界里唯一的活物。

一座小小的花园出现在前方不远处,像一盘悬在半空中的绿色盆景,那是某个贵族的私人领地。迪克脱下上衣挂在一条锈迹斑斑的钢索上,抓住衣服两端滑了过去。花园里有芳草和绿树,有修剪得整整齐齐的玫瑰花丛,有一座大理石的喷水池,潺潺清水从少女石像的水壶里流出来。

他继续向前跑,然后惊讶地发现树下一架秋千上坐着一个女孩,穿一条火红的塔夫绸裙子,微黑的膝盖露在裙摆外面,脚上是一双金色凉鞋。迪克放慢脚步,最终停在她面前。雨滴从树枝缝隙中落下来,凝在她黑漆漆的头发上,像一粒一粒的珍珠。

迪克站在那里仔细端详。女孩有一张新月般圆圆的小脸,眼睛是非常漂亮的绿色,盯着前方很远的地方,像在思考某个十分严肃的问题。她的膝盖上放着一本金色封皮的书,书上的字他一个都看不懂。

他还想再凑近一点看,那双眼睛却突然眨了一下,一滴雨水从乌黑发亮的睫毛上滑落,啪地一声落在书本上。

"你是谁?"女孩开口问道,她的声音明亮铿锵,像擦亮的银罐子。

"没有啦?"许久之后,那个名叫迪克的男孩子问。

"没啦。"卡斯嘉回答。

"后来呢?后来怎么样了?那个红裙女孩呢?"

"我怎么知道。"卡斯嘉没好气地把脸侧向一边。

"我想知道后面的故事，多少钱都可以。"迪克抬头对马卡说，他从裤子口袋里掏出一枚怀表，上面镶嵌着一枚很大的猫眼石。

"你疯啦？"卡斯嘉瞪着他，"这个值好多钱呢！"

"反正是偷来的。"迪克满不在乎地回答。

马卡接过那枚怀表，在手心里掂了掂，又还给迪克。"下次再来吧，等下次来，你就可以看到后面的故事了。"

"我把它留下，做押金。"迪克一边说，一边把怀表扔在桌子上。

他弯腰穿上那双破旧的运动鞋，拉紧鞋带，轻轻跳上窗台。外面雨还在下，淅沥淅沥敲打着玻璃窗。

"要是下次我来的时候你还没把故事写好，我就杀了你。"他像个骄傲的皇帝一样说出这句话，然后转身跳了出去，几个少年跟在他后面接二连三地消失了，像他们来时一样迅捷。

星期五　永留岛

每天睡觉前，总要来一点小小的娱乐。

德尔努王躺在床上，半闭着眼睛打量着今晚被送来的女孩，一张小而苍白的脸，纤细的手脚和腰肢，几乎还是个孩子。

"过来。"他命令道。

女孩怯生生地走过来坐在床头。他从睡袍袖口里伸出又小又胖的手,放在女孩单薄的大腿上慢慢蠕动,并满意地欣赏着对方脸上惊恐的表情,像在看一只落入网中的小鸟。

"你知道我的规矩。"他用一种懒洋洋的声调说,"天亮之前,如果你不能令我满意,我就拿你来试验我新发明的刑具——那样我起码可以通过另一种方式得到满足。"

"我有一个故事。"女孩浑身颤抖着回答,"专门献给您的故事。"

"故事?"德尔努王的脸上流露出惊诧,紧接着变成一丝笑意,"我似乎听那些家伙们提起过,这城里有个写小说的人。"

"是的。"女孩急急忙忙抬起头,"我从他那里买了这个故事,您会喜欢它的。"

"曾经有一个贱民想把他的故事献给我,那是很多年以前的事了。"德尔努王眯起眼睛,像在回味着什么,"那是个又无聊又恶心的故事,富人看过后会厌恶自己的财富,而穷人们看过以后只想造反。我只好把他和他的同行们都关进大牢,斩断他们的双手,割掉他们的舌头,这样他们就没法讲故事了。"

女孩嘴唇惨白,浑身冰冷得像死鱼。

"也罢,今晚是应该先享乐的。"德尔努王又恢复了那种懒洋洋的语气,"就把你的故事讲来听听吧!"

女孩竭力不去理会那只还在她腿上抚弄的手,用她稚嫩的声音慢慢讲起来。

我不只一次听过有关永留岛的种种传说,它坐落在遥远的南海深处,由三座山组成,从高处俯瞰,好像一条被割成三块的鱼,大的那块是鱼头,鱼身子被沿着中线均匀地分割为两半。三座山靠近海的一侧都是又高又陡的峭壁,无从攀附,想要上岛,只能从鱼尾之间的海沟划船进去。

他们说三座山交汇的地方有座小村子,落潮的时候露出水面,涨潮便消失,进去的人从不见回来。岛上有一种白色水鸟,终日绕着岩壁四下飞散,发出奇异的悲鸣声,因为它们的叫声酷似"留!""留!"的呼喊,岛便得名"永留"。

上岛的时候正是傍晚,暮云像一大块闪闪发光的金子,衬着黑漆漆的岩壁,令它显得分外森严。我们放下小船,慢慢划进那一大片幽深的阴影中,像进了一座山洞,只有头顶上方还有一线薄弱的天光,一寸一寸褪色消散。

空气冰冷潮湿,大家燃起船头的鲸油灯,摇曳的火光照亮前方一小块冰冷的波涛。船走了许久,终于在一片浅滩停下,我们惊奇地看见一道古老粗糙的石堤,上面爬满贝壳与海藻,石堤内正是那座传说中的村庄。低矮的建筑物挤挤挨挨,有些似乎在常年海浪慢慢下崩塌了,有些还依然矗立着。从那些幽深的街道和洞开的窗户中，竟飘来了缥缈的乐声。

一位曼妙的女子从天而降般出现在我们眼前，身体近乎赤裸，如金色细砂一般柔滑，如没药一般芬芳。她的头发似乎总是漂浮在潮湿的空气中，尽管周围一丝风也没有。

"你们来得正是时候，异乡客。"她亲热地上前挽住我的手臂，"每年只有这短短一夜里，我们的村子才会从波涛中显现。这是盛宴与欢爱的黄金之夜，所有人都在期待你们的光临。"

她在前面带路，轻盈得像一尾金色海鱼，我们梦游般跟在后面。四处散溢着无可抗拒的诱惑气息，如同一层闪闪发光的薄纱，蒙住人的眼睛与心智。

道路蜿蜒曲折，我们进入一间大厅，里面有喷出蜜酒的喷泉，有爬满地板和墙壁的鲜花，有丝绒、兽皮、刺绣和羊毛的垫子，有无数火把和蜡烛，把那些奇形怪状的影子投向四面八方。酒池里漂浮着盘子和碟子，盛满各色美味佳肴。还有女人，许多女人，拨弄乐器，追逐嬉戏，互相把蜜糖与奶油涂在对方身上。

"你们是海里的女神吗？"我昏头昏脑地问身边谜一般的尤物，"或者是海妖？"

"何必多问呢，年轻人。"她无瑕地微笑着，把炽热的双唇贴近我耳边，"人生苦短，及时行乐。"

于是我们便醉倒在那片花与蜜的海洋中，亲吻无数闪闪发光的嘴唇，乳房与大腿，身体融化了，消失了，只剩下梦一般的呻吟漂浮在空中。

这是无比漫长而销魂的一夜,令之前生命中所有夜晚堆积在一起,都显得尘埃那样微不足道。

"整个生命不过是一夜或两夜。"我叹息着。

"你说什么?"怀中的女人转头望向我,眼睛在黑暗中闪闪发光。

"没什么。"我吻了一下她的额头。

"那是一句诗吗?"

"什么?"

"你刚才说的,'整个生命不过是一夜或两夜'。"

"是的,很多年前,我从一个行吟诗人那里听来的。"

她慵懒地轻抚我的胸膛,过一会儿说:"你会一直想着我吗?"

"想着你。"我说。

"一辈子都想着?"

"一辈子。"

"或者,"她狡黠地眨眨眼睛,"你想说你爱我?"

我犹豫了一下,她格格低笑着,送上比蜜酒还要甜美的嘴唇,把我的回答压回牙齿中间。

"你太好了。"她轻声说,"我决定把你留下。"然而我已经目眩神迷,听不清她在说什么了。

墙上的火把越烧越短,周围一片寂静,仿佛连呼吸声都掩盖在浓重的睡梦中。女人在我耳边悄声说:"跟我来。"于是我站起身,像来时一样迷迷蒙蒙地跟随她轻盈的脚步,穿过满屋连绵起伏的赤裸身躯,出门,走街串巷,夜色开始有一点稀薄,像是水冲淡了蜜糖。我们来到村庄正中的一座高塔下,潮湿的石阶缝隙里散发出海腥气,依稀还有破碎的鱼鳞在闪闪发光。

"你去塔上等我。"她转身对我说,海藻一般柔软的双臂搂着我的脖子。

"等多久?"

"不会很久。"她像小孩子般娇声低语,"听话,我都是为你好。"

我听她的话上了塔,我本不该这样做,然而那样迷醉的气息中,哪里还有别的选择呢?

我爬上塔,望着她离去的背影,只是短短一夜,她的身形已经开始臃肿起来。黎明前的夜还是很凉,我找到一张床钻进去,很快就睡得像初生婴儿那样香。

梦中我又看见那些女人,那些海妖一样的女人们。她们手拉手漂浮在海水中,齐声高唱着古老陌生的歌谣。水漫过她们赤裸的身体,漫过她们紧绷圆润的腹部,像一串苍白的珍珠随波漂浮。

我梦见她们越来越高亢的歌声，梦见她们混合痛苦与喜悦的呻吟，她们身下的海水被染红了，许多鱼一样的生物源源不断地涌出来，成千上万，散布在弥漫着血腥气的泡沫中。它们游得很快，偶尔有一些跃出水面，发出清脆的啼哭声。

似乎是太阳从岩壁后面升起来了，穿透浓浓的晨雾，带着一丝温暖落在海面上。女人们停止歌唱，带着圣母般无瑕的微笑一个一个游上来，湿漉漉的手臂揽住我的脖子，亲吻我冰冷的嘴唇。然后她们化作洁白的大鸟，拍打着翅膀飞起来，落下雪片般细碎的羽毛。

我孤零零地坐在那里，望着海面之上翱翔的白色鸟影。她们唱歌给我听，为我送来一日三餐。天气好的时候，阳光透过窗台下起伏荡漾的波涛，时不时传来细碎的嬉笑和啼哭声。

歌声惊扰了我的梦境。

我睁开眼，歌声从四面八方传来，连成一片绵延不绝。我挣扎着爬到窗口向外望，海水已经涌了上来，从黑色岩壁之间的海沟一波一波拍击而来。那些粗糙的石堤，蜿蜒的街道，以及飘散着酒与蜜香气的庭院，一点一点消失在浑浊的泡沫中，消失在刚透出一点淡白色的天幕下。

整座岛像条鱼一样沉了下去，沉向漆黑冰冷的海底。

"没了？"德尔努工睁开眼睛。

"今晚就到这里。"女孩低着头轻声说,"如果您喜欢这个故事,我很乐意明晚继续为您讲下去。"

沉默片刻,德尔努王哈哈大笑起来。他肥硕的身躯在笑声中震动,好像一只蛤蟆。

"这也是那家伙教给你的吧!你们这些贱民,以为区区一个故事就能随意摆布我,真是可笑!"

女孩脸色更加苍白,小小的身子颤抖着,好像风中的叶子。

"也罢,我今晚就不杀你,看你还有什么花招。"笑累之后德尔努王说道。游戏要慢慢玩才有意思,他有的是时间。

女孩叩头谢恩,娇弱的身躯像一朵小花,好像随时可以捏在手里揉碎。德尔努王趁机把她拉入怀里,想要像平时那样在那身子上好好发泄欲火,但刚才故事里的那些画面始终在脑子里盘旋,令他对女人的身体突然产生了几分厌恶之情。

他挥手把她甩到床下。"明晚这个时侯,带着你的故事来见我!"

星期六　万古尘

暗夜里,一个漆黑的人影立在窗前。

"我的故事写好了吗?"一个低哑的声音传来。

马卡摸索着,从床头拿起一叠纸稿递过去。来客就站在那里读了起来,屋里几乎没有一丝光,他却能毫不费力地看清那些细小的字。

出发去刺杀嬴政的前一天,韩凌回到那座小村庄,去见他多年未曾谋面的妻子。

月娘正在井边塌腰绞一桶水,突然看见地上一双男人的大脚,破布鞋面上沾满泥土。她一惊,手里的桶也掉了,那人却一把捞起来递到她面前,敏捷得像事先排练过许多遍似的。

"阿凌!"她情不自禁叫出声来。抬起头,却被眼前那张脸吓了一跳,满面疮疤,像被火烧过,还有一道巨大的刻痕从右边眉梢直到左唇角,深得几乎要见骨头。那人身上衣衫褴褛,少了右边一只胳膊,仅有的一只左手紧紧抓住桶把,手指因为太过用力,一节一节泛出白色。

月娘又惊又怕,双手用力一推,木桶砰地一声落地,清洌的井水四下飞溅。她提着湿透的裙角跑进屋,一边喘着粗气一边反手要掩门,身后却突然传来一个清脆甜嫩的女声:

"你就是安月娘吧。"

一个白衣小姑娘从那陌生男人背后跳了出来,十一二岁年纪,黑发梳成两个光亮饱满的丫髻支在耳边,更显得脸盘小巧,眼睛黑白分明,笑起来甜丝丝动人。

"你怎么知道我名字?"月娘颤声问一句。

小姑娘笑嘻嘻答道:"自然是有人告诉我的。"边说边偷偷推一把旁边呆立的男人,压低声音道:"说话呀。"

那男人抬起头来,眼睛里翻涌流动的种种神色突然间就隐去了,像沉船后静静的海面。他躬身行一礼,沉声道:"在下阿九,受你家韩先生之托,来给夫人带个话。"

月娘立在那里,竟一时间怔住了。

"真有阿凌的消息?"许久之后她声音轻颤着问一句。

"是。"那男人依旧低着头,"韩凌让我来跟夫人说一声:他已在别处安了家,也另娶了妻室,不能再回来了。这么些年来夫人过得不容易,家里一点薄产,请夫人自行处置,今后就算再无干系了吧!"

这一番话说出来,像打翻的井水,淅沥沥淌入草丛里,只是寂静无声。许久之后月娘咬着牙轻声道:"这话……韩凌亲口跟你说的?"

"是的。"

"他还活着?你亲眼看见的?"

"活着。"

"好……好……我知道了。"她说着,一个人慢慢进了屋,吱呀一声,门被轻轻掩上了。

屋里隐隐传来啜泣声，越来越高越来越响，最后竟变成尖利的抽泣，一声一声，如受了伤的野兽，又如细韧的钢丝勒进肉里。

那男人呆立了一阵，弯腰捡起地上的木桶放回井台边，慢慢向外走去。走到门边，脚下却一绊，是那小姑娘从后面拉住了他的衣襟，一双黑白分明的眼睛像着了火似的，仰头死瞪着他看。

"你是不是脑子有问题啊！"她强压着音量，语气却激动得变了调，"成天说要见要见，好不容易见到了，这一通胡言乱语的叫什么事儿？"

韩凌眼神涣散，许久才嘶哑着嗓子说一句："不关你的事。"

"是，不关我的事！"小姑娘气哼哼地说道，"可做人要对得起天地良心，你伸手自己摸一摸，还有没有良心啊！"

"良心？做人？"韩凌苦笑一声，"我现在这样子，还算人吗？"

"你！"小姑娘跺了跺脚，"那也不带这么骗人的！"

"你不懂，我是为了她好……"

"什么我不懂，你才不懂呢！我知道，你这样子没法跟她相认嘛，又不能说自己死了，怕人家想不开寻短见是不是，苦想一夜就想出这么一套鬼话来。可你自己将心比心，要是你苦等一个人那么多年，突然有人跑来说她跟别人好了，早把你忘了，你心里什么滋味？今后再无干系？呸！"

"我……我能怎么办……"韩凌喃喃着，高大的身躯竟然支撑不住，双膝一软跪倒在地。

"你啊，真没用！"小姑娘叹一口气，弯下腰来拍了拍他的肩，"好了好了，在这儿等着，我去替你说。"

她跳起来就向院子里跑去，一只晒成蜜色的纤瘦脚踝上挂着条泛旧的细银链子，把碎玉般的声响洒了满地。韩凌本想拦住她，却觉得一副身躯沉重如山，再也驱遣不动半寸。

只见一个白色身影粉蝶般飘进柴门里去了，里面哭声渐息，不过片刻，门又吱呀一声打开。安月娘拉着女孩的手出来，脸上泪痕未干，却已然挂上了笑意，梨花带泪雨后霁晴，说不出的明艳。

"这么一说，我才算放心了点儿。"她抚了抚女孩头发，声音柔柔地说，"真是辛苦你们了，也没什么可答谢的。"

"答谢什么，都是顺手。"女孩笑意盈盈。

"这年头，兵荒马乱的，大家都不容易。"月娘叹一口气，眼睛幽幽地向外瞟一眼，低头问，"还没问呢，你叫什么名字？"

"软儿。"

"软儿，好名字。你娘给起的？"

"我爹。"

"外面站着那个是你爹吧？"

女孩不回答,只对她深深鞠一躬:"我们得走啦,你自己要保重。"说完便一溜烟跑了出来。

韩凌在外面看得呆了,一把抓住女孩的手问:"你跟她说什么了?"

"想听?"

"快说!"

"女人的事,才不告诉你!"

女孩边说边把身子一拧,背对他只顾大步向前走,还不忘轻轻"哼"一声,又得意又轻快,像一缕粉紫花香袅袅娜娜向上飘。韩凌愣了愣,最后看一眼那柴门后绿影幽浓的小院,依稀还是那个纤弱的背影,低着头在井边绞水,浸湿的辘轳吱呀吱呀作响。

他叹了一口气,跟在那个蹦蹦跳跳的白色影子后面走了。

他们回到夏伯阳的茅屋,这位黑衣术士正坐在炉火前,对着那一大套闪闪发光的铜管和瓶瓶罐罐发呆。

"夏先生。"韩凌轻轻唤一声。

"回来了?"夏伯阳抬头微笑,"家里可好?"

"好,都好。"

"可还有什么未了的心事?"

"没有了。"韩凌摇头。

"好。软儿,你先去院子里坐一下,我与韩先生交代一点事情。"

白衣的身影蹦蹦跳跳跑出去了。夏伯阳站起身,从袖子里取出一个小小的陶土瓶子,放入韩凌仅有的那只左手中。瓶子做得很精致,不过拇指大小,瓶口用蜜蜡封住。

"这就是……长生不老药?"韩凌诧异地问。

"是生命之药,青春之药。"

"可有名字?"

"我取的名字,叫'万古尘'。"

"只要吃下去,就能返老还童吗?"

夏伯阳转身向炉火边走去,瓶罐里有药水沸腾的声音,还有各种颜色的蒸汽冒出来。沉默片刻后,他回头轻轻一笑:"先生可知道人为什么会衰老死去?"

韩凌摇头。

"是因为我们身体中,有看不见的灵魂之火,一刻不停地在燃烧,把那些热量、光明、烧过的灰烬,都散到空气中,再也不会回来。"夏伯阳低头说道,一张看不出年龄的脸在火光中被映得发亮,像玉石的面具,"不仅你我,这世间万物,每一朵花、每一只鸟、每一块石头、每一条河流,所有会动的、不会动的、有情的、无情的,统统难逃此劫。所以新人会老,新衣会旧,有生有灭,花开花谢。哪怕万里长城,将来也有毁圮的时候,日月星辰,也有熄灭的一天。"

韩凌默然不语,心中被这图景所感,一时透彻悲凉。

"天地一逆旅,同归万古尘,说的就是这个道理。"夏伯阳回头道,"其实那万物烧尽之后的尘埃,并不会凭空消失,只是它们太过细小,凡人看不见又摸不着罢了。我训练那些同样细小而又灵巧的妖精,去替我收集那些尘埃。它们不吃不睡,只靠阳光就能过活。一万只妖精工作整整一年,才收集来这样一瓶,吃下去,便能还你一年的青春。"

"一年。"韩凌重复道,左手微微颤抖一下。

夏伯阳轻轻一笑:"嬴政生性多疑,你上殿献药,他必然会让你亲自试药给他看。你当着他的面吃下去,便又是一年前那个天下无敌的剑客韩凌。"

韩凌看一看自己空荡荡的右边袖管,哑着嗓子道:"我会一剑取他狗命,为天下人除害。"

"既然一切就绪,就请先生上路吧!"夏伯阳点一点头,"软儿在外面等你。"

韩凌出门,这时候太阳刚刚升起来,夏末的白花开在荒草中,随风一阵阵摇晃。那个白衣的小姑娘正坐在井边梳头,用木梳浸了清冽的古井水,顺着一头缎子样的黑发梳下去,梳过的长发垂在膝盖上，湿漉漉闪着光。

水声淅淅沥沥，洒落在幽静的小院里。韩凌默然看着，心中无悲亦无喜。

软儿梳好了头发，站起来走到韩凌面前，仰起脸问道："这就要出发了吗？"

韩凌点头。

软儿把一只白而凉的小手放入韩凌的左手中，身子轻轻跃起在空中，化作一把透明长剑，剑身细窄，薄如蝉翼，像绷紧的绢纸在空气里颤动。韩凌低头，将它插入自己的脊柱。冰冷的剑身逐渐融入血肉中，他的身子成了一把剑鞘，藏住了剑的辉光。

夏伯阳站在门边，向韩凌长鞠一躬，道："韩先生走好。"

韩凌点头出门，晨光照着一条寂寥的小路，他耳边又依稀传来了吱呀吱呀的轱辘声。

故事又到此中断，来客放下手中纸稿，一双眼睛在黑暗中闪着光。

"为什么你的故事从来不写完？"他低声说，"我看过许多开头，却从没看过一个结尾。"

"各行各业都有规矩。"马卡用这样模棱两可的句子回答他。

"说得也是。"那人点头,"可是我依然很好奇,如果你写出结尾又会怎样,会弄假成真吗?像那个古老传说里讲的,一个画师为他画好的龙点上眼睛,那些龙就在一声霹雳中飞走了。"

马卡在黑暗中轻轻摇头。

"这世上,真有万古尘这样的东西吗?"那人又问,"返老还童,起死回生?"

马卡仍是摇头。

"好吧,你跟我一样固执。"那人似乎轻轻笑了一声,从口袋里掏出一只黑色丝绸的钱袋放在桌上。

"太多了。"马卡说。

"你也有嫌钱多的时候?"那人轻声叹息,"放在你这里吧,今夜我将出门去杀一个老贼,如果能活着回来,再来听你的故事。"

他像一阵风般无声无息地离开了,屋里又恢复了寂静。

星期天　逃婚俱乐部

星期天没有工作,马卡一个人打扫房间,拖了地板,掸了灰尘,清空了字纸篓,把书一本一本塞回书架上。做完这一切后,他往浴缸里放满热水,脱光衣服躺进去。

窗外依旧阴雨连绵，他一边泡澡，一边看一本以描写恶劣天气作为开头的骑士小说，苍白消瘦的身体在泡沫里沉浮，像一条鱼。

刚看了几页，却被楼梯上突然传来的一串脚步声打断。马卡抬起头，看见一个身穿白纱的年轻女人出现在阁楼里，正瞪大一双闪闪发亮的眼睛四处环顾，像是在搜寻猎物。仓促间他只来得及扯过一条破毛巾盖在浴缸上，遮住自己赤裸的身体。

"你就是那个家伙，对不对？Z·马卡！"这个突然闯入的女人气势汹汹地喊叫着。雨水从她乱蓬蓬的头发里淌下来，像一条条小河，她的裙摆也湿透了，露出赤裸的双脚，在刚拖干净的木地板上留下一摊一摊痕迹。

"你是谁？有什么事么？"马卡的声音不禁有些颤抖。

"你的小说！你该死的小说！"女人从一只新娘专用的小手袋里掏出一张被折成小方块的纸，展开来在空中挥舞着，上面依稀有蓝色的潦草字迹。

"我……我写的小说？"

"除了你还有谁？！你写给我的小说，《逃婚俱乐部》！"女人一边狠狠瞪他，一边把那张纸举到面前，用一种快而尖利的语气读起来。

贝妲第一次知道逃婚俱乐部是在二十岁生日那天晚上，她和一群朋友们酒足饭饱，坐在光线幽暗的酒吧里玩一种叫作"凤流人生"的纸牌游戏。这种游戏设计得相当邪恶，每个玩家面前都有一张电子卡片，标示出各项数值：健康、魅力、金钱、喝酒、抽烟、磕药、家庭背景、社会威望、宗教信仰、性经历等，多达二十几项。在游戏过程中，玩家轮流抽牌，每张牌代表不同的社会行为，可以对电子卡上的数值产生各种微妙的影响。

牌面是千奇百怪的，比如说你抽到一张牌，提示你的角色在某个酒吧遇见了一位举止优雅的神秘异性，一曲共舞后邀请你回家过夜。打出这张牌就意味着接受了邀请，结果却是难以预料的：也许从此共坠爱河，也许被黑掉一笔钱，也许染上危险的隐疾，甚至可能一觉醒来，发现枕旁多出一袋金币来。

每个玩家都以享受人生之后成功结婚作为游戏目标，大家彼此交往，发展关系，找一个目标求婚，一旦结了婚就不能再抽牌，只能把手里已经摸到的牌打掉。当所有牌都出完后，会有一套复杂的评判机制，对已经配对成功的玩家们打分，进行一个胜负判定。

他们一直玩到凌晨一点多，喝了数不清的混合鸡尾酒，一瓶琼尼·洛克，还有一瓶绿莹莹的迷幻绿妖。这时候贝妲发现自己摸到了一张从来没见过的牌，牌面上画着一个穿白纱的女人，赤裸双脚站在悬崖边上。她的双眼被一条红丝带蒙住，一只手扣在心口，另一只手无力地垂在一旁，手中是一捧即将凋谢的花，白色百合配红色玫瑰，在狂风中摇摇欲坠。

贝妲仔细看了看，牌的名字是"逃跑新娘"，下面还有一行暗红色的花体字说明：使用这张牌可以逃避一次婚姻，但全部既有属性将自动归零。

换句话说，一旦使用，你将一无所有。

酒吧里音乐低迷，贝妲垂着头，假装在整理手中的牌，眼梢却从浓厚的睫毛掩护下偷偷望出去。周围都是跟她差不多年纪的男男女女，衣着光鲜妆容精致，双颊盛开着酒精烧出的醉人红晕。身穿黑色双排扣制服的侍者们悄无声息地来往，角落里一个男人正在弹奏光琴，纤细的手指穿过绿色光束，宛如抚弄情人的长发。

没有陌生面孔。这地方她不是第一次来，不管是谁搞了这一手，他或她必须在这么多人的眼皮下做得天衣无缝。

其他玩家还在等，贝妲收回目光，漫不经心地抽出另一张牌，压在右手边那个暗金色头发的男人面前。

"分手。"她说。

周围响起一片暧昧的笑声，这里每个人都知道她和蓝顿·李的婚约，这正是游戏刺激的地方：玩家之间真实的人际关系被各种夸张变形，制造无穷无尽的八卦空间。

蓝顿·李对她笑了笑，轮廓分明的脸上半是无奈半是娇纵。他抽出另一张牌放下，说："我拒绝。"

"扔骰子！扔骰子！"一群人开始兴奋地起哄，两只骰杯分别塞进他们两人手里,谁扔出的数字大谁就是赢家。贝妲抓起来狠狠摇着,嘴角洋溢着必胜的微笑,一只骰子被晃得飞了出去。她弯下腰去捡,顺手把那张"逃跑新娘"塞进高筒皮靴和丝袜之间的缝隙里。

"全是诸如此类的鬼话!"那个名叫贝妲的女人抬起头,眼睛里像要喷出火来,"发现纸牌的秘密啦,获得提示啦,'神秘的逃婚俱乐部,拯救所有渴望自由的灵魂',呸!那个地址根本就不存在!根本没有逃婚俱乐部,对不对!"

马卡一声不响地仰头看着,他认出了那张脸,他怎么可能会认不出呢?年轻而又光洁,带着几分孩子气,藏在被雨水打湿的黑色长发后面,脏兮兮的,却那么美丽,那么生动,一双绿莹莹的眸子璀璨如玉。

他懂得那张脸上的表情,懂得关于她的一切,她喜欢的、不喜欢的、内心中恐惧的、憎恨的、渴望的。她总在他笔下出现,一遍又一遍,她几乎就是他故事中的人物。

"你想怎么样?"他可怜巴巴地回答,"那只是小说呀!"

"借口!"贝妲在屋子里面走来走去,像一只生气的野猫,"你以为小说就只是小说吗?就和这个世界一点关系都没有吗?你以为只是躲在这里不停地写,就能躲开外面的一切吗?你这没种的家伙,你这个骗子!"

她一边转圈一边恶狠狠咒骂着,然后突然停下脚步,伸长脖子望着窗外。远方屋顶上有飞行器的嗡嗡声传来,像一大群黄蜂。

"他们在找我,该死!"她低声说一句。

马卡呆呆地坐在浴缸里抓紧那块破毛巾,像抓着最后一根救命稻草。

"你要对我负责!"贝妲低头死死盯着他。

"我……我不行……"

"你可以!"贝妲双手握拳,"你必须做到,除了你以外还有谁呢?!"

他看着她绿莹莹的猫眼,里面有那么多愤怒,那么多绝望,那么多决然,还有一丝恳求,湿漉漉地泛着光。一滴泪水滑出来,落进浴缸里,落进他的心里,声音竟然那么响亮。

他最终还是投降了。是的,除了他这个写小说的人以外,还有谁能改变这座城市呢,还有谁敢反抗命运呢,还有谁能拯救走投无路的逃跑新娘呢?

"给我纸和笔,在桌上。"他哑着嗓子说,"还有那块木板,都给我。"

他把木板架在浴缸上,就那样趴在上面写了起来。苍白起皱的手指紧紧握着笔,像在纸上跳舞,起初还有一点僵硬,但很快就找到了属于自己的节奏。词语和句子像蓝色泉水,从他心里面涌上来,沿着笔尖流到纸上,开出一簇簇细碎的花儿。

"你平常都是这样写小说的吗?"贝妲好奇地问,"在浴缸里?"

"嘘——"马卡轻轻竖起一根手指,"不要说话。"

他跳过中间许多情节,直接开始写结尾,屋顶上的嗡嗡声还在逼近,时间一分一秒流逝。

贝妲匆匆忙忙跑在阴暗的废巷里。这座城市总是在下雨,路边水潭弄湿了她的鞋子。她索性把它们都甩掉,光着脚跑在冰凉的路面上。

俱乐部应该就藏在这里,逃婚俱乐部,拯救所有不自由的灵魂。

她跑了又跑,终于找到了那个卡片上的地址,一排排常年滴水的床单掩盖了褪色的金属招牌,上面只有一个古怪的名字:Z·马卡。

"难道你就是那个家伙?那个可以帮助我的人?"她站在阁楼里,打量着面前那个男人,瘦小而苍白,蜷缩在椅子里,黑眼睛藏在厚厚的镜片下,闪着幽暗的光。

"是的,正是在下。"自称马卡的男人回答。

贝妲疑惑地环顾四周。房间里只有三面墙,一面窗,墙上有书架,窗下有书桌,桌上铺着几页写有蓝色字迹的稿纸。

"你有什么能力?"贝妲问,"毒药,巫术,还是神秘的东方咒语?"

"不,我只是一个写小说的人。"

"写小说的人?我好像听说过。"贝妲脸上露出失望的神色,"躲在阴暗的阁楼里,只写开头,不写结局。一个胆小如鼠的骗子。"

"不,那肯定不是我。"马卡回答,"我只写小说的结局。"

"结局和开头有什么不同?都是骗人的。"

"恰恰相反,如果说开头是魔术师骗你上当的手法,结局则是这手法背后隐藏的谜底。"马卡说,"结局里有一切你想要的东西。"

贝妲还是不明白,这个苍白瘦小的男人看上去不太靠谱。

马卡脸上浮现出一丝古怪的微笑,从桌上拿起那叠稿纸递过去。贝妲一张一张接过来看,上面写着各种各样的结局:

……从此他们幸福地生活在一起,直到永远。

……银河帝国的历史又翻开了新的一页。

……那之后他再没有见过她,也没有听过她的消息。

……好人上天堂,坏人下地狱,没有灵魂的人在世间游荡,直到永远。

……小船载着最后的希望在海上飘荡,驶向无尽的远方。

……死去的人永远死去,活着的人也早晚将死去。

……好一个食尽鸟投林,落得个白茫茫大地真干净。

"不,不,这都不是我想要的。"贝妲低声说。

"没有你想要的吗?"

"完全没有。从这些结局里我看不到自由。"

"自由?你想要的是自由?!"

"是的,我想要真正的自由。"

"自由,这是一个太宽泛的词汇。"马卡回答,"你想要什么样的自由?逃跑的自由?离开的自由?主宰命运的自由?选择的自由?"

"是的,是的,选择的自由!"贝妲一边说一边在屋子里转圈,"一旦结局来临,就没有了选择的自由,这才是让我苦恼的问题!"

"这也是让我苦恼的问题。"马卡点点头,"每个开头都是一个问题,而每个结局都是一个答案;开头是一切可能性诞生的地方,而结局则把你带去那些可能性消失的终点。"

"那为什么你还要写结局?"

"这是另外一个问题。"马卡回答,"很久很久以前,小说还是一种自然形成的东西,像阳光里盛开的花朵,每个人都能看到它的艳丽,闻到它的芬芳。那时候人们为了寻找意义去阅读小说,而不是把它们当作逃避这个世界的精神鸦片;那时候每一个小说都有开头和结局,人们为之微笑流泪,目眩神迷。小说的开头千变万化,结局却只有两种:男女主人公饱受磨难,要么结为夫妻,要么双双死去。一切小说最终的涵义都包括这两个方面:生命在继续,死亡不可避免。"

"我还是不明白。"贝妲不耐烦地摇摇头,"我到底要怎样才能自由?"

"结局,我已经说过了,所有的秘密都在结局里。"

"可你又说结局里没有自由。"

"普通的结局里当然没有,只有那全世界独一无二的结局里,才有你梦寐以求的自由。"

"哪里才能找到它?"贝妲咬住嘴唇,绿眼睛里闪着焦灼的光。屋顶上的嗡嗡声越来越近,那些追兵很快就会找到这里。

"别担心,那只是写小说的人为了营造紧张气氛,没听说过'最后一分钟的营救'吗?"马卡微笑着,"去书架上找吧,那里有你想要的结局。"

贝妲走到墙边,手指从泛旧的书脊上匆匆划过。她很快找到了那本书,好像自己很早以前就知道它放在什么位置似的。

黑色封面上有两个烫金的小字:"马卡"。她有些失望地发现故事的主人公不是自己,而是面前这个苍白瘦小的男人,不过她还是把书翻开看了下去。里面有七段不同的故事,从星期一一名叫蓝顿·李的男人爬上阁楼,到此时此刻,一个叫做贝妲的女孩站在同一个地方,在越来越响的嗡鸣声中匆匆翻阅这本书。世界摇摇晃晃,一缕又一缕烟尘从天花板上掉下来。这时候她突然意识到,自己或许不该再看下去了,这小小的阁楼将成为一切终结的地方。

然而已经太迟了。

整个房间剧烈地晃动着,连同屋子正中的浴缸,连同书架上的书,连同书桌和桌上的纸笔,连同雨窗外破旧的街景,连同无数还没有结局的故事,一切的一切在巨大的嗡鸣和咆哮声中升上天空。写小说的人带着美丽的绿眼睛姑娘消失在这座城里,他的故事也就以这样独一无二的方式完结。

【后 记】

"Z·马卡"这个名字,来自巴尔扎克的同名小说,小说主人公是个不容于世的天才,历经种种挣扎后极其悲惨地死去。小说写好后,主人公的名字却迟迟未定,因为始终找不到一个合适的名字,一个足以涵盖某种宿命与悲剧的名字。为了找到这个名字,巴尔扎克和朋友一起去巴黎的街头读所有店铺的招牌,最后他们终于在布洛瓦街一扇歪斜的门口,找到了一个裁缝的姓氏:马卡。

许多年前,当我开始构思一篇有关写小说的人的故事时,就决定主人公的名字必须叫"Z·马卡",他必须住在一条阴暗的废巷里,门前褪色的金属招牌上写着他的姓氏,像他的外貌一样,扭曲、苍白、透出不祥的气息。除此以外,我对他一无所知。他是谁?过着什么样的生活?写着什么样的小说?他的小说又是怎样影响了周围人的生活?他是如何出生,又如何悲惨地死去?

我一度为这个家伙着了魔。柳文扬在《邂逅》的开头写道:"叫我以实玛利吧!"那是《白鲸记》里一个水手的名字。至于我,叫我Z·马卡吧,我只是一个写小说的人。无数个阴雨连绵的日子里,我独自坐在阴暗的阁楼上,手指上沾满蓝色墨水,脚边放着一只很大的字纸篓……

许多年后,我终于写完了这篇小说,它像卡尔维诺的《如果在冬夜,一个旅人》一样,由许多未完成的开头组成,每个开头都以充沛的热忱和华丽的笔墨勾勒出一个尚待展开的空间,然后以一种厚颜无耻的方式戛然而止。必须承认,七个开头都来自于那些被我放弃的陈年旧坑,科幻的、奇幻的,甚至什么都不是。纠结多年之后,我终于找到这样一种特殊的方式来放弃它们,放弃的同时也是成全它们。我决定不再把那些故事写下去了,或者因为找不到合适的结局吧,但谁说那些未完成的开头里就一点价值也没有呢？短短三千字的开头，好像《爱丽丝梦游仙境》里那扇通往神秘花园的小门一样，让人短暂而又贪婪地向另外一个世界里窥视。那种可望而不可及的迷醉，是不是比你真正抵达那里还要更幸福一些？这我并不清楚，但愿意试试看。或许更重要的事情在于，只有在这种游戏般的写作与并不确定的嵌套结构中，我才能让我的主人公——那个不幸的Z·马卡，逃脱属于他自己的既定宿命。

写小说真的可以改变这个世界吗？可以拯救自己吗？可以让一文不名的穷宅作家遇到萌妹子吗？可以逃离现实吗？答案只能去写作自身中寻找。

最后，请允许我以此文献给所有活过、爱过、写过的人。祝愿你们都能找到自由，找到属于自己独一无二的幸福。

昔日玫瑰

死于愚昧的智慧

文 / 长铁

科幻
硬阅读
DEEP READ
不求完美 追逐极致

我用希腊文与希伯莱文仓促记录这些文字，赶在热那亚人潘恩离港前，委托他将这些手稿妥善保管在他所认为安全的地方。

——卢浮宫莎草纸文件，E5591，托勒密城主教辛奈西斯 (Synesius)，AD.463

迪奥多西一世第五次担任罗马执政官的那年，罗马学者杰罗姆来到亚历山大港，没有人知晓他此行的使命，亚历山大港总督俄瑞斯忒斯也没有派人接待他。

杰罗姆在罗马享有盛誉，但在这儿，他又算什么？罗马皇帝雇佣了一艘热那亚商船专程为他送行，那艘吃水很深的商船载来杰罗姆私家藏书数千卷，奴仆五人，私人医生一名，木匠一名，外加修辞学教师一位，却载不来他在罗马建立起来的学术声誉。亚历山大人自豪地宣称，这儿不缺伊壁鸠鲁的花园，也不差斯多葛的门廊，更兼诸多怀疑学派、新柏拉图学派、不敬神学派、炼金术士、雄辩家们麇集于此各领风骚，谁还有兴趣听一个罗马人指手画脚。

一位学识渊博的阿拉伯人告诉我，杰罗姆对亚历山大知识界抱有野心。此话不假，杰罗姆那双地中海般深邃的鹰眼中所透出的火焰，就像马其顿皇帝对东方疆土无休止的渴欲那般炽烈。我是在俄瑞斯忒斯的家庭晚宴上第一次见到杰罗姆的，了解到他与提阿非罗主教的私人关系，我礼貌性地请他代我向提阿非罗主教问好。杰罗姆并没有显露出传说中的傲慢，像每一位深藏不露的博学家一样，他友好地回应了我，声音如蜂蜜般温润。这不免令人失望，因为那时我还年轻，心底充满好奇，并不怀好意地期待罗马学者与本地那些自命非凡的大人物来一次激烈的正面交锋。

大概是出于与我类似的心理，我的朋友热那亚人潘恩凑上前来，向杰罗姆敬了一杯无花果酿造的美酒："尊贵的客人，可否向您请教一道难题？"

潘恩是一名海员，也是一位见多识广的博学家，如果是连他也解决不了的难题，那么可以相信这个问题的难度不会亚于史芬克斯之谜。因而许多人都簇拥过来，饶有兴致地看着热闹。

杰罗姆微笑着，脸上写着"请便"二字。

潘恩在桌面上摆上九枚银币，排成三行三列："这个该死的问题让我在船上输掉了九个银币，我不知道那些目不识丁的海盗也懂数学！"人群里爆发出几声短促的笑声。潘恩环顾众人一圈,最后目光驻停在杰罗姆的脸上:"同样,今天谁能移动这些银币,把它们从原来的3行,每行3枚,变为4行,每行3枚,这九枚银币便属于他。"

说完,他便扭头走出喧闹的人群,用一枚小银勺从蜜罐里舀起金灿灿的蜂蜜,放进酒杯里,缓缓地搅动起来。蜂蜜是不容易与酒调在一起的,显然,这也是个不太可能在短时间内解决的问题。

"这个问题可以由我的木匠来解决,因为这需要用到弹墨线。"杰罗姆慢条斯理地说,说话的时候他没有朝向潘恩的方向,而是侧着脸庞,他漂亮的短髯修得笔直,比女人后颈上的茸毛还要精致细密。

酒杯里的旋涡陡然乱了,稍稍地溅出杯沿。潘恩像喝醉了似的,红着脸走过来。

当然,这儿没有什么木匠。杰罗姆闭着一只眼,脸贴近桌面,瞄准前方,手指推动着银币缓缓前进,那专注的神情看起来就像是海伦[1]在丈量尼罗河三角洲的土地。

每当杰罗姆排好一行三枚银币,人群中就会响起怀疑的声音:"这样可不行。就好比一个拙劣的裁缝,左边袖子短了,往左边扯扯,但右边又短了。"

每一个埃及人都是测量术的专家,他们对平面几何的直觉

---

1 海伦,古埃及测量学家,约公元62年活跃于亚历山大,有著作《测地术》传世。

极为精确,就像对尼罗河泛滥期的到来那样敏感。

但是这一次,围观者们错了。当杰罗姆排好他最后一枚银币,人们甚至还没有在第一时间内意识到问题已经解决了。因为银币的排列实在是太违背直觉了,几乎每一个具有数学常识的人都会认为最可能的排法应该是几何图形的,像平方数、三角数或是正多面体那样简谐优美。而杰罗姆的排列却是混乱的,甚至是非对称的,就好比夜空里的繁星,被寥寥几笔线条连接起来,突然构成了直观化的星座。

人群中爆发的第一个掌声来自潘恩,他输掉了九个银币——第一次,他从海盗那儿获得了这个有趣的问题,第二次,他得到了答案。后来这九枚银币被永久地镶在樱桃木桌面上,并被悬挂于亚历山大图书馆的地下藏库,与希波克拉底医学著作、古代悲剧作家的手稿真迹、阿基米德螺旋抽水机陈列在一起,像是一个示威,又像是罗马皇帝的诏书,似在向亚历山大人宣布:我们来了!

杰罗姆的表演还没有结束,他俨然把这庄重的场所当成了闹哄哄的罗马集市,甚至没有征得总督大人的允许便向在场 55 位饱学之士发表了一段即兴演说,如果这儿有一只酒桶的话他说不定还会站在上面。

他的发言里有一些有意思的观点,比如他说,阿基米德是个虚张声势的骗子,他绝无可能设计出铁爪起重机把敌人的军舰吊起来；阿波罗尼奥斯[2]也不过为沽名钓誉之徒，他的传世名作《圆锥曲线》无非是在重复前人的工作；还有亚历山大人所敬重的埃拉托色尼[3]，其实就是个什么都只懂一点儿的半桶水。

不消说这些耸人听闻的论点在与会诸公听来会有多刺耳，这不啻是在向整个亚历山大学派宣战。不过杰罗姆富有个人魅力的地方在于，他每叙述一个论点都提出了充分的证据。比如在怀疑阿基米德时，他亲手用微缩模型作了示范——这大概是为什么他的随从中会有木匠的缘故吧！在批评阿波罗尼奥斯时，他列举了《圆锥曲线》中欧几里德、梅内克缪斯的一些研究成果。在揶揄埃拉托色尼时，他开玩笑说埃拉托色尼计算的地球子午线长度的误差大到可以装下整个地中海。

"数学是一门精密的学问，不容任何自作聪明的头脑擅作改动。"他说，"在罗马时，我从一位威尼斯商人那儿得到一部希腊文抄本《算术》，用漂亮的安色尔字体书写在一部金线装订的羊皮纸卷上，每一个字就像印刷字体那样精确、严密。我第一眼看到它就决定用三个金币买下它，虽然威尼斯商人喜悦的眼神告诉我他赚到了，但我觉得收藏它是划算的。可当我翻到书的第三章后却又改变了主意，一种粗鄙的靛蓝墨水书写的批注映入眼帘，就像是田野里的金龟子那样耀眼刺目。威尼斯商人告诉

2　阿波罗尼奥斯（约公元前262年～约公元前190年），古希腊与欧几里得、阿基米德齐名的数学家。
3　埃拉托色尼（公元前276年～公元前193年），古希腊天文学家、地理学家，曾任亚历山大图书馆馆长。

我，伟大的亚历山大学者修订了丢番图的原著，以使它显得更完美精确，全地中海人都以使用这样的修订本为荣。我把那本书扔到他的脸上，告诉他，那些敢对先贤的著作擅作更改的人都得挨这一巴掌！而这正是我来到这儿的原因。"

刚才还热闹非凡的宴会变得静悄悄的，所有人的目光都落在席昂[4]的女儿海帕蒂娅的身上。几乎所有人都在第一时间露出恍然大悟的神情——这才是罗马人的重点。

我的老师海帕蒂娅是一位美丽的女子，但她藉以闻名的不是她的美貌，而是她的学识。正是她修订了丢番图与阿波罗尼奥斯的著作，以使它们变得更通俗易懂。

我不是历史学家，作为海帕蒂娅的学生，我在书写这些文字之时难免带有某种倾向。但是对于海帕蒂娅在亚历山大人中所享有的声望，无需任何修辞学的夸张与溢美。读者们可以在同时代的文学家、艺术家的作品中读到浮光掠影的篇章，他们形容海帕蒂娅具有雅典娜般的美貌。

我理解罗马人的感受，在几个世纪前，亚历山大人拥有泽诺多托斯、埃拉托色尼、卡利马科斯，那都是百科全书式的大学者，人们信服他们的智慧。自最后一位全能数学家帕普斯辞世以来，人们悲观地以为科学已经终结了。而如今，罗马人惊奇地发现，拥有骄傲历史的亚历山大人竟然拜倒在一个女人的脚下，他

---

4 席昂，哲学家，亚历山大图书馆研究员。

们像不谙世事的儿童般簇拥在海帕蒂娅的身旁，聆听她娓娓动听的教诲。海帕蒂娅的门前车水马龙，冠盖云集，权贵名流们不远千里前来倾听她的讲学，时人均以成为海帕蒂娅的学生为荣。

我们多么渴望海帕蒂娅与罗马人展开一场阿喀琉斯对战赫克托式的辩论！可是，我的老师只是披着她那件缀满补丁的长袍静静坐在人群中，就像牧羊人坐在心爱的羊群里，只有无声的牧笛在她宝石蓝的眸子中飘荡。

她说："尊敬的客人，您所苦苦寻觅的，蕴藏在您对先贤们精彩的评价里。"

在座诸宾先是一愣，旋即哄然大笑。罗马人的闳词雄辩就像回旋镖，全部飞向了自己——如果后人没有资格对先贤们的著作进行修订诠释，那么他刚才在评价阿基米德时为什么不闭上自己的嘴巴呢？

杰罗姆粗大的喉结颤抖一下，说不出话来，也许下一次他还应带上他的修辞学教师。

可是作为罗马皇帝钦定的使者，亚里士多德的第三十一世嫡传弟子，杰罗姆在亚历山大的使命才刚刚开始。"亚里士多德嫡传弟子"的说法来自他漂亮的花体签名，在清理亚历山大图书馆的目录系统后，在核查总督大人的土地税收账簿后，他都会留下这个令人怀疑的签名。就像马其顿皇帝每攻下一座城池，都要无比自豪地向投降的异族们宣告："腓力之子，亚里士多德的学生亚历山大宣布此谕……"杰罗姆继承了亚历山大的野心,但他的所谓亚里士多德嫡传弟子的说法已是无史可稽。

为此,有人曾向我的老师请教:"杰罗姆自称是亚里士多德的传人,这种说法可有依据?以及,先生您的学问又是出自何源?"

海帕蒂娅微微一笑,说:"对于山涧的涓涓细流,人们可以很清晰地追溯它的源流。而对于浩渺汪洋,却很难穷尽它的源头。"

杰罗姆为什么要对亚历山大图书馆的目录系统进行清理?人们对此议论纷纷莫衷一是。自卡利马科斯[5]建立起亚历山大的目录系统以来,图书馆的藏书就像一棵枝繁叶茂的参天大树一样生长起来。

每天,托勒密王朝的国王们、执政长官们从全世界收集来不同语言的图书、手稿、符号图谱;缮写室里上百个希腊文、阿拉伯文、腓尼基文、拉丁文、科普特文书法家们在烛影清灯下日夜不停地抄写,沿长长的铜尺画出平行等距的横线,保证每一个字母都排列得严密工整;插画家们为繁密的文字缀上斑斓的颜色,圣女、天使、怪兽的形象在书页上惟妙惟肖地舞动;熟练的装订员用砂纸、鹅卵石打磨上等的羊皮纸,用白垩软化它,用铁尺压平纸面,最后用结实的牛筋、亚麻线装订成册。那些纯手工制作的羊皮纸卷因其孕育于充满迷迭香、薰衣草、东方檀香的缮写室、装订室里,生来便散发出一种令人眩晕的气息,让每一位远

---

[5] 卡利马科斯(约公元前305年~公元前240年),古希腊诗人、目录学家。

道而来的借阅者都沉醉于它的厚重与玄奥。

托勒密王家图书馆到底收藏有多少图书？这大概是个"阿基米德的牛"[6]式的谜题。伟大的目录学家谦虚地宣称有藏书49万卷，在拉丁文诗人格利乌斯浪漫的想象中，这个数字扩大到了70万卷。即便是埃拉托色尼，也没有勇气对如此庞大的图书系统进行整理。而一个初来乍到的罗马人却把自己当成了园丁，妄图对这图腾柱般神圣的大树动剪刀！

在洪水到来的季节，一位炼金师拜访了我的老师，忧心忡忡地提到杰罗姆把佐西默斯[7]的著作清理出了图书馆。不久，一位阿拉伯学者告诉老师，他在亚历山大藏书库里已无法找到萨尔恭二世的楔形文编年史。后来，一位多那图斯教徒向老师声泪俱下地控诉杰罗姆销毁了提科尼乌斯[8]的作品。

"我应该去拜访他。"海帕蒂娅吩咐仆人准备马车。

我却挡在了马车的前面："先生，您不能去。"

海帕蒂娅露出略为讶异的神情："这不是你的风格，我的学生。一个富有同情心的人怎么会对他人的痛苦熟视无睹？"

"先生您了解外界的传闻吗？罗马人的野心路人皆知，他今天的所作所为无非是在向您示威，如果您去拜访他，那正中了他

6　阿基米德的牛，又称群牛问题，含八个未知数的二次不定方程，最小解的位数超过20万，相传是阿基米德用来向阿波罗尼奥斯挑战的数学难题。
7　佐西默斯，古希腊炼金术士。
8　提科尼乌斯，非洲多纳图派作家，著有《自由教规》一书。

的圈套。"

"那又如何？"

"可是，因为有您的存在，我们才拥有六翼天使神庙[9]，如果连您也被牵扯进这场风波，亚历山大人连六翼天使神庙也要失去了。"

海帕蒂娅回望了一眼神庙那巍峨的爱奥尼亚大理石柱，当她转过头来，石阶下满是期待的焦灼面孔。她挽起雪白的亚麻长袍，赤裸着光洁如玉的脚踝，登上了马车。

杰罗姆把亚历山大图书馆当成了他的私人官邸，图书陈列室变成了娱乐场馆，里面正上演着时下流行的自动傀儡剧，台下看客们正为木偶们笨拙滑稽的演出笑得前俯后仰，而杰罗姆本人则一面观看着演出，一面与一位印度盲人棋手下着象棋，手里还把玩着一个埃特卢斯卡十二面体智力玩具。

见到海帕蒂娅，他殷勤地迎接过来："我本应先拜访您的，美丽的女士。"他谦卑地欠了欠身，亲吻了她的手背，然后邀请她一起观看木偶剧。

"在希腊人的传说中，第一代人类是黄金锻造的，他们拥有神一般的体魄与智力。"杰罗姆口若悬河地向我的老师谈起他对文明的见解，"第二代人类是白银所铸造的，他们在体形与精神上都略逊于第一代人类。而到了我们这一代——第三代人类，

9　六翼天使神庙，亚历山大图书馆的分馆。

无论是体魄上还是智力上都已远逊于古人。据说在几百年前，人们可以轻易地把十二面体魔方复原，就像这样。"他似乎是漫不经心地把已经恢复秩序的完美几何体递到海帕蒂娅的面前，"而今天的人们，甚至连立方体的魔方都无法拼好。亚历山大人所敬仰的女士，您觉得呢？"

我的老师海帕蒂娅微微含笑："今人不能领悟古人的玩具，是因为古代的智者已证明，任何一个复杂的魔方，都可以在有限的步骤内恢复其原有秩序，所以今人不再对古人的玩具感兴趣，而未必是智力上逊于古人。同样，一位古代人生活在今天，也会为灯塔与长堤所拱卫的亚历山大城而赞叹。"当她侧过脸庞答话时，彩色玻璃透下的光线正好映在她的脸庞，就好像阳光穿透琥珀，那凝固的线条悄然融化，脸上的茸毛变得几近透明。不可一世的罗马人也不敢正视她的美丽，只好稍稍偏转视线，假装去看舞台上的木偶。

"哈哈，好一个可以在有限步骤内恢复其原有秩序！"杰罗姆放声大笑。舞台上被宙斯化成了小母牛的娥伊被她的父亲认了出来，观众们正沉浸在感动与忧伤之中，这爽朗的笑声未免显得不合时宜，许多人都朝这边看过来。

"我喜欢这个命题。万物皆数，一而二，二而三，无限渐次递归……世上万物莫不如此，人生如戏，所有发生的一切也许只不过是预先写好的剧本的重演。"很意外，他似乎赞同海帕蒂娅的论点，可是反过来却未必如此。

海帕蒂娅严肃地说:"万物皆数,而数并非万物。"

杰罗姆皱了皱眉头:"此话怎讲?"

"古代的智者芝诺曾提出,一支飞驰的羽箭在每一个时刻点都是静止的,但是一支飞驰的羽箭并不等于每一个静止时刻的相加,就好比一根数轴并不等于数轴上每一个长度为零的数的相加。"

杰罗姆陷入了沉思,他的额头上渗出了细密的汗珠,幸好他的头低垂在棋盘之上,让人以为他只是沉浸在棋局当中,巧妙地掩饰了他内心的慌乱。

一支飞驰的羽箭并不等于每一个静止时刻的相加,这是多么朴素的论证。当时我与在场许多智士一样,以为海帕蒂娅只是在转述芝诺的论断,她的叙述谦虚地略掉了这一论证的主语,直到许多年后我回忆整理老师的学说之时,这才领悟到那些隐晦的智慧。

"哗"的一声,盲棋手推枰认负了,这真是一个来得及时的鼓舞。

杰罗姆谦虚地说:"先生,您为何认输呢?棋盘的空格子还有那么多,我们所剩棋子兵力也不相上下,难道您现在就能预见最终的结果吗?"

盲棋手恭敬地躬下身子:"大人,让您见笑了。如果说棋局刚刚开始便能洞知胜负也许过于夸张,但是作为一名下棋为生的棋手,在棋局过半并少一兵的情况下,还不能预知自己的失利,那就未免太自大了,尤其是在大人您这样的高超的对手面前。"

杰罗姆露出颇为自得的神情,似问非问道:"先生,我听说在古代没有规则的年代,执黑先行的棋手是必胜的,是这样吗?"

"是的。大人,正是由于先行有利,人们这才制订一些有利于白棋的规则让棋局实现天平般的精密平衡。"

"但是不管多么精密的天平,在这种微妙的平衡当中,也必然会有一方稍稍地沉下去而另一方稍稍地上翘。"

"是的,大人。"盲棋手口中称是,脸上却浮现出迷茫的神色,确实,他已跟不上杰罗姆的思绪,罗马人的话早已意不在此。

"那么。"杰罗姆起身拍拍膝盖,转过身子面对观众们,他的动作潇洒又优雅,几乎本能地找回了面向公众演说时的固有姿态,"正因如此,不管棋局的情形多么复杂惊险,对于一名具有理想智力的棋手而言,棋局事实上在一开始便已结束了。"

像是已经预料到人们难以理解这一个论断,他稍作停顿,继续用不容置疑的语气说道:"理论上,导向胜利的途径有无数种,可是胜利的归属却是棋盘规则所率先决定了的。这是因为对于高超的棋手而言,每一手棋都是建立在严密的运算之上,这里面并没有运气的立足之地。企望幸运女神的眷顾乃赌徒式的心理,那样的棋手注定成不了真正的智者。真正的智者每下一于棋,与其说是在破解头脑里储存的残局、定式,不如说是在解丢番图方程,以求得最优解。棋局的每一步,都是建立在对己方最有利的上一步之上,这都是确定性的结果,而上一步,又是建立在上上步之上,如此递归,我们可以回到第一步,棋盘上放下的第一颗子。"

棋盘响起一个清脆的声音,杰罗姆挟起一枚皇后放在空旷的棋盘上,这是多么骄傲的宣告:棋局在第一步就已经结束了。可这昭然若揭的挑衅却又如此令人诚服,以至于在场的亚历山大人没有人敢站出来挑战他的论断,更没有人敢站在他面前的棋盘上。

杰罗姆的目光落在海帕蒂娅的头顶上:"美丽的女士,您也这样看吗?"

我的老师淡淡地回答道:"我已经说过了,人生不是棋局,世间万物的复杂变化更不能归为确定性的简单递加。"

"哦?"杰罗姆扬了扬眉头,用一个很有力道的手势指向舞台,"那么为什么不把目光投向这些可爱的木偶们呢?这些上了发条的小东西,他们上演的悲剧令我们黯然神伤,上演的滑稽剧让我们捧腹大笑,除了喝的不是水而是润滑油,除了小小的工艺瑕疵让他们偶尔显得笨拙之外,与我们人类又有何区别!这些宙斯与人间女子偷情的故事难道不是一开始就已经设计好的吗?又有什么证据可以排除我们人类也可能是上帝排演的一台木偶剧呢?"

像是对他的回应，伊娥来到尼罗河岸边无比哀戚地向天帝求助时，喀的一声，木偶似被"小小的工艺瑕疵"卡住了。这关键时候的卡壳真是大煞风景，观众中响起懊恼的声音。

激动的演说者显然也为这粗鲁的打断而恼火，但他旋即恢复了神态："这并不会引起我们对数学递归性质的怀疑。机械的掉链子再正常不过，就连人类也时常犯失心疯呢！再者，我们为什么不构建一种新的机器用来检验这些尽职的木偶演员们呢？这正如远古的星象师们用星盘、象限仪、水时计来推算日月星辰运转的规律一样。我想，这在本质上没有什么不可行。"

海帕蒂娅微微颔首，眼睛一眨不眨地望向他，似在说："洗耳恭听。"

这期待的目光令罗马人红光满面，他完全沉浸到那个雄心勃勃的理性世界中去了："如果把木偶们拆离开来，我们不难发现，它们是皮带牵引轴承、齿轮相互衔合的机器，而齿轮每一刻齿的啮合与每一步逻辑推理的过程并无本质的区别，它们都是确定性的，输出建立在输入之上，而下一级输出又是建立在上级运算结果与新的输入之上。如此以来，我们完全可以设计出一种新的机械，当木偶卡壳时，我们规定这种情形作为输入，且输出为真，也就是说它能提前运算出一个木偶是否会出岔子，并让它自动点燃一盏松油灯，以提示主人事先检修木偶。"

博学的亚历山大人立刻意识到这又是一种新的递归。发明了第一台自动化机器，这意味着同样可以发明第二台，可保证第一台不掉链子，同样也可以发明第三台机器来保证第二台机器不掉链子。推而广之，可以发明无数台机器来保证这个世界的正常运转，如果世界真的是一台木偶戏的话。亚历山大人诚服地赞叹着，罗马人的确带来了崭新的思想。

"诸位有所不知，皇帝派我来接管亚历山大图书馆，是因为英明的圣上已经意识到科学的根基正在受到异端学说的侵蚀，我们的科学建立在伟大的先知所制造的每一块牢固的砖块之上：欧几里德公设、丢番图代数……而现在，异教徒邪说就像是蛀虫啃噬着先贤们的成果。馆藏里充斥着伪托赫拉克利特之名的炼金手稿、记录异教徒之神的文字、各种画有裸女怪兽的巫鬼之书。如果说赫戎的木偶机械们可以用高明的机械来检验，那么同样应该有伟大的头脑来检验人类的智慧，把那些引诱人走入歧途的邪恶学说扫地出门，而只留下那些如黄金般璀璨成熟的文字！"杰罗姆的演说有如洪钟般雄浑有力，却又久久撩拨你耳孔里的茸毛，令人不那么舒服。

看客们都拧着眉头，脸上浮现出便秘般的痛苦表情。他们就像是金字塔下瞻仰的游客，久久在巨大的阴影下徘徊，企图在严密咬合的石墙中寻找到一个突破口。罗马人的话一定有什么问题！是大前提的选择不恰当？还是玩弄技巧的狡辩术？我看到有人张嘴欲言，当杰罗姆的目光瞟了过来，他又怯懦地垂下了头。我愤怒于罗马人的狂妄，不齿于他大言不惭的"伟大的头脑"，可是我作为一个初出茅庐的见习僧，甚至没有实力像盲棋手那样在他手下走数十个回合。

这时我的老师站了起来,她的身子裹在长且厚的袍子里,依然像沙漠中的蔓柳一样摇曳生姿,当她行走时,所有人的目光都随之荡漾起来。她来到舞台前,抚摸着那个饰演伊娥的木偶,说:"如果真的存在一台可以洞知木偶们一切运转的机器,我想那一定是上帝。"

"是的。"杰罗姆露出得意的神情,"那一定是全知全能的主。"

"可是,当上帝的机器被逻辑推导出来时,撒旦的机器也在同一时间被制造了。"海帕蒂娅平静地说。

"什么?"杰罗姆愣在那儿。

"我们不妨假设'撒旦机器'用'上帝机器'的输出作为输入,如果'上帝机器'的输出为假,那么'撒旦机器'则停机。如果'上帝机器'的输出为真,那么'撒旦机器'将无限循环,就像西西弗斯推动巨石滚上山顶,刚到山巅便又滚落下来,这是一个死循环。那么反过来'撒旦机器'的输出作为'上帝机器'的输入又会怎样呢?"

就像一个象棋新手,面对那些只通过凭空想象便可对整个棋局了然于心的伟大盲棋手,都会发出由衷的赞叹,当我们孱弱的头脑面对这些根本不存在的撒旦机器与上帝机器的推理游戏时,也只能徒生喟叹了。

很快，有人从迷茫中惊醒，露出先是错愕既而会心一笑的表情。渐渐的，越来越多的人明白了问题的关键：不存在万能的上帝机器。因为既然上帝机器对所有木偶的运转都洞悉幽微，那么它的输出为真，可是当它输出为真，撒旦机器就要陷入死循环，也就是说上帝机器将无法判断撒旦机器将在何时停下来，这时它只能输出为假，这是个难以回避的矛盾！当我领悟到了这个绝妙的悖论之后不由得挥舞了一下拳头，却又马上难堪地收敛起激动的神色，因为这只不过是个迟钝的发现，几乎所有人都起立为这虚构的思想机器而鼓起掌来。

当海帕蒂娅轻濡嘴唇的时候，掌声又立刻停息了。亚历山大人自觉地安静下来，倾听她那比天国泉水还要动听的声音。

她说："在不甚久远的年代，亚历山大形形色色的学派林立纷呈，有伊壁鸠鲁学派的轻灵，也有亚里士多德学派的严谨，有斯多葛学派的沉思，也有柏拉图学派的遐想……那个时候，操着各国语言的匠人、手工业者在亚历山大切磋技艺，发明创造。来自世界各地的学者们在壮丽的喷泉与林荫间探讨宇宙的奥妙，在阁楼窄小的天窗下苦苦验证星空的变幻。没有人在乎他们的身份与来历；没有'异教徒'的定义在词典里出现，因为上帝并不会偏爱任何一个民族；没有哪一种学派压倒性地战胜另一种思想，更不会把源自另一学派的思想纳入自己的评价体系，来批判、抨击，甚至消灭。当我们拥有奉若神明的科学，当技术家与数学家称雄于世的时候，那种源于恐怖与直觉的知识就显得尤为重要，而这，正是我们需要佐西默斯、赫尔墨斯的原因。"

迦勒底占星家的传人们、佐西默斯的弟子们、多纳图教徒们眼里闪烁着激动的泪花，就连来自欧洲的学者们都心悦诚服地点着头。对了，我忘了描绘杰罗姆彼时的神态，懊丧的失败者在那会儿并不重要，也没有人会在意骄傲的罗马人内心复杂的情绪。但从后面的情形来看，杰罗姆受伤不轻，就像一匹受过重伤的野狼，一旦恢复体力就将展开对绵羊、农人甚至无辜者的疯狂报复。

罗马皇帝一纸诏书，让杰罗姆获得了核查亚历山大田垦税收账簿的权力。同是这一年，狄奥多西一世颁布禁令，禁止各种类型的异教崇拜。在亚历山大主教提阿非罗的指示下，科普特教徒们冲击了塞拉皮雍神庙。从昔兰尼加到努比亚，天空似乎被一种令人惴惴不安的尘霾所笼罩。

如果你在半个世纪前曾经生活在尼罗河流域，可能会对那几年的饥荒记忆犹新。农人的收成锐减过半，罗马人还加重了他们的税赋，还有传闻说杰罗姆呈给罗马皇帝的调查报告里有对总督大人俄瑞斯忒斯不利的指控。雪上加霜的是，德尔斐的阿波罗神庙传出诡异的神谕：把阿波罗立方神坛体积扩大一倍。否则，血光与大火将映红天空。

把神坛体积扩大一倍，人们起初并没有意识到这是个魔鬼难题。直到训练有素的埃及人操起他们的皮尺、水准仪、三角板时，才惊奇地发现这是难于登天的工程。

当时亚历山大城中有一个叫作梅纳斯的几何学家,据说是阿波罗尼奥斯的传人,被认为是时下最聪明的人,他曾经证明过所有的阿拉伯对称图案不会超过 17 种。当伟大的几何学家被亚历山大人邀请来解决神坛倍立方问题时,他私下口夸豪言,称将在一日内设计好所有施工方案。可疑的是杰罗姆不知从哪儿得知这个消息,专程去对梅纳斯的智慧表示敬仰,并愿意与城中富豪下注一百个金币,赌梅纳斯将成功解决这个问题。这次赌注下得很大,城中到处都贴有公示,一时间满城风雨,人尽皆知。

后来的事便是大家所知道的了,梅纳斯被他的门生发现死在铺满几何工具的案头,大口大口的血印染了莎草纸,他的桌上、墙上、榻上都画满了美丽的几何图案:正十三边形、蔓叶线、尼科梅德蚌线、阿基米德螺线……在几何学家的葬礼上,人们看到了杰罗姆的身影,愤怒的弟子们驱赶杰罗姆,让他滚出亚历山大,正是他的阴谋让梅纳斯耗尽脑力咳血身亡。可是有强壮的士兵保卫着罗马皇帝的红人。杰罗姆似乎很享受与整个亚历山大城为敌的感觉,他还没有忘记站在高处发表一段演说。

我没有去他演说的现场,但即使从第三方的转述中也不难领略到他当时的气势。潘恩告诉我,杰罗姆虽没有承认但也没有否认梅纳斯之死是他的阴谋,他自鸣得意的夸耀中甚至还暗示阿波罗神谕与他的某种关联。最后他用先知般的口吻警告亚历山大人说,如果神庙没有按神谕的指示得以扩建,恐怖天神将从天而降,而他,将充当神的得力助手。

罗马学者将审判整个亚历山大城！即使总督大人俄瑞斯忒斯也不能幸免。在杰罗姆的调查报告中，亚历山大总督府上报罗马皇帝的农田面积与真实的统计存在较大的出入，也就是说俄瑞斯忒斯可能犯有欺君漏税之罪。

总督大人首先想要求助的便是我的老师海帕蒂娅，所有人都在期待席昂的女儿作为亚历山大的代言人来申诉自己的冤屈，六翼天使神庙的台阶下，拥挤着翘首以待的市民。这令人感动的情形不由得让人联想到罗马军队围攻叙拉古时，包括国王在内的全城人民祈求阿基米德来拯救他们的故事。

埃及人特别是亚历山大人在测量术上拥有骄傲的传统。每当天狼星在尼罗河上空闪烁时，大河便迎来它一年一度的泛滥期。洪水会给三角洲带来农作物所需要的养分，同时，也会推平那些在上一年度刚刚被划分测量过的土地。这样，开春季节的土地勘测便成为执政官们、土著首领、大祭司们每年一度的工作，世界上最古老的大地测量术诞生于此也就不以为怪了。起初人们把它叫作黑土科学，后来托勒密与他的追随者把这门学问推向极致，据说使用托勒密的球体投射平面术，可以把对整个尼罗河两岸的土地测量精确到500肘尺[10]以内。到过埃及的旅行家莫不喷叹于尼罗河谷风光的奇特性：河谷中遍布着被运河分割成块状并被棕榈树镶边的绿色田地，一条条仿佛犁沟一样的线把

10　肘尺，古代长度测量单位，等于从中指指尖到肘前臂长度，约为43至56厘米

这些田地分割成棋盘格，如果旅行家们有足够的耐心去田野里看个究竟，就会发现棋盘格里还嵌套着更小尺度的方格。正是基于测量员、制图员、会计员的精确工作，杰罗姆才有可能对全部垦田进行统计核算。

数以百计的市民们涌进亚历山大图书馆，簇拥着我的老师、总督大人、还有三十位智力超群的亚历山大学者，就像是涌进罗马斗兽场的观众一样激昂。

杰罗姆坐在金字塔一般高的账簿之上，他的傲慢犹如法老。不同的是法老是用一台精密的天平来衡量子民的良心，杰罗姆所倚重的却是一台用四头牛拉动的机械，机械的内部据说由十个大小不一的齿轮所构成，刻齿运转到哪个位置，由会计员输入的数字而决定，这样可以执行十个数字的加法运算。

我的老师已经证明过，机器是不完备的，不可能发明一种机器可以预知其不掉链子。其实逻辑上同样可证，不可能存在一种完美机器，它的运算永远不会出现差错。当时一个亚历山大学者率先向杰罗姆提出这样的质疑。

杰罗姆只是不屑地挥挥手，让质疑者与他的机器当场进行一次速算比赛，那么是机器更为准确还是会计员更为准确便是显而易见的事了。很遗憾，那个人输了，赫戎、赫尔墨斯的子孙们都输了。

总督大人上报罗马皇帝的数字与杰罗姆的核算存在一个微

小的差异，于是一个斯特雷渡学者提出这可能只是测量的自身误差。杰罗姆似乎不需要思考，鼻子像他那四头累坏了的牛一样朝天翻着，喘着冷气，讥笑斯特雷渡派不知道托勒密的角距仪的每一度有 60 分，每一分有 60 秒。确实，角距仪的一秒投影到水平面上不过几百肘尺。

杰罗姆睥睨着垂头丧气的亚历山大人，他漂亮的上翘胡须上挂着嘲讽、同情又像是其他什么含义。他头上的天蓝色穹顶镶嵌有 475 颗红绿宝石，构成 44 个由埃拉托色尼所标注的星座，穿梭其间的 79 个托勒密圆周，隐藏着斗转星移、农时节令、航海与贸易风的秘密；他的背后是象征着宇宙结构的正十二面体青铜雕塑。雄心勃勃的罗马人用《蒂迈欧篇》的宇宙观重新打造了图书馆，长宽比符合黄金分割的窗户、正八边形的大理石柱、阿基米德螺线的吊灯、希皮阿斯割圆线的拱梁，无不在诠释万物即数的理念。一座无形的巨塔在他的背后巍然屹立，它的基础正是建立在《几何原本》《算术》《圆锥曲线》这些不可撼动的砖块之上。新的砖块仍在不停地加盖其上，看起来这座用几何、代数、逻辑公设所堆砌的巨塔还将继续、一直、永远生长下去，这是一座真正的通天塔！

无疑，挑战这座威严耸峙的巨塔需要勇气。亚历山大人的自尊心正经受着噬咬，在场的学者们都意识到一个逻辑学困境：杰罗姆的巨塔是建立在公设的砖块之上，砖块之间像金字塔的巨石一样严密咬合，不容置喙。我们企图撼动这巨塔的根基无异于蚍蜉撼树，即便成功了，我们自己的立足之地也在同一时间被掏空了，因为我们同样使用的是逻辑的语言。用托勒密的语言击败不了他，因为骄傲的罗马人的确是当世最接近于黄金时代那些伟大头脑的领悟者；用欧几里德的语言也无法击败他，罗马人能计算十位数加法的机械装置让赫戎、赫尔墨斯的子孙们自惭形秽；佐西摩斯的语言更不能作为投枪，因为那种翻滚着塞浦路斯硫酸盐的蓖麻油锅能炼出什么物质根本就是个未知数。

当我的老师站起来时，四周鸦雀无声。而我却似乎听到了万众一声的有节拍的低沉号子，就像最后一位角斗士出场时观众台所发生的那样。不同的是，海帕蒂娅从未在任何场合企图用力量与气势压倒对手，她皎洁的脸庞永远都是波澜不惊，在她的语言里，鲜有"伟大""必须""一切"之类的词汇出现。

她说："我们应该注意到总督大人送呈罗马皇帝的账簿与杰罗姆大人核算时所使用的账簿是基于不同的比例尺，前者是大比例尺的地形图，后者是小比例尺的地理图。"

那些歪坐着的学者们马上坐正了身子，假寐的杰罗姆像眉头被烧着了一样猛地把头抬起。

"在小比例尺的地理图上，测量员们使用托勒密的球体投射平面术，以保证球形地表投影到平面的地图上不至于失真。而在大比例尺的地区图中，测量员是假定每一块有限面积的田地是平面的。"

海帕蒂娅只是叙述一个事实，而这平实的语言就像是一个跌宕起伏的剧本的闭幕戏，突然发生的峰回路转的变化，令如坠云雾的观众们猛地惊醒：原来这就是结局。

在计算一块小的田地时，我们当然可以简略地认为它是平面的。可是在进行小比例尺的大地测量时，水手们、地理先贤们都会告诉你，大地表面其实是一个巨大的球面，托勒密学派们早就意识到将球状表面投影到一张扁平的地图上会产生扭曲与误差，所以他们发明了球体投射平面术，微不可察的误差正是在两种不同的制图术中产生的。

"其实，借用杰罗姆大人的计算机器，我们不难验证这一点。"海帕蒂娅微笑着，向杰罗姆请示使用他的机器，杰罗姆铁青着脸点点头。

"参考先贤们计算的子午线的长度，我们可以得知亚历山大总督大人的田地在球面上大约对应多大一个圆心角。从而我们可推断出一块经过球体投射平面术修正的土地与一块没有经过修正的土地之间的面积差大约是多少，不出意外的话，把总督大人送呈账簿上土地的总面积乘以一个曲率比，就会得到杰罗姆大人所核算的总值。"

罗马人的机器确实笨重，它计算乘法的原理是把一个加法重复若干遍。当杰罗姆的牛绕着机器转了14圈后，会计员读出了刻齿所对应的数字，与杰罗姆所核算的分厘不差。雷鸣般的掌声响了起来，狂喜的人们与总督大人拥抱，庆祝罗马人的阴谋破产。如果海帕蒂娅是个男人,我们一定会把她抛向天空。可是,她是女神般圣洁的女子,我们爱戴她,就只敢远远地用目光笼罩她。

意外的是,杰罗姆从他的座位上站了起来,微笑地旁观着庆祝的人群,大概只有外交官才能如此自然地切换表情。但这嘴唇弯成完美角度的微笑令人不寒而栗,人们安静下来不解地望着他。

杰罗姆说:"这位令人仰慕的女士,为什么不担任扩建阿波罗神坛的设计师呢?"

人们刚刚释放的心弦又紧绷了起来,罗马人在暗示亚历山大人仍然无法逃脱神谕的惩罚。

我的老师淡淡地回答道:"神不会去制造一块自己也举不起来的石头。"

"神当然可以……"杰罗姆打断了海帕蒂娅,话说出一半却又红着脸停了下来,似乎意识到自己陷入了一个克利特人的悖论[11]:神是万能的,故他能制造一块自己也举不起的石头,但他举不起那块石头,同时也证明他不是万能的。

海帕蒂娅无意嘲弄罗马人的困窘,接着解释道:"把神坛的体积扩建为二倍,正如制造一块神也举不起来的石头,是个不可能完成的任务,因为我们不可能用尺规的方法求得2的立方根,

---

11 克利特人的悖论,又称"说谎者悖论",由公元前六世纪哲学家艾皮米尼地斯(Epimenides)提出:所有克利特人都说谎,他们中间的一个诗人这么说。

杰罗姆大人的计算机器也不行。"

杰罗姆颓唐地坐了下去。要反驳倒海帕蒂娅其实很简单，用他的计算机器试一试便行了。可是罗马人心知肚明，就算把他的木头机器的齿轮磨秃，也不可能得到一个精确解。显然，所谓阿波罗神谕，只是罗马人苦心积虑的捏造。

梅纳斯的弟子们欢呼着从座位上跳起，激动地拥到海帕蒂娅的身边，亲吻她的裙角、手背、脚踝。梅纳斯没能解决神坛的倍立方问题，但这并不构成这位伟大几何学家的耻辱，因为，这根本就是个神也不能解决的问题，更别提那位自以为是的罗马人了。

此情此景，我禁不住赞叹道："她真像沉沉夜色中的亚历山大灯塔呵！"

"不。"来自昔兰尼的叙内修斯转过头来对我说，"她不是灯塔，她是比光永远更早到一步的黑暗。"

哲学家的话令我一激灵，时隔五十年如仍在昨日。多么睿智的见解啊，知识好比夜空中被星光所照亮的空间。杰罗姆们就像秉烛而行的夜行者，他们相信星光最终会充满宇宙的每一处，就像钻石般晶莹剔透没有盲点；海帕蒂娅就像深邃的夜空，她指出计算机器的不完备性、递归计算的非万能性、倍立方问题的不可解性……星光所照亮的区域相对于无穷广袤的夜空，终究是微不足道的。

那个冬天,亚历山大人享有了短暂的安宁。

当"亚里士多德第三十一世嫡传弟子"的大名出现在六翼天使神庙讲堂的签到册上时,所有人都惊呆了。杰罗姆坐在听海帕蒂娅讲学的人群中,没有带上他的木匠和修辞学教师,与每一个求知若渴的年轻学子一样,他或是安静地聆听,或是轻声与旁人交谈,或是谦卑地站起来提问。罗马人的葫芦里卖的是什么酒?大家都警惕地注视着杰罗姆的表演,私底下暗自嘀咕。

第一天,杰罗姆给海帕蒂娅献上了橄榄与蔓陀罗编织的花篮;第二天,杰罗姆当场朗诵了他最近创作的一首诗;第三天,杰罗姆向在场所有人许诺,将向迪奥多西一世为六翼天使神庙申请经费资助……到后来,罗马人的意图简直是昭然若揭了,亚历山大人震惊于这一事实:曾经无数次被羞辱的杰罗姆正在向席昂的女儿发动爱情攻势。

那个时候我二十岁出头,海帕蒂娅不过大我们十岁,但我们爱她就像爱戴自己的母亲,罗马人对海帕蒂娅的骚扰激起了我们心底无穷的敌意。平心而论,这个罗马人的确是地中海最般配海帕蒂娅的男人,他英俊潇洒,学识渊博,与海帕蒂娅年龄相当,智慧难分伯仲,堪比所罗门与示巴女王式的佳缘。海帕蒂娅已经三十多岁了,难道我们真的希望她像贞洁的圣女那样孤独一身吗?这种矛盾的心理噬咬着我的心。

很多次，我按压住杰罗姆请我转交给海帕蒂娅的信，忍不住想要拆开它，但最终还是把它完整地交给了老师。很多次，我不远不近地跟在杰罗姆与海帕蒂娅的背后，偷听到的并非是令人脸红耳烧的情话，而是一些普通哲学问题的讨论，事后又不免为这种行为而感到羞耻悔恨。有时，我会产生一种向海帕蒂娅揭露罗马人不怀好心的冲动，可又担心这种没有根据的怀疑会被他人诠释为嫉妒。还有一次，我禁不住跑到席昂老头那，辞不达意地告诉他罗马人打着他女儿的主意，可是面对席昂老头淡然的表情，我才意识到之前不知已有多少与我一样幼稚可笑的年轻人向他通报了这一消息。

时常，我注意到杰罗姆亲吻海帕蒂娅手背的时间过长，注意到在杰罗姆讲了一个笑话后，海帕蒂娅的嘴角泛起微皱的细纹……终于有一天，我鼓起勇气站起来向杰罗姆发难，指出他对海伦公式的一个证明是错误的。但后来的讨论表明错的是我——杰罗姆使用了一种我不太理解的高明方法。这次不自量力的挑战经历让我无地自容，以致于后来很长时间不想在讨论中发表任何言论。

在那一年的冬天与第二年的夏天，一切你所能想到的离奇怪诞之事都能在亚历山大城上演。杰罗姆雇佣了上千名波斯艺术家，在难以计数的羊皮纸上夜以继日的工作，花了整整一个冬天把亚历山大图书馆的最大一间展览室变成了由细密画构成的拼图。每一张羊皮纸上都画有栩栩如生的宗教、人物、风俗画，画上圣母的发丝、婴儿皮肤的肌理历历可见,骑士刀剑上的寒光几可砭人。博物院的门倌告诉访客们,光是费掉的颜料就足足让总督大人的一只骆驼商队忙乎了大半年。这些细密画或挂在墙壁上,或铺在地板上,就像是零乱的马赛克,五彩斑斓,乱花迷眼,看起来并不比一张波斯地毯更吸引人。在上百位亚历山大名流的见证下,杰罗姆优雅地邀请海帕蒂娅掀开高大的垂地窗帷,让清晨的第一缕阳光穿透澄净的玻璃窗,以一定角度倾泄在细密画上。那些由珍珠粉、蓝宝石粉、孔雀石粉、赭铁粉凝成的图案熠熠闪烁,似在融化,似在颤动,似被天堂的圣音唤醒。斜射的阳光在墙壁上缓缓流动,带动看客们的目光由远而近。嗬!当蜜糖色的阳光把展览室大厅的每一处角落照亮,人们惊奇地发现这些细密画竟然组成一个美丽女子的肖像,纵然这个肖像没有标上名字,人们的目光也都默契地落在我的老师飞满红晕的脸上——罗马人的拼图游戏规模如此庞大,不仅仅是为了展现他的奢华,更是为了纤毫毕现地描绘海帕蒂娅的美丽。更令人意想不到的是,片刻之后,这光影的胜景便不复存在。罗马人骄傲地宣布,这所有以几何学原则创作的细密画,都只能在此时此刻展现,即便是明天的同一时间大家出现在这儿,这些细密画原封不动,亦不能重现刚才的一幕,因为,每一天的阳光都不是以同一角度入射的,只有通过精确的计算,才能让光影展现这美丽的一瞬。而越是短暂的美丽,就越能长驻心灵。罗马人意味深长地说。

这还不够疯狂。五月的时候，杰罗姆大张声势地集合了全城的历法家、天文学家，在亚历山大灯塔下宣布他将对古代的历法进行修正，这一狂妄之举自然遭到了学者们的集体反对。在长达七天的穷极无聊的争论与谩骂之后，杰罗姆得意洋洋地宣布，下午三点的时候神将证明他的推算是正确的。得益于他的杰出宣传，到了下午三点的时候，全城人都聚集到耸入云霄的灯塔之下，好奇地等待奇迹的发生，而我的老师与其他学者们则被邀请到灯塔的顶部共品佳酿。那一天我也站在人群里，只不过是在灯塔的阴影之下，仰望着快要刺破苍穹的灯塔和上面那些远且缥缈的身影，感受着自己的渺小卑微。那一刻，我痛恨自己，也痛恨杰罗姆，但对他更多的是敬畏与恐惧，正如当黑暗陡然袭来时，惊慌失措的人们对罗马人的感情一样——日食发生了，几乎所有的亚历山大学者都漏算了这次日食，而骄傲的罗马人却做到了。当灯塔巨大的鲸油灯亮起来时，惊慌的人们渐渐平静下来。突然有人指向天空，似乎有什么东西飘了下来。当耀眼的灯柱照亮它时，人们认出那是一个风筝，上面印着一个拉丁字母。紧接着第二个风筝又飘了下来，同样印着一个字母。后来，越来越多的风筝飘了下来，在场的人们禁不住把这些字母一个一个念出声来，并凭住呼吸期待下一个展露的字母。当这神启般的奇迹全部展露时，人们才惊讶地发现这些字母竟构成了海帕蒂娅的名字。

我没有等到这些字母全部展露便离开了喧闹的人群,因为在字母才显现一半时我就已经猜到了罗马人的诡计。那一刻我下定决心要逃离亚历山大,离开我的老师。在我之前,叙内修斯和潘恩都已经离开了,虽然我不知道他们离开的原因,但是我猜测那个"海帕蒂娅的学生"——罗马人与之难逃干系。

"海帕蒂娅的学生"?这一名号听起来真够讽刺的。没错,杰罗姆是旁听过海帕蒂娅的几堂课,但是他的年龄、他的身份实在是与这一头衔不相称。罗马人对此倒毫不介意,甚至还四处张扬,生怕别人不知道他也是海帕蒂娅的学生似的。这一名号的广为人知还是在席昂的葬礼上。亚历山大人所敬仰的席昂先生仙逝本与罗马人毫不相干,杰罗姆却越俎代庖对葬礼大操大办,用一篇长达三个小时的祭文高度颂扬了席昂的一生。无愧于一个饱经沙场的演说家,他那经过修辞学家调教的滑腔滑调,堪比职业演员的声泪俱下,让在场所有人都为之动容……正是在这祭文的结尾,杰罗姆署上了"席昂的徒孙、海帕蒂娅的学生"这一名号,与"亚里士多德第三十一世嫡传弟子"那一奇怪的头衔并列。

葬礼结束后的那个晚上,我正在收拾行李,准备不辞而别,背后却传来一个吵哑的声音:"你也准备离开我了吗?"

海帕蒂娅站在我的房门口,脸上还挂着仍没干涸的泪痕,平时挽得很庄重的发髻散落开来,垂在双肩上,这使她显得很瘦弱。我陡然意识到席昂死后,海帕蒂娅便是无依无靠的一个人。她没有家人亲属,没有丈夫孩子,亚历山大人都说席昂的女儿嫁给了真理。是的,她还有许多学生,但并没有一个真正的关门弟子,大多都是流水席的听众,有的甚至纯粹是冲着她的美貌与名望来的。这让我的脚步变得沉重,但我还是背过脸去说:"对不起,老师,圣安东尼修道院将提供给我一个见习僧的职务,这对我来说是个机会。"

"可是,辛奈西斯,上一个月,你还说要潜心研究《蒂迈欧篇》。"她急切的声音令我心碎,我的老师可以洞彻宇宙最精微的奥秘,却辨不明一个简单的借口。

"老师,我是您最愚钝的学生,学习那些高深的知识很吃力。尤其是相对于最聪明的那个人……"我的话里不无酸意。

海帕蒂娅微弱地"哦"了一声,怔怔地立在那儿,默默看我把几部课堂笔记、她曾经赠送给我的手稿放进包袱中,再用亚麻绳一捆,扔在肩上。在我路过她时,她稍稍地侧过身子。我瞟见她消瘦的脸庞,与平时的饱满红润判若两人。

"辛奈西斯,你认为我应与罗马人在一起吗?"当我走出几步,她叫住了我。

"老师……"

"叫我海帕蒂娅。"她的眼神很严厉,但不知为何,这个时候我突然不怕她了。

"海……我,我认为你们应该在一起。"我违心地说。

"为什么?"她的双唇紧紧地合在一起,亮晶晶的眸子深陷在眼窝里。

"他是当世罕有的人物,而您也是。他是罗马皇帝钦定的亚历山大博物院的首席科学家,而您也是六翼天使神庙之执牛耳者,天底下还有比这更般配的姻缘吗?而且,全亚历山大人都知道,罗马人爱您爱得发狂……"我在叙述这每一个字时都心如刀绞一般痛,可我又残忍地想不停地说下去。

"辛奈西斯,你会肤浅地以为那就是爱吗?"海帕蒂娅打断了我,来到窗前,望着外面幽幽地说,"也许罗马人只是想征服他的一个城堡而已。"

"可是,罗马人对您的关爱有目共睹,在任何时候他都不忘赞美您的美丽;在普通人面前他几乎是不可驳倒之人,而只有您才能让罗马人的智慧臣服;他甚至甘愿降尊纡贵,当您的学生……"

"人们都说苏格拉底是非凡的男子,他面对悍妻的挑衅从不回应,可他是真心臣服于妻子吗?"

我迷茫了。

"苏格拉底微笑不语地面对咆哮的妻子,那只是因为,在他眼里妻子不是一个配与他沟通的对象。每一个标榜为'同情'与'宽容'的绅士行为,都是对那些独立自强的女子的侮辱。每一个极尽修辞技巧来赞美女子美貌的诗篇,都是对那些姿色平平的女子的侮辱。每一个女子都是平等地降临人间的天使,是男人们世俗的目光不公平地区分了她们,以及她们与他们。"

我默默地望着我的老师,不,海帕蒂娅,她真是人间奇女子,那些感天动地的示爱行为在她眼里一文不值。

我的心蓦地软了,但嘴上还是说:"可是,既然您不爱他,却又不公开地回绝他,在很多场合都与他出双入对,这对于公众是个误导……"说到此我的话戛然而止,脸不由自主地红了起来。

"那只是一些公共场合的礼节性应酬。更何况,"她略作停顿,窗外传来杰罗姆男主人式的迎送来宾的声音,她轻轻地说,"与他保持友善,这对于六翼天使神庙没坏处。"

我瞪大了眼睛,心底突然涌出一股说不出来的味道:我的老师,在为人处世上,您怎么这么幼稚!她被我严厉的眼神刺得一愣,似乎意识到自己的荒谬。

不知从哪儿冒出来的勇气,我握住了她的手,说:"海帕蒂娅,那种受伤的男人所激起的反应是您所不能想象的,正如您所说,罗马人这段时间极尽温柔、谦卑的举止,只是为了满足他的征服欲。一旦骄傲的罗马人的野心落空,这一段时间的殷勤付出一定会加倍索偿!他一定会的!"

我感受到了她纤掌的微微颤抖与手心里的湿润。那一刻,我决定留下来。

事实正如我所料,高调的罗马人为他的自信付出了代价——不多久后,整座亚历山大城都在恶趣味地传播、调侃"海帕蒂娅的学生"求爱失败的消息,那一段时间罗马人深居简出,几乎销声匿迹,就像一匹深受重伤的狼在黑暗中默默舔拭着伤口。那段不长的日子也是我一生中最快乐的时光……

海帕蒂娅教我《等周论》,似乎比从前更严厉了,每当我证明一道数学难题卡壳时,脑袋就要挨一顿"爆栗"。她教我制作天体观测仪,当我磨制玻璃片时,她会恶作剧地一吹,让玻璃细粉扑我一脸,而我也会报复性地用涂满白灰的手去涂她。有一次,我悄悄地画她的素描像,却又远逊于罗马人的拼图游戏,正要沮丧地撕碎它时,她却抢了过去,还说画得不错……

正是在这一段朝夕相处的日子里,海帕蒂娅的思想在我的头脑里渐渐有了模糊的轮廓:海帕蒂娅终生述而不作,没有留下一部系统阐述她的思想的著作。她就像一位隐士,毫不介意自己的思想像声音一样消失在旷野里。她构建撒旦机器的方法与欧几里德证明质数有无穷个的方法有异曲同工之妙,可见她深受几何之父的影响;她注解过《圆锥曲线》与《算术》,暗示她与阿波罗尼奥斯、丢番图的师承关系;她精通科学仪器的设计制作,表明她还是一位出色的机械发明家。与杰罗姆们不同的是,海帕蒂娅对那种"黑暗"的知识同样持宽容态度,在六翼天使神庙的保护下,许多被杰罗姆所驱除的著作学说都得以保存,持异见的学者们得到庇佑,后世的占星师、炼金术士、神秘学家把我的老师奉为宗师也就不以为怪了。

迪奥多西一世第六次担任罗马执政官的那年,希里尔接任亚历山大城主教。小道消息很快传播开来:希里尔将彻底清除亚历山大城内偶像崇拜的余毒。亚历山大城人人自危,连总督大人俄瑞斯忒斯也变得寝食不安。他托人悄悄告诉海帕蒂娅,她的学生中有人向主教指控她私藏一些"未经修订"的图书。我听到这个消息后很快意识到这个人是谁,有一位叫彼得的礼拜朗诵士,是与我同时来到亚历山大聆听海帕蒂娅讲学的。沉默的彼得从未显露出他对海帕蒂娅的爱,但我能感觉出来他对我的敌意,至少,他的兴趣并不在科学之内。我不知道有多少人对海帕蒂娅怀着像我一样的感情,杰罗姆、彼得、叙内修斯、潘恩,也许还有更多。有的因爱近乎绝望而选择逃离,有的因爱近乎懦弱而选择留下,还有的因爱过于强烈而滑向了另一个极端。

当我请求海帕蒂娅把彼得清理出门时,海帕蒂娅拒绝了。我向她发誓那个人一定是彼得,绝没有错。她却反问我:"那么多人恨我,难道不是我自身的过错吗?"

"只是因为你信仰其他的神?"我凝视着她善良的眸子。

"不,不完全是这样。"她摇摇头,"我与基督徒关系亲密,总督大人是我的朋友,还有你,辛奈西斯。"

"因为你过于美丽。美丽得令人绝望,绝望使人发狂。"我叹息道。

"丹内阿人攻陷特洛伊后,他们屠城劫掠,却没有一个士兵去伤害海伦。美丽也能带来宽容。"她眸子变得晶莹。

"还因为您拥有过人的才华,这既令人仰慕,当然也招人妒忌。"

"帕普斯、埃拉托色尼、托勒密包括我的父亲都是知识渊博的学者,可他们无论在生前还是死后都拥有所有人的爱戴。"

"这……"我陷入了龃龉。

"父亲的光环不能保护我,连总督大人也不能保护我,难道不是因为我犯有不可原谅的错吗?"她转过身去,双肩止不住地颤抖,月光从窗外倾洒进来,为她披上一层清冷的薄纱。

"那又是为什么?"我喃喃道。

"为何苏格拉底被毒死?而普罗提诺[12]却人人爱戴,连国王都尊敬他?"

我没有想过这个问题,只好保持沉默。

"苏格拉底被毒死,并不是因为他创造了新的真理和新的神,而是因为他带着自己的真理和神去征服普罗大众。当柏拉图带着自己的思想觐见僭主时,他也险些被抓。普罗提诺享有世人的尊敬,因为他完全不热衷于传播自己的哲学。苏格拉底一死,所有人都开始赞扬他,他已经不再搅人安宁了——沉默的真理

---

12 普罗提诺(公元205年~270年),罗马帝国时代的伟大哲学家。

是不会使人害怕的。明白了吗?我的孩子。"

我的心底陡然被照得透亮,原来海帕蒂娅早就洞彻了这些。她不但传播自己的思想,而且,是那些非亚里士多德的,非欧几里德的,甚至是"黑暗"的学说。

"更重要的是,"她转过身来,泪水闪闪地望着我,咬着嘴唇一字一顿地说,"我是个女人,一个逾越定义的女人,性别中的'异教徒'……"

是的,她是个女人,一个需要照顾与保护的女人,一个同样需要爱与被爱的女人。我走过去拥抱了她颤抖的身子。她环住我的脖子,亲吻我的额头、耳垂、下巴。

她突然捧住我的脸,说:"你相信柏拉图笔下描绘的那个世界吗,辛奈西斯?一位常年在外漂泊的老水手告诉我,在地中海内有一些不知名的小岛,上面有波塞冬神庙、圆形剧场的远古遗址,就像人们传说的那样排成同心圆状。"

我不知道她为什么给我说这些,兀自迷茫着。

"辛奈西斯,你向往那自由自在的理想国吗?也许,我们可以……"她的手指划过我的脸庞,却又迟疑地停住了。她注意到我脸上稍纵即逝的犹豫神色,我正在想着修道院给我提供的那个很有诱惑力的岗位,不可否认,在事业上我富有野心,并深信自己的前途。另一方面,我从未萌生过漂泊海外这种不切实际的浪漫,这让我有一会儿的发呆,我发誓,只有一瞬间。如果海帕蒂娅给我更多的考虑时间，如果她不那么突然地提出这个设想，如果……可惜，世上本无"如果"。

因为她是海帕蒂娅。也许，那是我的老师一生中唯一一次向父亲之外的男人提出请求，这让她的情绪变得很敏感，近乎脆弱，她的手指从我的脸上滑下，就像一颗珠圆玉润的泪滴那样决然。她再也没提出那个设想，也没有等待我的回复，便离开了。

不久之后，杰罗姆开始大张旗鼓地清理亚历山大城的知识界。在他召集300人的公众集会上，那些"未经修订"的书籍被大火焚毁，不相信"上帝可证"的学说被公开打击，具有讽刺意味的是，"海帕蒂娅的学生"不遗余力地批判着他的老师，驱逐与她相关的一切学说与学者，六翼天使神庙也不能幸免。彼得带领一群暴徒冲入了神庙，轻车熟路地翻出了海帕蒂娅的罪证：一些她注解、修订过的科学、哲学著作，神秘主义的"黑暗学说"，一些精妙的化学实验设备、天文观测仪器……神庙的大理石柱正在簌簌战栗，那曾经冠盖云集的热闹场面已荡然无存。海帕蒂娅关闭了她的学堂，主动断绝了与总督大人的交往，以免引起基督徒们不必要的联想。我时常想，如果我的老师闭门研修自己的学问，就能回避那复杂的人群、喧嚣的声音该多好。

四旬斋的三月里，越来越多的迹象在暗示海帕蒂娅处境危险，起初是叙内修斯潜回亚历山大，劝说海帕蒂娅皈依基督教，而他本人，已经在罗马受洗入教了。海帕蒂娅委婉地拒绝了他的好意，她没有解释原因。到了三月中旬，基督徒们的愤怒愈演愈烈，有谣言说是她干扰了总督大人与主教大人之间的关系；再后来，总督大人又一次托人转告她，劝她离开亚历山大，我也无数次哀求她逃离这混乱之城，她均拒绝了。我无法理解她的逻辑，不久前还是她请求与我一同逃亡海外，而此时，她却怀着一个殉道者一样的执着与平静——我的老师似乎已经预知了她的生命轨迹，正如她对日月星辰运行轨道的了然于心。

三月下旬的一天深夜，海帕蒂娅站在空荡荡的石阶上，月光的清辉把大理石柱照得雪白。我坐在平时讲堂上习惯的位置，用星盘观测着星辰的角度。海帕蒂娅读着表盘上的数字，对比着往年的记录，忧心忡忡地说："如果托勒密是对的，为何金星和木星均有一年周期呢？"

那个时候的我已经无心思索深奥的天文问题，只是愣愣地看她喃喃自语："认为地球是宇宙的中心是可笑的，托勒密的错误并不难纠正，就算我们记录的证据全部被销毁，后人也还是很容易观测到本轮均轮模型[13]的漏洞，'地球中心论'并不可怕，那种'思想中心论'才是可怕的。"

我虽然不能理解她关于"本轮均轮模型"的那些说法，但她的最后一句话还是让我触动不已，我刚想在纸上作些笔记，却被她制止了。

13　本轮均轮模型，托勒密"地心说"推测行星位置所使用的模型。

"这些话对于你将来的前途是不利的,辛奈西斯。"

"可是……"我刚要说什么,嘴却又被她的手指按住了。

她从怀里掏出一部手稿,上面的字迹很潦草,显然是连夜急就的成果。她把它郑重地交到我手上:"辛奈西斯,带上这部手稿,今天晚上就乘船离开亚历山大,去往雅典。到港口找一个叫菲洛尼底的老水手,他是我的一位故友,他会带你离开这儿。"

可我钉在原地。

她的目光陡然变得严厉,令人不敢正视,声调也尖锐起来:"辛奈西斯,按我说的去做!这是一部非常重要的手稿,而现在,能帮我的只有你!"

"可是……"

她按了按我的肩膀,微笑说:"我明白你的好意。但是,总督大人会保护我。"

"总督大人?"我犹豫了一下,大声说,"他凭什么保护你?多纳图派被迫害时,他没有站出来,塞拉皮雍神庙被毁坏时,他也没有站出来。这一次他同样不会!"

她只是摇摇头,背过身去,冷冷地说:"你不了解。"

我愣在那儿,待她转过身来,却又恢复了一副课堂上才有的神情,说:"你知道吗?总督大人也相信地中海上那些关于古国遗址的传说。"

"哦。"我霎时明白了,有些负气地说,"原来是这样,看来我的担心是多余的。"

然后我轻轻地吻了她的手背,含着泪离开了。当我登上去往雅典的船时,回看亚历山大已是火光滔天。

可惜,我辜负了她的遗愿。那部名叫《丢番图天文学说》的手稿,我并没有安全带到雅典,罗马教会没收了它,我甚至还没来得及抄写一个副件,里面的内容也就不为人知了。

就在我离开后的那个晚上,海帕蒂娅遇难了。就像我当初断言的那样,总督大人没有保护她。或者,总督大人只不过是海帕蒂娅打发我离开的借口。此时,我用颤抖的文字记录下这些,我的朋友潘恩,当你看到这些杂乱不清的字迹时,不妨宽容地一笑。这并非是伪善者的事后作态,而是可怜虫痛苦自责的真实心声。我永远都不想记录海帕蒂娅遇害时的情景,但是五十多年来,这些通过施暴者的得意转述而镌刻在我脑海中的记忆却愈发地清晰起来,就像我当时就亲临了现场一般。

有五百名身穿黑色长袍、头戴黑色头巾的科普特教徒们在彼得的带领下袭击了海帕蒂娅的马车,把我的老师拖进了西赛隆教堂。暴徒们剥光了海帕蒂娅的衣服,让她娇若夏花的处子之身暴露在疯狂的人群中。

"彼得。"我的老师认出了她的学生。

虽然起初是彼得自告奋勇率领基督徒们去拦截海帕蒂娅的

马车,可这儿,告密者却失去了直面海帕蒂娅的勇气,他远远躲在疯狂的人群背后,海帕蒂娅的呼喊让他的头垂得更低了。

海帕蒂娅似乎意识到彼得内心的虚怯,便把目光投往别处。她是个不愿给人带来麻烦的人,哪怕这个人是告密者。可是基督徒们却警觉地停止了他们的口号,炽烈的目光笼罩在彼得的身上。

"孬种!你怕什么?"人们朝彼得吼道。

"上帝只有一个。"暴徒们叫喊着口号,向海帕蒂娅投掷石块。彼得攥紧了拳头,迟疑地喊道:"上帝只有一个。"有人递给他一块石头,彼得不再犹豫,举起石头朝海帕蒂娅砸去。最后,人们一拥而上,用锋利的牡蛎壳一片一片去刮海帕蒂娅身上的肉。这还不够,还把她血肉模糊的身体投入到烈火之中。"她的乳房就像割圆线一般完美。"彼得在给希里尔主教的邀功信中如此写道。

这一暴行发生在希里尔担任主教教职的第四年,迪奥多西一世第六次担任罗马执政官的那年。直到今天,海帕蒂娅还被教会定义为"蛊惑人心的女巫",施暴者却被赞为"完美的信徒"。所幸,那些疯狂之徒最终遭受了神明的惩罚。

在临死前,海帕蒂娅平静地向审判她的暴徒们宣布:"神将证明她的清白,让真理与正义以七星联珠的奇迹呈现。"当七星联珠的奇观真的呈现在亚历山大城的夜空时,那些愚昧的心灵们震惊了。他们惊慌失措地涌进亚历山大图书馆,寻求知识的庇护。可是杰罗姆们也无法给出解释,无论他们怎样摆弄托勒密的本轮、均轮,都不能让太阳、月亮、金星、木星、水星、火星、土星排列在一条直线之上,哪怕是粗略地位于一个 30 度大的天区内也不行。杰罗姆因此失去了罗马皇帝的信任,他很快失势,郁郁不得志直到终老。彼得疯了,神启般的七星联珠让他惶惶不可终日,恐惧压碎了他那颗本已扭曲变形的心脏。希里尔主教面对愤怒的亚历山大人的质问,竟无耻地谎称海帕蒂娅并没有死,而只是去了雅典或是别的什么地方。谎言并不能掩饰他的罪恶,他最终也被轰走了。

然而这些,并不能带给我些许安慰,没有一日我不是在忏悔与自责中度过 —— 如果,那晚我不离开亚历山大,或许我会挡在彼得的面前,为我的老师辩护。虽如此亦不能让海帕蒂娅免于灾难,我也可能被暴徒们定义为"犹大",甚至有性命之虞,但至少,我会享有后世的平静。

如今,我垂垂老矣,整理这支离破碎的记忆仍止不住地老泪纵横。我有必要让后人了解曾经有过这样一位女子,一个性别的"异教徒",在她流星般的生命中,用绚烂的轨迹划过黑暗的天空,却又遁于寂冷的虚空。

起源

水母文明之歌

文 / 冷霄毅

科幻
硬阅读
DEEP READ
不求完美 追逐极致

序　章

众所周知，我们诞生于海洋。

在世世代代口耳相传的故事中，水母一族不同于其他海洋生物，文明的雏形在深海之中便已存在。

尽管没有直接证据，但我们对此深信不疑，毕竟水母最早进化出了神经组织，在第一批登上陆地的生物中，也发现了水母的痕迹。

这些成就让我们为之自豪，也使我们想当然地以为水母文明起源于海洋是一件顺理成章的事情。自进化出神经组织后，我们在海洋中的存在时间长达几亿年，难道还无法发展出文明？

可随着科学体系的不断进步与完善，我们发现，成为海洋文明的条件十分苛刻，并非漫长的时间可以弥补。

文明，是使一个物种脱离野蛮状态，有益于增强对客观世界的适应和认知，符合精神追求，能被绝大多数个体认可和接受的人文精神、发明创造以及公序良俗的总和。

其判定标准主要包括以下要素：聚落的出现、语言和文字的产生、工具的使用、制度的建立等。

聚落可以汇聚个体、促进交流，进而形成更高级的组织形式；文字能记录重大事件和知识，完成信息在时间上的传递；使用工具可以完成仅靠自身无法解决的任务；一套可行的规章制度能够规范和凝聚族群，提高竞争力。

而这些，在海洋中几乎无法实现。

首先，相对于二维平面结构的陆地，海洋的三维立体结构对个体约束力大幅度减少，给聚落的形成带来困难。没有足够数量的个体，建立相应的规章制度便毫无必要。

其次，海洋中几乎没有可以记录文字的地方，水流会冲走文字的载体，就算侥幸保存下来，也会被海水慢慢腐蚀，无法起到传递信息的作用。

最后，火焰无法在水中形成，不能冶炼，仅凭水母柔软的触手难以制造工具。即使捡到天然形成的工具，能否有足够力量将其拿起也是未知。

而相较于海洋文明形成的苛刻条件，陆地文明无疑要容易许多。那么水母文明究竟起源于海洋，还是陆地？

这一片历史空白，吸引了无数专家学者进行研究探索。但由于水母的软体结构在死亡后很难形成化石，研究工作进展缓慢。

直到五年前，我们在几百万年前的地层中发现了许多祖先的化石。一场海底地震将他们突然掩埋，来不及自然分解就被挤压其中，而随着板块运动，化石又暴露在我们面前。

这是一个好消息。面对突如其来的自然灾害，个体不可能在极短的时间内聚集，这说明他们平时就生活在一起。

这些化石让沉寂许久的考古工作再次活跃。既然先祖是集群生活，就存在发现远古遗迹的可能。

搜寻远古遗迹的计划得到了社会各界的支持，然而行动并不顺利，几年时间只有零零星星的发现，根本不足以证明什么。

就在大家几乎快要放弃的时候，考古队在位于浅海的地层中意外挖掘出一块三叉戟状的珊瑚石。很明显，它被打磨过，而且受到了精心保护。即使是现在，我们也能够使用它进行一些简单的操作。

这是一种工具，还是武器？带着好奇，我们向海洋更深处挖掘。或许是三叉戟带来的运气，我们在不远处发现了一座大型远古遗迹。可以肯定，一定有水母聚落在此处生活过。

遗迹中发现了类似于文字的符号，破译工作随即展开。经过一年的努力，我们终于可以确定水母文明起源于海洋。

可既然我们已是海洋文明，先祖又为何最终选择登上陆地呢？你一定不会想到，原因竟如此简单。

以下，我们将用第一视角来讲述——先祖的故事。

◆ 1 ◆

"强哥，我们怎么办？"

"镇静，想要抓捕猎物，首先不能惊扰它们。"我向下挥动触手，示意小家伙们稍安勿躁。

我，阿强，这片海域水母族群中的普通一员。

现在，我正带领一群年幼的水母进行狩猎。说是狩猎，其实只是训练他们抓捕些鱼虾，和真正的狩猎相比还差很远。

不过就算是这样，小家伙们还是因能够离开族群而激动不已。躁动的心情让他们在行动时发出很大的声响，结果惊扰到猎物，最后无功而返。

尽管心里已经十分鄙视他们没见过世面的样子，不过想到自己幼年时也经历过这些，而训练又没有规定捕获猎物的数量，我也就乐得陪他们多玩玩。

"能看到前方那只螃蟹吗？"我伸出一条触手指向猎物。

"能。""能。""不能。"回答的声音参差不齐。

看到有些水母还在茫然地转圈,我不耐烦地挥动着其他触手强调:"狩猎章程第一条,永远要记住哪只眼睛注视前方。"

"强哥,螃蟹跑了。"队伍最后面,一个小家伙看着我轻声说道。

只见一只螃蟹高举蟹钳,八条腿不断搅动着脚底下的泥沙,显然是被我的声音惊扰到了。很快,螃蟹附近的水域变得十分浑浊,能见度急剧下降。

等到视野清晰,螃蟹早已卧在泥沙中消失不见。由于水母的触手无法实现挖掘操作,我只好放弃抓捕的念头,收缩伞帽,气愤地喊道:"全体上浮。"

看着聚集在我身边的幼年水母,我开始教导他们。

水母有四只眼睛,均匀分布在伞帽前后左右四个方向,可以感知周围360度的所有事物。每只眼睛又由六只大小不一的点眼组成,通过收缩或者拉伸伞帽来观察不同距离上的物体。

这种结构在扩大视野范围的同时也造成了一个缺陷——无法明确哪个方向是前方。神经网处理视觉信息的优先级并不相同,因此当有水母表示前方发现天敌或者猎物时,其他水母并不知道这个方向是否是自己认为的前方,从而导致混乱。

为了解决这个问题,狩猎章程规定,将水平前进时习惯性面向海底的那只眼睛作为前方。正式狩猎队还会要求成员在这只眼睛附近纹上代表族群的独特花纹，以方便队友确认。

当然经过长时间的相互磨合后，就不再需要这些辅助措施了。但这些刚参加训练的幼年水母，却忘记了我在离开族群之前多次强调的狩猎章程，看来确实要好好教育他们。

"你们记性如此差，以后如何执行狩猎任务？"我挥舞着触手，"现在我规定，你们朝向我的那只眼睛即为前眼，这个方向就是前方，明白了吗？"

"明白。"声音整齐划一。

"好，继续前进。这是你们第一次接受训练，不要求你们给族群带回猎物，但至少要解决自己的食物。"

再次返回珊瑚礁，我们小心翼翼地在其中穿行。

珊瑚礁中栖息着许多小型生物，因此正式狩猎队不会来这里。一是因为得不偿失，捕获的猎物还不够弥补消耗；二是部分有毒生物会栖息在珊瑚礁的缝隙中，不仔细观察很难发现。虽然水母也是用毒高手，但不幸遇上也免不了两败俱伤。

所以这里就成为了幼年水母的训练场，训练狩猎技巧的同时教会他们如何辨别有毒生物。在我胡思乱想之际，身后传来声音："强哥，快看，那里有只半透明的虾。"

我赶紧用右眼一瞥，确认是无毒的种类。

咦，怎么发出声音了，这可是严重违反狩猎章程的行为。等逮住这小虾米，得好好教训他。

示意他们不要再出声，我悄悄游到它的斜上方，将触手完全舒展开来，扇动伞帽慢慢靠近，这同样是我第一次在他们面前示范，可不要失手。

找好角度，身体向下蹲出的同时触手迅速伸长，可以清晰地感受到触手划过海水产生的泡沫。

好，抓到了。只要能够碰到猎物，位于触手末端的刺细胞就会自行冲出体表，刺破那一层薄薄的甲壳，并将储存在里面的毒液注射进猎物体内。

很快，猎物出现了中毒反应，躯干不断弯曲伸直，头部和尾部也随之接触和远离，那是毒液在侵蚀它的神经系统和肌肉系统。

等到它不再动弹，我便用触手将其卷起，朝藏在一旁的小家伙们游去。

"看，就是这样，学会没有？"我展示着这只倒霉的小虾，并质问，"刚刚是谁发出的声音？"

一个小家伙不敢回应，把触手缩进伞帽，慢慢向后移动。

"犯错就要勇敢承认，现在犯错没关系，如果正式加入狩猎队后再犯这种低级错误，不仅会付出自己的生命，甚至可能拖累队友。"

我上前抓住他,将其拉到所有水母前面:"好了,我再强调一遍狩猎章程第三条,潜伏行进时不准发出声音,一切交流用手语代替。"

水母有着极其复杂的语言系统。最基本的方式是手语,通过不同触手的姿势和弯曲程度来表达不同含义,以此传递信息。

除此之外,我们还拥有发声器官,将不同频率的震动组成具有一定意义的音节。海水传递声音的速度快、距离远,所以很方便。

但方便的同时也存在缺点,比如在捕猎时,震动产生的声波往往会惊扰到猎物,而使用手语则可以把摆动的触手模仿成正在晃动的海底植物,从而避免引起猎物的警觉。

另一个不足是私密性太差。如果只是想单独交流,声音传递信息的方式就很容易被无关水母听到,所以在公共场合,个体之间的谈话一般会使用手语,而需要其他水母都听到时则用声音来表达。

除了上述两种主要交流方式,我们还会利用化学物质作为辅助来表达心情。高兴时散发的物质会让其他水母也感到愉快;但紧张、恐惧等不良情绪下产生的物质则不会轻易使其散发出来,而是储存在体内,因为无论是在抓捕猎物时,还是碰到难以解决的天敌,我们水母一族都不希望因散发气味而被发现;愤怒时的情况恰恰相反,水母会故意释放难闻的物质来恐吓对手。

"在捕猎时发出声音,最多只会吓跑猎物,可如果躲避天敌时发出声音,被发现的可不止你一个,其他水母都会因为你的失误而死亡,现在明白问题的严重性了吗?"

"明白了。"

"好,自由活动,在保证自身安全的前提下尽量练习狩猎技巧。记住,不要太深入珊瑚礁,我可不想返回时少了哪个。"

小家伙们一哄而散,看来都没把我的警告放在心上。

◆ 2 ◆

珊瑚礁里静谧而又祥和,但小家伙们的到来却打破了这份安静。我倚靠在一簇珊瑚丛旁,一边看着他们四处追赶猎物,一边用触手卷起猎物送向嘴边。

咀嚼着,我的思绪渐渐蔓延,回忆起幼年的时光。

刚从螅状幼体分裂出来时,我的体型只有现在的几十分之一。一同孵化的兄弟姐妹聚集在一起,围着产卵地慢慢游荡,依靠过滤吸收海水中的浮游生物获取生长发育所需的能量。

随着时间的推移,水母数量激增,海底可供食用的浮游生物大幅减少。尽管水母的耐受能力比较强，成年水母可以忍受饥饿长达十几天，但这种能力在幼年水母身上却大打折扣，单靠浮游生物已经无法维持生存，必须寻找体型更大的食物。

经过商议，我们决定前往海底的珊瑚礁。上天眷顾，很快我们就抓到一条小鱼，暂时缓解了饥饿。

就在我们欢欣鼓舞时，情况变得有些不妙。因饥饿而前往海底的水母逐渐增多，这也意味着我们能够捕捉到的猎物越来越少。

果然，随着大批水母的进驻，猎物纷纷藏匿于珊瑚礁中，不再外出活动，每天的搜寻都一无所获。

我的兄弟姐妹们许多都因饥饿而葬身于深海，直到后来我回到族群中，才知道产卵地的另一个名字——深海暗礁。只有能力和运气两者兼备的水母才能在那个暗无天日的地方存活下来。

当失去最后一个兄弟后，我给自己取了个名字——阿强。是的，要想活下去就得变强，强到能够保护自己，保护兄弟姐妹。

自助者天助之，自强不息的水母运气往往也比较好——一条筑巢的鱼被我逮个正着。正准备将其吃掉，身后却突然传来一个声音。

"嗨。"

艰难地将注意力转移到后眼，我看到一个雌性水母正躲在珊瑚后面，只露出半边伞帽，这让我很诧异。

"你想要干什么？"我比画着，表达出我的意思。

看到询问后，她非但没有露出全貌，反而胆怯地缩了回去。

这就奇怪了，她如此胆小，为何刚才又敢和我打招呼呢？我试探性地向前游动，只见她伸出一条触手，指着我刚刚捕获的鱼。

我瞬间明白过来，看来她也很长时间没有找到食物了，只能来偏僻的地方碰碰运气，恰巧遇到了我。

我决定分享自己的食物。在失去众多兄弟姐妹后，能够有一个可以依靠的伙伴不是件坏事。

见我同意后，她开心地游到我面前，一道蓝光从触手上端亮起，并向末端移动。

我十分惊讶，小鱼在紧握的触手中滑落。她前进的身躯缓缓停滞，眼神中流露着惊疑不定。

她居然会发光。我捡起猎物，却发现她已经离开原来的地方，正准备返回珊瑚礁中。

"嘿，等等。"我伸出触手。

她惊恐地摇晃着，想要脱离我的控制。

后来我才知道，她在紧张状态下触手会不受控制地发出光芒，因此狩猎时总会惊扰猎物，她的兄弟姐妹也害怕她发出的光亮会被珊瑚礁中的掠食者发现,于是将她抛弃了。

我知道这些后,安抚了她一下,然后我们躲入珊瑚丛的缝隙里,一起分享猎物。

有了充足的能量,我的思维也变得活跃起来。虽然她移动时发出的光芒会惊动猎物,但如果静止不动,那光亮却是一个极好的诱饵。有些生物会因为趋光性来到她身边,我就可以借机毫不费力地捕获它们,这可比漫无目的地寻找猎物轻松多了。

我们不再担忧食物问题。在这段时间里,她逐渐变得开朗,因开心而发光的次数也在增加,她还给自己取了一个名字——阿珍,代表着她的光芒就像珍珠一样熠熠生辉。

太阳光线无法抵达海底,长期处在黑暗中,对时间的感觉也变得迟钝。

这种状态维持了许久,突然有一天,食物碎屑从上方沉降下来,打破了珊瑚礁的宁静,是族群来接我们了。

当我们游出珊瑚礁,环顾四周时才发现,活下来的水母不足万分之一。

我明白,这就是大自然的铁血规律。水母的繁殖方式独特,每到繁殖期会有大量受精卵在海底着床,受精卵发育成螅状幼体,一个螅状幼体又会再分裂出多个蝶状幼体,最终生长成水母。

而族群负担不起数量庞大的幼年水母,只能靠自然选择淘汰掉那些忍耐力和捕猎能力不足的个体。

回到族群后,情况变得大不相同。阿珍的发光能力获得了众多雄性水母的青睐,追求者络绎不绝,甚至还有其他族群的雄性水母专程前来,只为见她一面。

而我,也在经过训练之后,成为族群内狩猎队的正式成员。

……

"强哥,看看我们的成果。"兴高采烈的声音打断了我的回忆。

我睁眼望去,小家伙们已经带着各自的猎物返回,正围在我周围炫耀。

"做得不错。"我夸赞道。

见我心情不错,他们趁机提出要求:"强哥,给我们讲讲你狩猎时的故事吧!"

"好啊,那我来给你们讲一段勇者斗巨龟吧!"我模仿着老年水母的语气,缓缓说道,"那是一只体型巨大的海龟,比我们大几十倍,嘴巴一口能将我们咬成两半,那次我所在的小队为了击退它,损失惨重……"

"这么厉害,你们一个小队就能击退它?强哥你不会是骗我们吧?"有个小家伙质疑道。

唉?现在的水母还真不好骗,本来还想编个故事给他们听呢!

"哼,你们不知道的多着呢!我详细描述一下那只海龟的外貌,你们可得好好听着。"我绞尽脑汁地思索着如何将故事编下去。

"是不是有着厚重的甲壳?"

"对。"我露出了欣慰的表情。

"是不是有血盆大口?""是不是有鼓鼓的头包?"小家伙们一个接一个地说着。

咦?他们怎么突然机灵了,居然还给我提示。

"是不是上面这个东西?"

"什么?"我向上望去。

一只漆黑的海龟正漂浮在头顶。看得出它早已发现我们,没有展开攻击的原因只不过是已经吃饱喝足,暂时不想理我们罢了。

"逃啊!"我大吼一声,伞帽收缩,无数气泡从体内蹿出。

◆ 3 ◆

不知道游了多久,我们甚至不敢停下来观察周围的环境,只管依靠伞帽边缘的八条感棍辨别着方向,径直向族群游去。

"阿强,出什么事了?"熟悉的声音,是狩猎队队长——森。

水母族群中一般有两支队伍，分别是狩猎队和护卫队。狩猎队负责外出狩猎，护卫队则负责保护族群免受袭击。

未来的族群首领会从两个队长中选择。选择标准就是看他们对族群的贡献，主要包括狩猎获得的猎物数量、猎物捕获难度以及保卫族群免受侵犯的次数。两支队伍的队长会定期互换工作，综合评定贡献大小。

一般来说，保卫族群的贡献远大于狩猎，不过现在几乎没发生过其他族群入侵领地的事件，因此护卫队队长就成了闲职，每天只是例行公事巡逻领地。

相反，狩猎成果变成了主要竞争方向，今天森队长的心情看上去很不错，他率领的狩猎队捕获了不少大型猎物，质量和数量都很不错。

队长的目光越过我，看向我身后的水母和他们捕获的猎物。他并没有对我们捕获的那些小鱼小虾露出鄙夷神色，而是将触手水平伸展，对每个少年水母都有收获表示满意。

"既然训练很成功，为何如此恐慌？"队长再次表示疑惑。

"我们碰到了极其可怕的生物……"惊魂未定的我将事情的原委快速复述了一遍，大小不一的气泡从发声器官中产生，很快便挤满了伞帽，我甚至能听到气泡溢出的"咕咕"声。

"哦？能有我身后的猎物可怕吗？放心好了，等返回族群放下猎物，我亲自带队去围剿它。"也许是气泡破裂声影响了表达的准确性，队长不仅没有了解到问题的严重性，反而打断了我的叙述。

看着意气风发的队长，我知道再强调下去只会起到反作用，干脆闭口不谈，带着小家伙们跟在后面，一路向族群驻地游去。

"哼，哗众取宠之辈。"

一声讥讽传来，我这才发现队伍里还有一个陌生水母。

"你是谁？"我睁大眼睛，他的伞帽上刻着我不熟悉的花纹，很明显来自于其他族群。尽管我的消息没有引起队长的重视，但也不是外来水母可以随便评判的。

"我的名字叫阿龙。"他猛地上窜，留下一串气泡。

"我叫阿强。"我冷冷地回应道。

"哎呦，强哥好，我来自附近的一个大族群，此次前来是作为使者与你们的首领商讨联姻事宜。"虽然他用了敬语，语气上却明显带有讽刺意味。

"就你这身板还自称龙哥，龙的眼睛都比你大吧。联姻？别被赶出去就好，我们族群可不要废物。"我愤愤不平地反讽几句，龙是神话传说中海洋的守护者，他何德何能叫这个名字。

队长看不下去了，终于发话："行了，都不要吵。阿龙，我警告你，来到这里就要遵守我们的规矩。"

队伍立刻保持静默状态，游动产生的气泡扩散在身后的海水中。

接近族群所在地时，远远就看到族人正在进行迎接狩猎队归来的仪式。水母们围成一个个圆环，从上至下，圆环半径不断增大，可容纳的水母数量也相应增加。

水母所在的圆环就代表着族群中的地位，越往上地位越高。

森队长带领队员们来到圆环的正下方中间位置，穿过圆环缓缓向上，首领正在最上层等待着他们。

"远道而来的朋友，请说明来意。"首领并没有询问狩猎成果，这与以前不太一样。往常首领都会先评价猎物的成色，然后对狩猎队成员表示赞赏或者鼓励。

可能首领认为处理族群关系更为重要吧？管它呢，首领的高瞻远瞩不是我能揣测的。

阿龙夸张地将所有触手水平伸长，用力向下一划，越过队长来到首领面前："我带来了善意，族群任命我作为特使前来商讨联姻之事。此后，我们会同患难共进退。"

切，一看就不靠谱，估计首领马上就会赶走他吧？

"好，稍后我们会举办一场盛大的舞会，欢迎远道而来的使者。"

什么？伞帽在吃惊中舒张，海水倒灌进来，我只好挤压身体将其排出，把伞帽撑大了可就不好看了。

一番准备之后，舞会开始，到处都是翩翩起舞的情侣。

舞会中央属于那些年轻靓丽的雌性水母，摇曳的圆形伞帽吸引着雄性水母的目光。

雌性水母的伞帽与雄性不同。据年长的水母讲，海洋曾因为一场灾变而食物匮乏，鱼类大量减少，原先搜寻鱼群并伺机抓捕的方式无法再获得充足的食物。为了生存，雄性水母的椭圆型伞帽逐渐向尖锐演化，以减轻海水阻力，便于冲刺捕猎。

因为相同的原因，我们的天敌也处于饥饿状态，攻击成年水母的预期回报显然不高，所以他们选择捕食更具性价比的幼年水母。为了保护幼年个体，雌性水母开始选择留守族群，她们进化出了更多更长的触手来抓住四处游动的幼年水母，以及更大更圆的伞帽来威慑天敌。

等到灾难结束，这些特征就被保留下来。雄性外出狩猎，雌性留在族群照顾幼年水母的行为也延续至今。经过长久的演化，雄性与雌性的区别变得更加明显，甚至改变了我们的审美标准。

雌性水母中最受欢迎的当属阿珍。随着年龄的增长，她已可以自由地控制身体发光，不再需要依靠心情的变化。当她那修长的触手闪动起蓝色光点时，真像大海里的珍珠。

而我这些年里也发生了一些变化。我担任了训练队队长的职务,小家伙们都叫我强哥。

但我和阿珍的距离却越来越远了,最初还能在相遇时聊上几句,现在却只能隔着众多水母远远地看她几眼。

正当我惆怅之时,海水中传来声响。

"阿强,跟我来。"是森队长,他叫我干什么?

转过身,我用左眼注视着阿珍,她正控制身体增加光线的亮度,闪耀的光芒调动起整个舞会的气氛。

恋恋不舍地收回目光,我跟上队长。

◆ 4 ◆

"队长,我们这是去哪里?"

"找首领。"队长的回答简短而有力。

"找首领?"我却有些摸不着头脑。

"详细描述你遇到的那个生物。"

"可你不是说,那东西你就能解决吗?"

"愚蠢,队伍里还有其他族群的使者,我要是不表现得强势点,被他们看轻怎么办?我们现在悄悄去找首领,看他怎么说。"

森队长不一直是个莽夫吗,什么时候有智慧了?我不由在心里赞叹。

首领正在默默观察着舞会中的情况,威严的气场使得没有一个水母敢靠近他。

"森,阿强,你们怎么来了?"首领有些诧异。

"阿强说训练水母时遇上了可怕生物。"队长回答道。

"怎么回事?"首领看向我。

"一只巨大的海龟,体型是我们的几十倍,背着厚重的甲壳,嘴巴可以轻易咬碎我们的伞帽,据我冒死抵近观察,它的皮肤十分粗糙,刺细胞很可能无法刺穿,毒液也就无法发挥作用。"我大概描述了海龟的主要特征,因为逃跑时比较仓促,所以只看到这些。但我不能实话实说,还是要润色一下,不然怎么能体现出我的英勇。

首领脸色突然变了。水母体内大部分是水,因此伞帽基本透明,但是现在首领却是半浑浊状态。

沉默许久,首领开口道:"两个月后就是繁殖期,我们必须要保证产卵地的安全,你们都跟我来。"

离开喧嚣的舞会场地,我们来到海底的一处珊瑚礁旁。

这片珊瑚礁十分巨大,首领静止在它面前,好像是在寻找什么。

"找到了,跟紧我。"首领用触手拨开一簇珊瑚,下方的洞口展现在我们眼前。

洞内非常昏暗,正当我疑惑如何看清道路时,两旁的石壁随着我们的移动接连发出荧光,照亮了前进的方向。

"这个洞穴按规定只有首领才能够进入,但是祖先曾经说过,如果族群正面临着危机,应当对其他族人开放。下面,你们将会见识到族群最宝贵的东西——知识。记住,要严格保密,不许外传。"首领严肃地说。

"喝——"首领震动发声器官,高频声波在封闭的洞穴里不断回荡,以首领为中心,石壁发出了耀眼的光芒,并不断向四周延伸。

一幅瑰丽的画卷展现在眼前。画卷上描绘着我们狩猎的场景,有深入鱼群尽情享受美味的画面;有寻找藏在海泥里的虫豸的画面;还有其他种种。

继续往前,美好的画风突变。与竞争者争夺食物,与其他水母族群进行战斗,被天敌追杀的画面纷纷出现。

"这是在与我们习性相似的乌贼抢夺领地;这是我们狩猎深海巨鲸的场景,据说狩猎队伤亡过半;这幅描绘了一只奇虾入侵了产卵地,我们费了千辛万苦才将它驱逐。"

"那个,那是……"我冲向一幅壁画。

"这就是你说的海龟?"首领游向它。

"是的,原来祖先早就和它战斗过。不过,壁画下面的符号是什么?"我早就发现了这些奇怪的符号,但直到现在才有机会询问。

"那是文字,它是祖先的智慧结晶。"首领自豪地说道。

"文字?"我第一次听说这个词。

"知道它们是怎么画上去的吗?这些石壁并不是单纯的石头,上面还生长着一层受到刺激就会发光的珊瑚虫变种。"首领用触手轻抚石壁。

"祖先发现这种特性后,就拓宽洞穴使其繁殖,等到它们完全覆盖一片石壁,就用触手在上面作画。释放的毒液会杀死触碰到的珊瑚虫,受到声音的刺激后,痕迹便会被周围发光的珊瑚虫映衬出来,我们就可以看到壁画了。"

"好厉害。"祖先的智慧真强大,我赞叹道。

"嗯,除了要时常在痕迹上涂抹毒液,防止周围的珊瑚虫繁殖过来,这个方法算是完美了,幸好它们生长的速度并不快。"

首领继续说道:"海洋灾变后,食物大幅减少,竞争更加激烈,我们不得不面对那些可怕的动物。当时的首领认为只有图画远远不够,要记录下它们的特征和弱点,让后代不用再付出血的代价,于是根据手语的姿态创造了文字。你们试着用手语理解一下这些文字。"

我看向一幅壁画,一个水母正手持三叉戟刺向一旁。视线转向下方文字,我一边用触手比划着,一边喃喃低语:"深海守护者,一峰首领。在他生活的时代,大型食肉动物已经因为缺乏食物而灭绝,但与我们习性相似的动物却存活下来,并展开了领地间的相互争夺。"

"面对族群危机,一峰首领横空出世,他能够拿起沉重无比的三叉戟。这是一种由珊瑚石精心打磨而成的武器,在面对其他软体动物时具有相当大的威力。当族群之间发生战争,他往往能率领族群给对方造成高达九成的死伤,而自身伤亡不到一成。"

"我们尊称他为深海守护者,保护族群,痛击对手,是他当选首领时的口号。而他的著名战术,&*%￥#@*!&￥%,令所有对手为之胆寒。"

"怎么回事,最后这句话我无法理解。"我看向首领。

首领摇晃着伞帽:"别看我,我也不知道。据传一峰首领什么都好,唯一的缺点就是不精通语言,仅仅达到能够日常对话的水平,对书写文字一窍不通,可是这个战术他非要亲自书写。唉,可惜了,也不知道以后有谁能够理解他要记录的内容。"

"找到弱点了,是眼睛。"森队长突然喊道,他刚刚在解读海龟壁画下方的文字。

"它的眼睛只有在张开嘴巴发动攻击,或者感受到剧烈痛苦时才会完全睁开,而且只要靠近,它就会条件反射般地将其闭上。"

"给它造成痛苦估计很难,我们只能选择在它攻击的同一时间发动反击。只是这样的话,伤亡会很大。"我说道。

"总比祖先轻松许多,至少我们已经知道了它的弱点在哪里。走吧,我们回去,舞会马上结束,趁着大家都在,我会宣布组建一支队伍,把它赶走就是这支队伍的任务。"首领看向海龟壁画,眼神深邃。

◆ 5 ◆

舞会气氛浓郁热烈,几乎所有水母都在尽情舞蹈。

咦,那是?阿龙正在向舞会中心游去,而他的正前方是阿珍。

我在心里暗骂一句,加快了游动速度。

"大家静一下,我有事情要说。"威严的声音穿透这片海域,让狂欢中的水母们清醒过来。

还好,终于赶上了,看着停下来的阿龙,我放下心来。

首领游到族群中央:"据狩猎队带回来的情报,在距离领地不远的地方出现了一只海龟,为了族群的安全,现在要挑选出有能力的战士去解决这个威胁。"

"我，我，我。"

"选我，选我。"

不只是普通水母，就连两个队长也在争抢。

"既然这样，我也去看看可好。"声音戛然而止，大家都看向阿龙。

让一个外族水母去参加任务？从来没有这样的先例，众水母又看向首领，等待着他的决断。

首领沉默不语，思忖良久后，点头表示同意。

等待期间，首领悄悄将我拉到一侧："你这次带领他们去搜寻海龟，一定要万分小心。阿龙的族群十分强大，我们不能在这次行动中受到过大的损失，同时还要展示实力，为族群之间的谈判增添筹码。我们族群相对来说还是弱小一些，阿龙要求加入狩猎队的目的并不单纯，要小心。"

"明白。"我郑重地接下任务。

"好，那你去吧，好好配合森队长。"首领交待。

一路上，森队长表现得特别兴奋："哈哈，阿强，为了兑现诺言，我可是下了血本。怎么样，任务结束后直接来我的狩猎队吧？比训练幼年水母好。"森队长一副成竹于胸的样子，看来只要顺利完成此次任务,他离下一任首领就会更近一步。

"好,先不说这些,先考虑一下战术问题吧!"我们一边讨论,一边向目标前进,疑惑的是一向聒噪的阿龙,这时却安静得出奇。

"前方发现目标。"我作为向导,率先看到了海龟。

巨大的黑影浮现在眼前,它离族群更近了。

"停下,警戒。"队长下令。

一声怒吼传来,那只海龟也发现了我们。

战斗一触即发,还没来得及将阵型摆好,海龟已经冲向我们,尽管它体型巨大,游动速度可一点也不慢。

"别发愣,都散开。"队长提示族众。

我顺势向下翻滚,多亏水母体内大部分是水,海水的压力影响很小,而海龟却不能大幅度地迅速上浮下沉。这对我们很有利,可以使用灵活机动的战术。

咦!下沉过程中,我看到了阿龙。他正躲在珊瑚礁中,远远地看着我们。

"你个懦夫。"我向他竖起触手。

他对我的鄙夷视而不见,反而露出一个意味深长的笑。

算了,反正也没想让他出力,不过这次我倒要看看他还怎么有脸面回去。我再次上浮,加入到围攻的队伍中。

"狂齿,你去尝试划破它的皮肤。其他水母负责吸引海龟的注意力,为狂齿创造机会。谨慎些,只要它有攻击倾向,你们就通过上浮或者下沉来躲避攻击。记住,动作要快。"

狂齿的触手与普通水母不同,触手末端的刺细胞一直处于膨胀刺出的状态。经过多年使用,破损后又再次生长,锋利得可以直接用来切割敌人。

我们一个接一个冲到海龟面前,然后旋转,或向上,或向下。海龟不断张嘴咬来,却一无所获,它的智慧不够,还无法识破我们的计策,它只是感到被戏耍嘲弄了,嘴巴张开的时间越来越长,恨不得一口将我们吞下。

机会来了,一直等在上方的狂齿冲了下去,触手直插海龟的眼睛。那里是海龟的视野盲区,它只有在很近的距离上才会发现狂齿,而那时它想要合上嘴巴已经来不及了,成败在此一举。

就快要刺中了,但在这千钧一发之际,它却突然将头部缩进龟壳之中。

功亏一篑。

"呸,缩头龟。"我恨恨地骂道。

海龟被彻底激怒,侧身一拍,利用水流将狂齿冲向远处。

"该死,它真狡猾。长鞭,你去控制住它的脖子,不要让其自由伸缩。"队长继续下令。

长鞭拥有很长的触手，其长度可以达到普通水母的三倍。他的成名之战就是将触手伸进幼年鲨鱼的腮里，使其窒息而亡。

长鞭缠绕上海龟的脖子，部分触手还试图伸进鼻孔。虽说它目前并不需要呼吸，但那里比较柔软，如果能够伸入其中，可能会取得意想不到的效果。

但海龟又怎能让他如愿呢。嘴巴一张，将长鞭最靠前的两条触手扯断。

"啊……"长鞭一声惨叫，"队长。"

"雷公电母，你们跟我来，在它眼睛旁放电。快，长鞭就要撑不住了。"

雷公电母都拥有放电能力，平时分开狩猎，别看电母是雌性水母，狩猎时捕获的猎物一点也不比雄性少，只要在鱼群里释放电流，一天的工作量就完成了。

听说他们两个共同释放电流时，会发挥出无比强大的力量，因此特意让他们都参与此次任务。

他们冲到海龟眼睛附近发动电击，剧烈的刺激让海龟眼部开始充血，眼皮就快要不受控制了。队长将触手又一次伸向它毫无防备的眼睛。

成功了吗？

哗啦，海龟硬生生地在水里翻身，腹部朝上。不止躲过队长的必杀一击，还甩开了长鞭的束缚，连一旁不断骚扰的狂齿都被波及。

好吧，又失败了。

两轮攻击后，双方都有些疲倦，之后的几次攻势也没取得成效，只得暂时休战开始对峙，趁机恢复力气，一时间水中变得出奇安静。

这之后，当队长准备再次发动攻击时，海龟居然转身游走了。

"它走了。"

"谢天谢地，它走了。"大伙儿有气无力地欢呼。

但队长却摇了摇头："海龟无法利用水里的氧气，它这是想返回海面换气。"

"不能让它就这么逃了，否则等它再次返回，我们会更加棘手。"我有些焦急。

"那你有什么办法？"队长问。

我思索片刻："既然它无法在海里长时间活动，那么就趁现在它还没返回海面将其闷死。不如我们这样……"

"好，只能这样试试了。兄弟们，我们走。"队长发狠地说道。

海龟游得很慢，之前的扑斗消耗了它体内储存的大量氧气,现在它不敢做大幅度的动作,那样会让它在海里的活动时间变得更短。

我们很快就追上了它。海龟显然没有想到我们还敢追击,看上去有些焦躁,一边加快游动频率,一边发出警告性质的低吼。

"我们上。"我快速摆动着触手,同时将伞帽收缩伸展的频率加快,拦住它上升的道路。但它却没有理会,蛮横地撞过来,打算凭借坚硬的甲壳突破拦截。

"好机会。"我一个猛蹿游到海龟身上,舒展身体,用伞帽遮住它的鼻孔。

"都跟上。"我隐隐约约听到队长的命令,身上立刻感受到压力的加重,"大伙快把触手连在一起。"所有水母都扑到了海龟身上,把它包裹得严严实实,即使它浮出海面,也呼吸不到一丝空气。

挣扎一番后,海龟明白无法甩开我们,于是便彻底静止不动了。

"它死了吗?"

"我们把它憋死了吗?"

"不要松开。"队长发话,"它只是进入到假性冬眠的状态,这种状态下只需要少量氧气即可维持生存。"

"那我们怎么办?"

"是啊，难不成我们要一直这样？"

"队长，如果这样耗下去，我们不可能成功。"我喊道。

队长沉默不语，壁画上的资料显示，在冬眠状态下海龟可以一个月不进食。

"我们要不要拼一把？"我问道。

"你想怎么办？"

"雷公电母，放电吧。现在我们包围着它，用身体把电流传导到它的头部。"

"可是这样我们也会有危险。"雷公十分犹豫。

"耗下去必输无疑。"我的态度很坚决，"别看它现在静止不动，一旦我们力气减弱，让它察觉到有松动的迹象，它会立刻爆发挣脱束缚，到时候就全完了。"

"好，那就这样。我们会先释放低电压的电流，然后再慢慢提高。"

"开始了。"雷公电母一起说道。

身体感到一阵酥麻，这是有电流通过的表现，随着电压缓缓加强，刺痛感开始出现。

就在我们快要坚持不住的时候，海龟呻吟起来，一股巨力从它嘴巴处传来，已经被电得麻木的身体再也承受不住这股力量。

啪，水母们被冲得七零八落。

海龟终于因痛苦张开嘴巴，与此同时，眼睛也不受控制地张开。

机不可失，我强忍着身体不适，将触手伸向它的眼睛，刺细胞瞬间突起，完成注射毒素任务。

做完这些，我再也无力支撑，松开触手滑向深海。最后的意识里，我仿佛看到海龟正在疯狂地挣扎翻滚。

赢了，我们赢了。

当我再次醒来，队伍已经返程，我躺在海龟的甲壳上，身后还有几个重伤的水母。

"阿强，你醒了。"

"队长？"

队长散发出愉悦的物质，他现在的心情很不错："海龟已被你杀死，现在是我们的战利品了，这次任务能成功主要还是靠你啊！"

我刚要谦虚一番，旁边却传来了阿龙阴森森的声音："哼，也不见得有多厉害嘛，咋就受伤了。"

队长的脸色立刻变得很难看，这次任务中许多水母都受伤了，全靠运气才干掉了海龟。这个家伙什么也没干，反倒在这里冷嘲热讽。但碍于身份，队长还是将怒火压下来，打算回到族群后将此事报告给首领，再做定夺。

"你要是不躲在珊瑚礁后面，这番话倒是有点说服力。可就你这怂样，还没资格说我吧？"我挑衅似地说道。

出乎意料的是，阿龙并没有反驳，只是笑着摇晃伞帽："是啊，你们表现得都很好。"

看到他服软，我便没再计较，反正也快到族群的领地了，这些繁杂的事情交给首领来处理就好。

很快，进入族群领地。族人们已经准备好欢迎仪式，我们加快了游动速度。

看到我们拖回来的战利品，族群爆发出阵阵欢呼。而当族人们看清龟壳上还有许多受伤的水母，欢呼瞬间戛然而止，取而代之的是沉默。

"辛苦你们了，大伙先去休息吧！"首领勉励我们。

就在我们准备离开时，阿龙上前告辞："尊敬的首领，我回去了。此次跟随你族的战士，让我见识到了什么是真正的英勇，我会将他们的事迹告知我族首领。一个值得敬佩的族群，与你们合作是我们的荣幸。下次来时，我们将派遣最正式的代表队进行接洽。"阿龙行了一个礼。

"恭候你们的到来。"首领挥挥触手，面无表情。

"阿珍，等我回来找你哦！"即将离开的阿龙突然说道。

"住嘴,你这个厚颜无耻之徒。"我再也控制不住愤怒的情绪,张口就骂。

与上次一样,阿龙在激怒我之后并没有选择正面冲突,他只是露出了难以琢磨的笑容,微微低头表示歉意,然后挥舞触手:"那就再见吧!"

◆6◆

两个月后,深海暗礁区域。

一年一度的繁殖期到了,这是族群的大事。

在此期间,大部分适龄水母会找到心仪的伴侣,来到深海暗礁进行产卵。因为繁殖要耗费大量体力,此时他们基本没有自保的能力,所以其余水母不分老幼都要担负起保护族群的重任。

"首领,周围都已经排查过了,未发现危险生物。"森队长向首领汇报。

"嗯,要打起精神,这关系到族群的未来。"

"明白。"

不知为何,这一刻,阿龙两个月前临行时那意味深长的笑容却浮上心来,让我觉得有些不妙,那笑容背后可能隐藏着某种可怕的阴谋。

"你怎么了。"甜美的声音从身后传来，是阿珍。

"啊，没事，我在思考问题，你怎么来了？"我有些激动，距离上次和阿珍说话，已经不知道过去多久了。

"我是来谢谢你的，上一次……嗯，谢谢你保护我。这两个月我一直没有见到你，刚才我发现你在这儿，就过来了。"阿珍说道。

"我们可是过命交情，我当然要保护你。"我伸出触手轻触阿珍的伞帽。

阿珍开心地笑了："是嘛！"

"你说呢？嘿嘿。"我也跟着阿珍情不自禁地傻笑起来。

正当我和阿珍沉浸在相聚的欢乐中时，一个讨厌的声音突然自不远处传来："各位一向可好啊？我阿龙又回来了。听说你们正在进行一年一度的繁殖准备，估计没什么事情，正好可以开始谈判我们两族间的合作事宜……哦，对了，说句题外话，我亲爱的阿珍还在等着我吗？"

阿龙扫视周遭，看到了我和阿珍："哟哟，这不是强哥吗？你下手可真快，都不给我留个机会。"

他的语气虽然夸张，但戏谑的成分更大。我不安的感觉再次加重，伞帽上都快拧出了一个旋涡。

"我先去问问他们的目的,你们不要轻举妄动。"首领下达命令后便向前游去。

"你应该知道,繁殖期间我们不欢迎来客,你们为什么要选在此时谈合作?"首领问。

阿龙再次露出一个诡异笑容。一丝担心在我心底炸开,我急切地提醒:"首领,小心啊。"

"抱歉,正因为知道你们进入了繁殖期,所以我们才来了。"阿龙说着,从身后的水母手中接过一把石剑,向前一指,他身后便涌出一群数量庞大的水母,径直向我们冲过来。

"阿珍,后退。"我喊了一声之后,战斗一触即发。

阿龙手持石剑,径直向首领而来。尽管那把石剑看上去很霸气,威慑力十足,但重量却限制了阿龙的发挥,首领凭借着丰富的战斗经验让他次次无功而返。

但在广袤的战场上,我们仍处于明显的劣势。原因不言自明,这是对面蓄谋已久的一次攻击,他们肯定刻意推迟了自己的繁殖期,所以在数量上占据了巨大优势。

我们不但在数量方面不如对方,攻击招数上也很吃亏,我们的攻击几乎都能被对方轻易躲过。这当然是因为阿龙的缘故——他将我们与海龟战斗时的情况都看在了眼里,他们是处心积虑,有备而来……然而此时懊悔已经迟了,战斗既然开始,就只能奉陪到底。

高强度的战斗从清晨一直持续到傍晚,我终于再次与阿珍会合。但形势已经很糟糕,由于对方是主动进攻,只要有水母受伤,就会撤出战场找地方进行休整。而我们背后是族群产卵地,退无可退,只能苦苦支撑,毫无喘息余地……

"阿强,情况如何?"说话的是雷公电母。他们本应该在下面准备繁衍,却不知为什么又上来了。

"你们怎么来了?"我问。

"我们听到喊杀声,本以为只是有大型动物来骚扰,可声音一直没停,这才意识到可能是出大事了,现在情况怎么样?"

"很糟糕,阿龙的族群对我们蓄意发动攻击,他们人多势众,轮翻休息,再这样下去,我们撑不了多久的。想要获胜,必须先消灭他们那些正在休息的水母。但现在仅仅支撑就很艰难了,如果再去偷袭,我们的正面可能会被他们突破,到时候产卵地的族人会更危险。"

"你是说只要解决了那些正在休整的敌人,我们就有机会?"

"是这样,你们有办法吗?"

雷公电母对视一眼,点点头:"只能这样了。"

"等等,你们干什么去?"眼看他们就要朝对面游去,我惊问。

"解决他们。"回答简短有力,带着一股决然的气势。

正在休息的敌方水母们看到雷公电母绕开主战场悄然袭来,立即包围上去。而这正是雷公电母所期待的,他们触手相握,紧紧搭在一起,坦然面对着围上来的众多水母。

正在与首领激战的阿龙看到后,惊慌地喊道:"快散开。"

但是已经晚了,雷公电母这时正以触手为圆心开始旋转,可以清晰地看到他们体内泛起了一片光芒。

不,那不是普通的光芒,那是电光,难道那就是他们的绝招?

"势不可挡。"

电流通过海水向四面八方传去,最靠近他们的水母立刻痉挛而死,外围水母也受到重创。顷刻间,休息区的水母被一扫而空,雷公电母的身影也随之消失不见,化作虚无。

这就是族群之间的战争吗?我被雷公电母舍生赴死的一幕震撼到了,本能的想逃离这片战场,躲到一个谁也找不到的角落。但那并不是因为恐惧,而是因为迷茫。他们为什么要这样……

"你看那里。"阿珍看出了我的迷茫,指着身下的海域说道,"别难过,在我们看不见的海底深处,新的生命正在孕育。我们水母除了正常繁殖,还有另外一种繁殖方式,那就是死亡。当我们死亡,生殖器官会脱落,储存的生殖细胞会散播到海水中,下沉、着床、形成螅状幼体、分裂、孵化,进入新的轮回。"

"所以一定要打赢这场战争,那样孵化出来的幼年水母才不会被杀光,难道你想让他们白白牺牲吗?"阿珍盯着我问道。

"战斗,是为了守护。"我找到了战斗的意义,眼神瞬间变得坚定,"是的,我不能放弃,得想个办法。"

咦,那是雷公电母的触手吗?两条触手紧紧地握在一起,随着水流来到我面前,他们到最后都没有松开过。

我轻轻卷起他们的触手,仿佛害怕惊扰到他们的亡魂。突然,触手感到一阵麻痹,这是……

◆7◆

之后回想起来,我也没明白那是怎样一种感觉,究竟是触手中残存的电流导致的,还是其他原因。总之,当时我的大脑一片空白,脑海渐渐浮现出洞穴中的壁画。

一幅幅画面快速闪过,最终定格在深海守护者那幅壁画上。画面放大,视野中只留下那几个非常著名却无法理解的战术符号。我不明所以地盯着脑海中幻化出来的符号,却仍是无法理解它的含义。

麻痹感再次出现,这次更加强烈,甚至让我感觉到一阵刺痛。与此同时,那几个符号开始出现变化,一圈圈电弧不断刺激着它,最终变成了我所能理解的文字。

"一切局势转换家。"

脑海中仿佛传来深海守护者的低语:"换家乐,乐换家。优势换家,稳赚不亏;均势换家,打开局面;劣势换家,倒转乾坤。"

"何为换家?避开或者以小股部队拖延敌方主力部队,直捣敌方老巢,将其根基彻底消灭,再返回以优势兵力与敌方主力进行决战。"

这……这就是深海守护者的战术吗?这就是他能百战百胜的奥秘吗?

一瞬间,我悟了。

"阿强,阿强,你怎么了?"一旁的阿珍焦急地问。

我蓦然清醒过来。一切还是原来的样子,手中雷公电母的触手也看不出丝毫异样,脑海里刚才所幻化出的一切也好似从未出现过。

"快走,我们去找首领。"我一把拉起阿珍。

……

"你的意思是率领一部分水母去进攻他们领地?"首领问道。

"没错,他们的青壮年水母几乎都在这里,现在守卫领地的水母只是些老弱病残。"

"可是,一旦抽出兵力,我们下方的产卵地可能就守不住了。"

"刚才雷公电母牺牲自己，消灭了正在休息的敌方水母，让我们的正面压力减轻不少。而且我们不一定非要直袭对方领地，我们可以进行一次战术欺骗，制造出一种要突袭敌方领地的态势。如果他们抽调水母前来追击，我们可以在半路上截杀他们，然后再返回来两面夹击这里的敌人；若他们不来追赶，我们也可以悄悄返回来偷袭他们的，那同样可以形成两面夹击之势，胜算很大。"

"好，"首领当即做出决定，"交给你了，但不能抽调太多水母。"

"我也要去。"阿珍拉住我。

"太危险了，此去可能是九死一生。"

"不，还记得小时候吗？我们可以像以前那样。"阿珍坚定地说。

我想起了从前那段美好时光，瞬间明白了阿珍的意思。她作为诱饵，而我负责抓捕猎物："好，就像以前那样。"

队伍整装待发。

"阿珍，让自己亮起来吧，我们要高调一点。"

湛蓝色光点在昏暗的海底闪耀，阿龙发现了我们这支正在聚集的队伍，并很快意识到我们的目的："不好，快去拦住他们。"

他们上当了，我暗自窃喜。

两支队伍一前一后,开始在大海里奔逐。

前面就是珊瑚礁区域。我的触手微微晃动,借着阿珍的光芒,将信息传递给身后跟随的其他水母:"阿珍,我们带几个水母继续前行,其他水母立即散开,下沉,隐蔽到珊瑚礁内,准备伏击对手……"

在追赶者看来,我们的队伍并没发生任何变化,但在珊瑚礁深处,我却已安排下伏兵,只等他们进入包围圈。

"阿珍,停下吧!"我唤阿珍。

敌方水母以为我们走投无路,叫嚣着向我们包围过来。就在这时,隐藏在暗处的水母同时上浮,在阿珍的光芒指引下,骤然向对方展开攻击。

对方措不及防,战斗很快结束……

我们立刻原路折返,突袭阿龙背后。

阿龙正在与首领搏斗。情况很糟糕,首领有一半触手被砍掉了,而阿龙握住石剑的触手也被首领扯断,石剑滑落,插入海底。

我悄悄游过去,将触手缠绕在剑柄上,用力一拉,石剑纹丝未动,好重——水母一族是很少使用肢体之外的武器的……但既然阿龙可以用剑,那我又有什么不可以?想到这里,我同时伸出两只触手,加大力度,猛力上提,终于将剑卷起。

时机恰好,我手提石剑游向阿龙。他这时正与首领缠斗,脱身不得。我挥剑猛斩,阿龙所有的触手因为都被首领牵制着,无从回缩、闪避,结果一剑下去,全被斩断。

没有了触手,阿龙瞬间成为一个废物,甚至连快速移动逃走都不能。

"你,怎么可能?"阿龙眼里满是惊恐与不可置信地看着我手中的石剑,"为什么,为什么你也可以拿起这把石剑?难道这是海神的意志?难道海神真的不允许我为族群报仇吗?"阿龙绝望地怒吼。

我稍加思索,便明白过来。想必很久之前,我们曾与阿龙的族群发生过激战,并且曾经重创过他们。这让他们怀恨在心,将复仇作为一代又一代族人的奋斗目标。直到能拿起武器的阿龙出现,在经过周密筹划后,他们才趁我们最虚弱时,展开了复仇行动。

还好,最后关头,深海守护者的启示让我们转危为安。

一切都结束了,双方水母的尸体散落在海底,尽管伤亡惨重,但我们守住了产卵地,最后的胜利属于我们。

"阿强,你没事吧?"阿珍游过来关切地问。

我旋转一圈,表示自己并无大碍。

残存的水母向首领的方向聚集。首领则看着我手里的石剑，欣慰地说道："干的好，阿强，看来你是得到一峰首领的真传了。"

首领又对其他水母喊道："大家听着，今天是阿强拯救了族群，你们要永远记住这一刻。"

"强哥威武。"

"强哥才是我们真正的大哥。"那些跟着我接受过训练的小家伙们疯狂起哄……

一缕阳光照进海底，新的一天开始了。

好不容易才从欢庆胜利的族群中脱身。悄无声息的，我和阿珍浮上海面。目光注视彼此，所有的话尽在眼神当中。我拉起阿珍的触手，顺着海浪向陆地游去。

"你要带我去哪里？"

"去海滩。"

"我们要去陆地？"

"害怕吗？"

"不怕。"

在浪花推动下，我们来到柔软的沙滩上，阿珍的触手很自然地搭在我身上。

太阳冉冉升起，海风轻抚着我们的面颊。

后　记

后来，阿强成为首领。他用珊瑚重新打磨了一个三叉戟，将其放置在老首领的壁画前，希望它能守护族群。也正是这个三叉戟，让我们幸运地发现了这一切。

在他死后，新任首领制作了属于他的壁画。

根据壁画上的事迹，可以确定，曾经有一个起源于海洋的水母文明……他们以聚落的形式，利用复杂的语言系统完成交流，他们用发光的珊瑚虫刻下文字与图画，他们会利用天然材料打磨工具，并创立过独特的欢迎仪式、狩猎章程、选拔机制、外交礼仪等各种规章制度。

除此之外，这次的历史大发现还确认了水母登上陆地的真正原因。以往捕食说、灾难说、斗争说等假说皆被推翻，而我们的爱情说尽管听上去不可思议，却是最真实的，因为有水母一族为阿强和阿珍留下的壁画证据。

阿强、阿珍作为最早登上陆地的水母，获得了众多水母的羡慕与崇拜。自他们从沙滩返回后，情侣们开始纷纷效仿，前往陆地度过与众不同的一天。这种行为在阿强成为首领后更为盛行，逐渐成为风俗。

时间流逝，或许是因为情侣们想要在陆地上多待一段时间，感受异地风光；或许是雄性水母想通过比较在陆地存活时间的长短，来获得雌性水母芳心的决斗方式；又或许是有水母想要变强，于是前往陆地进行锻炼。总之，陆地上逐渐出现了水母们的前哨站，一步一步，他们开始渐进式向陆地发展，先是由沙滩向沿海，再由沿海向内陆。

登上陆地让他们的生活更加便利，文字的普及让交流不再有时空局限，更好的教育方式以及火的应用则加速了科技进步。

现如今，那些发光水母已成为模特、明星；放电水母则加入军队，保护着所有水母的平安；触手长的水母进入建筑行业……

这就是大自然的魅力，这就是千奇百怪、异态纷呈的水母文明。

请你闭上眼

虚拟世界的坍缩

文 / 不暇自衰

科幻
硬阅读
DEEP READ
不求完美 追逐极致

"和其他意识相比,它是与众不同的,在单调的苍白色中,只有它的皮层延伸出了红色的神经脉络,而且还有一颗迷人的眼球。从发现这个异类的那天起,我就再也没有停止过对她的迷恋。"

1. 祈 祷

那女人大概是死了。

我睁开眼睛时,发现自己正处在一个房间内。脚下是布满灰尘的地毯,对面墙角放着一面镜子,房子中间的地上是她仰躺着的身躯。对这样的情景,我感到茫然,开始站在原地思索。可无论怎样,我都无法从贫瘠的大脑中搜索出自己是谁,为什么会出现在这里,为什么手中会有一把深红色外壳的手枪,为什么……她的胸口在流血?

没有找到答案,所以我看向了窗外,希望能够有所发现。

天空从阴暗逐渐转为明亮，淡化的暗红色正在被温暖的晨曦强势取代。在光芒的照耀下，薄薄的水雾之间，广阔的灰色调建筑群映入眼帘，勾勒出这庞大城市的细枝末节——城内的建筑充满一种沧桑感，颜色发暗且布满裂缝，甚至还有不同程度的坍塌。怪异而扭曲的藤蔓遍布其间，几乎覆盖了视线所及的每个角落。这让我由此得到一个初步判断：这是一座已经废弃的城市。但除此之外，我依然找不到任何头绪！

良久，我收回视线，回身查看那女人的死状，希望可以从中发现一些蛛丝马迹——那女人仰躺在地，身穿黑色休闲外套，内里是白色短衣，头发扎结在一起，眼睛还未完全闭合。她的手臂向两侧张开，无力地落在地毯上，发丝凌乱的头颅微微倾斜，后背蔓延出的血依然在地面上扩散。我触碰了一下她的掌心，仍有余温，说明死亡的时间极短。

视线继续移动，我注意到了她的伤口。伤口很深很大，衣服和表层皮肤呈放射状爆裂，内部的骨骼与心脏损坏得不堪入目。

真可怜，但直觉告诉我，我应该不是凶手……这么想着，我转身坐到了房间一侧的沙发上。因为角度原因，无意间我注意到了角落里的那面镜子。

镜子内，本应是这个房间的镜像。但奇怪的是，镜子中的沙发却是空的，居然没有我，而镜子中地毯中心本应是女尸所在的位置，却蜷缩着一个女人。她抱着双腿，身上穿着随风摆动的白色裙装，缓慢侧过脸，向我望过来。

"我在祈愿。"她说。

镜中的房间里,那所有的红色丝线都汇聚在她心脏所对应的位置上。

她的模样和我旁边的女尸别无二致。但她是活的,如同一个被囚困在镜中的幽灵。

"你没听见我说话吗?"她又问。

我从震惊中回过神来:"你在祈愿什么?"

"光明。"她说出了明确的答案。

"光明?"我伸出左手,将手指伸向阳光中,"光是随手可见的东西。"

"夜晚会降临的。"

"这很正常。"

"噩梦会开始的。"她颤抖了一下,镜中的红色丝线泛起波纹。我本想再问她一些更有价值的信息,弄清她是一种怎样的存在,以便得到这个世界的更多细节。可在女人说完那句话后,种种光怪陆离的景象突然强行侵入我的大脑,那都是些一闪而过的片段,包括黑暗、红色的纠结成团的丝线、庞大的身躯、撕扯分裂的尸骸、还有扑面而来的巨大瞳孔……

"这,这就是你所说的噩梦?"我按住了额头。

画面在大脑中纠缠,短时间内无法抹去……我本该感到恐惧或者战栗,可是事实上,我的内心却没有泛起哪怕一丝一毫的波澜。这似乎表明了一个信号,我本该是知道这些事的,但现在忘了——得出这样的结论后,我立刻问:"夜晚何时到来?"

"这里是深渊,它是一个凌乱且没有规律的体系,夜晚何时来无法推断。"她回答说。

我又看了一眼窗外的阳光:"怎么称呼你?"

"我没有名字,我们都没有名字。"

"那我们是什么?"

"是什么?"她迟疑了许久,然后将头埋进了膝盖间,双臂环绕得更紧了,"我们是噩梦的本体。"

在她说完这句话的瞬间,窗外的光线陡然发生变化:大地开始剧烈震动,城市开始分解,周围的一切正在被分割成线条分明的几何形状,然后朝四周散开,而我所处的房间也化作一个个零乱的几何体——我躺在一个方形几何体上,不知所措地死死抓住几何体的边缘,防止自己坠向下方布满藤蔓的黑暗深渊。

原来城市是飘浮的。

在发现这个事实后,我仰起头,想要寻找那女人的身影。

远处,那面镜子正在虚空中翻转,她的尸体混杂在无数几何体内,正在随波逐流。

"现在该怎么办?"我大声问。她没回应我。

头顶的太阳逐渐黯淡，天空失去光辉，变为深蓝色，而后又被周围蔓延而来的云层所取代，那浓厚的云雾里电光不断闪烁。发自内心的恐惧——这迟来的恐惧终于彻底控制了大脑，我短暂地失去理智，发出痛苦的咆哮。

思维消逝前最后看到的景象，是在密密麻麻飘荡的物体间，那鲜红色的光球，一轮红月被猛然点亮。

2. 仰 望

我醒了，发现自己正趴在街道的正中央。

鼻子前有几根散发腥气的黑色藤蔓，它们的枝条末端扑着一种紫色小花。

我爬起来，环顾四周。

城市已回归原貌，但却笼罩上了一层阴暗的红色，天空挂着一轮红色的月亮，红得让人恐慌。所以我不再看它，而是举步，茫然地在寂静无声的街道上游走，希望能从中找到些有价值的信息。但映入眼帘的只有颓败的建筑以及遍布其间的裂痕、漆黑的藤蔓、凹陷的下水道入口和道路两侧幽暗的巷道……

不远处的地上出现一个水洼，我走上前，直到它倒映出了我的影像——在黑与红的背景中，有个身穿黑衬衣的男人，一张熟悉得不能再熟悉的脸，一种和记忆中别无二致的冷漠神情以及俯身观察自己的姿态，就如同俯视这个世界的第三者。我看了很久，不自觉地伸出了右手，抬起指尖点在水面上，波纹短暂摧毁画面，再度凝结的时候，那个女人出现了，她依旧蜷缩着，眼角隐约带着泪痕——我觉得自己好像在哪里见过她这样的姿态。

记忆中的她……

记忆？我有过这样的记忆吗？

我并不是因为她的出现而震惊，而是因为我的脑海里竟然拥有许多斑驳失真的影像……视角凌乱，画面崩坏，毫无连贯性可言。

"噩梦开始了。"她提醒道。

话音刚落，一侧巷道里传来脚步声，速度不算快，但稍显密集。

黑暗里走出了四个孩子，他们穿着相同的病号服，拥有相同的清灰色皮肤。最左侧的孩子失去了嘴唇和牙齿，脸下方血肉模糊……第二个孩子没有耳朵……第三个孩子的鼻子消失……第四个孩子整张脸都没有皮肤，所有的肌肉、脂肪、连同骨骼都裸露在外，两个大眼球大有即将掉落的趋势。

我站起来，举起手枪，下意识地说："似乎少了一位。"

他们听后各自发出了不同的声音，并且组合出了几句凌乱的话语:"没有眼睛的孩子被蜘蛛吃掉了。"

"蜘蛛太可恶了。"

"下次我们要去咬死它。"

"它的脑髓,味道很不错。"

四个孩子稚嫩的声音中隐隐透出一种阴森,一种无比强烈的危机感因此在我心头升起。正如那女人所说,现在是属于噩梦的时间,最可怕的时间。在他们交流的间隙,我开始向后挪动脚步,但就是这样微不足道的畏惧,也被他们察觉了。

"你是什么味道的,可以告诉我们吗?"

"很复杂的气味,其中一部分应该属于机械的味道,剩下的都属于那个恶心的……"

"住口,别提那个家伙!"

"他肯定比机械要好吃!"

他们的话语里包含了很多未知讯息,但他们那狰狞的姿态,却让我打消了沟通的念头。看到失去嘴唇的孩子向我跑来,我立刻扣动扳机,枪响,挥舞着双手的他倒在了地上。短暂的沉寂之后,他并不存在的嘴唇内发出粗糙的气流声,溢出鲜血的身躯正在以不自然的形态弯折,但他仍然抬起头,睁大充满血丝的眼睛,以一种诡异兴奋的神色看向我。在这期间,他血肉模糊的伤口居然迸发出筋肉,迅速愈合,恢复原状,可他脸上原有的缺失,仍旧还是血淋淋的样子。

其他孩子不约而同的说话了。

"他有机械的味道!"

"啊啊啊啊啊啊……嘀嘀嘀咯!"

"吃了他,我们要吃了他!"

我迅速转身逃跑,以最大的速度冲刺,而在我的身后,那几个孩子正在接连发出咆哮。他们的肌肉鼓胀了起来,身形迅速变得庞大,皮肤的裂痕里有大量的黑色液体流淌出来。在彻底完成转变后,几个人形怪物带着满腔的愤怒,朝我追杀而来。

相对于他们,我的速度实在太慢了。

唯一可以阻挡他们的,只有手中那把深红的手枪,基本每一次的击中,都会在那些庞大躯体上留下狰狞的伤口。但这是不够的,对于这些怪物而言,无论多大的伤害,哪怕是身体碎裂散开,他们都能迅速的愈合,变得更加疯狂和强大。

我有一种直觉,他们的生机应该来源于天上的红月,红月的存在可以为他们提供源源不断的身体复原能力。我手里的枪似乎也是如此,它的子弹是无限的,子弹消耗完毕后,只需要一个缓冲的时间就能重新生成。可就是这样的时间差,让我处于劣势,根本无法拉开与他们的距离,脚步也随着体力消失而变得沉重。

在躲开那些怪物的一次扑击之后，我翻滚着摔进一栋楼房内部。将楼内凌乱的物品全部翻倒，我大口喘息着跑上楼梯。身后很快传来撞击的碎裂声，尘埃翻涌，一个怪物突然撞碎前方的一个窗口，拦住了我的去路。慌乱之中，我连续扣动扳机击碎他的头颅，然后趁机跃过他筋肉翻卷的躯体，继续向更高的楼层跑去。

这个建筑内部，看起来是……是……

内心在不自觉地思考，太多的既视感在出现，可是却连一星半点的答案都找不到。

忍着头痛，我快步进入一处几乎完全黑暗的空间里。我一直在想办法，思考怎样才能真正躲过这些怪物，思考这栋大楼里有什么可隐蔽的地方，还有如何真正地杀死他们。

周围有许多散落的桌椅，我横冲直撞着，不顾身上划出的伤痕，又打开一扇门。跑过走廊之后，我发现前方的房间内正在间歇性地闪着光。情况危急中我奔了进去，发现那是一面镜子，镜子里是熟悉的场景和熟悉的人。我讶然，同时迷惑，因为那个神秘的女人，似乎可以存在于任何形式的镜子中。

她站在房间里看着我，白色裙装铺散在地面上，白皙而年轻的脸正在被闪电照亮。

"我该怎么做才能杀了他们？"

"等待黎明到来。"她回答。

刚说到这里，一声怒吼，巨掌拍碎镜子，直接击中了我的肋部。连疼痛都来不及出现，我就飞了出去，先是撞倒了一堆不明物体，之后摔在满是尘埃味道的地面上。

左手完全失去了知觉，体内翻涌着疼痛，我吐了口血，狠狠盯着追上来的怪物，疯狂射击，然后起身继续逃亡。

脚下有一块正在发光的镜子碎片，身处内部的她继续说道："黎明快要来临了。"

可我现在很痛苦，握枪的手同时还在捂住肋部，血液不断流淌，携带着我残存的生命不断溢出。

四个怪物同时追至身后，同时发出扭曲的音节："捕猎成功了。"

我没有理会他们的话，也没有精力去理会。

我踉跄着逃入另一个房间，边跑边向身后胡乱开枪，然后我跃上一处阳台，直接从三楼的高度向外跳去。虽然存在死亡的概率，但是大楼的墙面上附着了很多藤蔓，可以用来爬行和缓冲。

身体在一阵翻滚碰撞中落地，剧烈的疼痛传遍全身，身上的骨骼不知断裂了几处，连动弹一下都非常困难。

砰！一个怪物率先破窗而出，落到我面前。他浑身都在淌着黑色液体。他用硕大的眼球盯着我，并伸出利爪抓向我的胸口。

我已疼得不能动弹，无力再进行反击。

死亡就要来临。

可也就是这时,一片晨光悄然出现,天亮了。

晨光中,眼前的怪物瞬间消散成一片灰雾,另外三个随之跃下来的怪物也是如此,他们在半空中就开始破碎解体,落到地上时几乎什么都没有剩下。而我身上的伤口,这时却在难以理喻地迅速愈合……

灰雾很快散去,一个男人突兀地出现在了那些怪物所在的位置上——他正在从地面上站起来,我能够看出他眼神中的恐惧以及一些让我极不舒服的癫狂。

于是我直接将手枪对准了他的额头。

"等等,你为什么……"他的表情里出现了震惊。

"别杀我,那不是我的本意,那是……"

我无言,果断扣动了扳机。他的头颅随即爆开,喷血的尸体向后倒去。周围的藤蔓嗅到血腥气,瞬间一同涌上来将尸体包裹住。这些黑色藤蔓的根须很快长出牙齿,伸出了舌头,开始疯狂地吞噬血肉。而我只是看着,内心隐隐觉得这种场面仿佛在哪儿见过,有些熟悉……

"天亮了。"情不自禁地,我说出了这句话。

"分解被你杀死了!"突然,有人从旁边的楼里探出头,说道。

见我拿着手枪转身看他,那人立刻缩头,并继续说道:"在噩梦状态仍能保持理智,这样就算天亮了,你手里的枪也不会消失。你这种不被昼夜轮替影响的能力太厉害了,不愧是……正在神化的镜子!"

3. 命 理

清晨,柔和的光芒覆盖了房间。

那位跟我说话的人自称蜘蛛。他告诉我,这里的所有人都是以各自的噩梦来定义自己的身份的,他说:"比如你的名字叫镜子,是因为在夜晚到来时,你会化作可怕的、将所有人都视为敌人的破碎镜面。"但说实话,我感觉不出自己与镜子有多大关联,我能想起、或者说让我印象更深刻的,其实是镜面中那位反复出现的女人。我觉得那女人似乎更适合被称为镜子。

收回弥漫的思绪,我看向了蜘蛛,想象着他的噩梦会是何种形态。见我的注意力没有放在他的解释上,蜘蛛拍了下我的肩膀,以过来人的身份进一步推测道:"我觉得噩梦属于真相的一部分,我们每个人的噩梦合在一起,可能就是这个世界的真相。找到真相,我们才有脱离噩梦的可能。"

我不确定他说的是否正确,我只是觉得,假如真如他所言,那真相离我可能还很遥远。

蜘蛛确实是个很和善的人，他戴着眼镜，身穿白色衬衫，靠着墙毫无顾忌地与我说着关于他所有知道的一切。我大多数时间都是在听和思考，我的心绪还未完全平静，我的内心仍是一片茫然。

"这里原本有很多人，不过大多数都回归了深渊的怀抱——也就是死了。"他接着说，"黑夜和白天的交替是一种混沌状态，没有规律可言，也许白天只有几个呼吸的时间，也许黑夜漫长得如同永恒……"

我能感觉到，蜘蛛在尽可能地让我了解更多，于是我问："那你能否再告诉我一些关于我的事情。"

他想了一下，抓了抓自己的头发："我只知道一小部分——以前的你更强大，任何人都无法接近，永远都在杀人，不论白天还是黑夜。在很长的时间里，你杀死很多人，几乎让整个世界从喧哗变成死寂，如果不是因为我噩梦的特殊性……"

他停顿了一下，又说："所以大多数时候，我对你是避而远之的，现在你能好好坐在这里，已经是极不可思议的事情。你就像是从内到外都换了一个人似的，除了面容和气质，我几乎无法将你与那个曾经无比可怕的镜子联系到一起了……现在我和你的距离很近，黑夜来临的时候，我的噩梦肯定会把你视为攻击对象，既然你能在夜晚保持理智，那么我想请求你到时候不要杀死我。这座城市里已经没几个幸存者了，每个人的死亡都代表一部分真相的丢失，如果我们不在清醒的时间合作，那么摆脱噩梦的可能性只会越来越小。"蜘蛛说完，又挠了挠自己的头发。

"你对真相的推测，到达哪一步了？"我问他。与此同时，我的目光越过他，看向墙上密密麻麻的文字，上面都是些意义不明的文字以及极端混乱的推导。据蜘蛛所言，那些信息都是他在噩梦阶段的记忆。"我不知道真相的全貌，但我能确定，真相被隐藏在了每个幸存者的噩梦里。红月升起的时候，每个怪物都是真相的表象。可惜表象透露的信息和逻辑关系实在是太少了，我目前唯一能确认的只有一件事，那就是：我们必须要合作，杀死控制我们的神明，给我们一个摆脱噩梦的机会。"

"神明？"我一愣，想起了刚见面时蜘蛛对我说的一句话，"不愧是——正在神化的'镜子'！"

"你果然全都忘了……我真的很喜欢你现在的状态，可以正常的沟通……哈哈，我们有机会了。"他笑得很大声，"红月降临时，我们都会化身为噩梦，开始互相残杀；红月褪去之后，我们又会恢复到正常状态。不过，有少部分人在长时间的疯狂之后，拥有了一种特殊能力，那就是无论红月是否存在，他们都处在拥有部分理智的噩梦中——这就是，神化。"

"用处是什么？"

"拥有挑战神明，并离开这里的资格。"

"除我之外还有其他人吗？"

"有，机械也是这样。以前还出现过几位，但后来都因为挑战藤蔓被杀死了……哦对了，藤蔓就是神明，这个时代的神明——藤蔓已经没有丝毫属于人的特征了。"他说着，指向窗外的藤蔓。

遍布整个城市，脉络广泛，无比庞大的藤蔓。

我看了一眼窗外，一种难以言表的畏惧感不由自心头泛起。同时，我又听到了一个熟悉的称谓——机械。之前碰到的怪物也提到过，说我身上有机械的味道，这让我觉得自己可以去尝试接触机械，向其探询我所需要寻找的答案。

蜘蛛还在滔滔不绝地说着："谁杀死旧神，就会成为新的神明，在这个深渊世界，旧神被新神取代已重复过许多次，当前的神明，就是你所看到的无处不在的黑色藤蔓。"

"可是每个成为新神的人，他们明明可以离开，为什么却选择了留在这里……关于他们这样做的原因有太多可能性，我只能做出两种理解，一是他们知道了全部的真相而拒绝离开；二是神化的人必然会爱上杀戮，因为每次新神诞生，都会有几千个新的意识诞生在城市的各个角落，开始新一轮互相残杀……我们必须要找到办法，只有先弄清如何杀死神明，才能知道接下来该怎么做。"

"连同这个世界一起毁掉就行了……"我下意识地说。

"但这个世界是无法毁灭的，我们的位格太低，没有毁灭这个世界的资格。除非拿到钥匙，可是钥匙在机械那里……"

他再一次提到了机械，并说到了钥匙。不知为什么，这让我脑海中瞬间翻腾起来，内心狂震不已。我本想继续追问下去，可隐约间有个声音在四面八方响起，与之相关的，是一些激烈的画面。它们直观呈现在记忆中，如一层厚重的帷幕，被强行撕扯开来。

"唉……唉……囚笼……好多眼睛。"

"我害怕那些眼睛，我想要杀死那些眼睛。"

低声哭泣的女人在我面前诉说，她拥有我熟悉的面容，她带着恐惧看着我。

无数的眼睛包裹着我们，它们通过红色丝线连接在一起。

眼睛之间穿插着镜子的碎片，那尖锐将眼睛刺穿，爆出温热的血浆。镜子与眼球在抗衡，并一同焕发生机，一同迎接灭亡。

低沉的声音来源于我的嘴唇，明亮的光亮来自于她的双瞳。

"永不认同自己的死亡，就不会回归深渊的怀抱。"

"如此，我们将合二为一。"

……

"原来是这样，该死的，我忘记了……我又忘记了。"我开始吐出含混不清的语句，整个人处于失控的状态，直到蜘蛛的巴掌用力扇到我的脸上："清醒些，我真的很害怕你白天进入噩梦。"

"她是什么？"我抓住他的肩膀，慌张地问。

"什么她？她……"

"一个女人，在镜子里，用红色的丝线包裹着自己！"

"你说的女人，红色丝线……我好像见过，她是……"

这一刻，我似乎无比接近了一个我真正想要的答案，可忽然之间，窗外的光芒变化了，侵略性的暗红在扩散，整个城市随之解体，再次重组成为一场新的噩梦。房间崩溃，几何体漫天飞舞，我看见蜘蛛倒在地上抽搐、分裂，他痛苦地呐喊着，神色间有一种让人心惊的疯狂。

一团团血肉从他身上掉落，每团肉都在膨胀成大脑的形状，前端长出尖锐的牙齿，底部延伸出八条肢节。几乎是一瞬间，属于蜘蛛的人形消失了，地上只有密密麻麻堆积在一起的生了长脚的大脑。

属于噩梦的时间再次来临，可我还是不知道，为什么会产生噩梦，以及我是谁……就这样，在无尽的落寞与怅然之中，我张开双臂，凝望着头顶红色的月亮，任由自己跌入新一轮噩梦。

意识丧失前，我的脑海里浮现出一个疑问："蜘蛛所做的……真的有意义吗？"

4. 钥 匙

睁开眼睛时，我发现自己站在一个走廊内。

一眼望过去，被暗红色占据的空间里，到处都是尘埃和碎屑。

不远处传来沉重的撞击声，听起来比较遥远，但却一次又一次响起，如同心脏的鼓动。我有些好奇地趴到窗边，望向几栋高楼后面扬起烟尘的方向。在那浓密的灰色中，有电光在闪烁，一只巨大的手臂从灰暗中探出，再握紧拳头，猛然砸向地面。

那手臂的表面有一层金属外壳，但是在金属与金属衔接的部位，却生长着鲜活的血肉，这种形式的嵌合实在没有丝毫美感。不过，这也没什么大不了的，因为我清楚，红月笼罩下的一切，都是疯狂的化身。

不远处那只巨大的手臂，就是机械的肢体的一部分。

机械正在与周围的黑色藤蔓恶战，他挥起重拳，将四周的藤蔓枝条、叶片打得支离破碎，他甚至将整个大楼砸得轰然坍塌。尽管蜘蛛向我描绘过机械的强大，但亲眼目睹之下还是让人产生出一种震撼感。我下意识地觉得，在夜晚期间，我是无法与机械正常沟通的。得出这个结论后，我收回目光，快步奔入光线更加黯淡的走廊，准备远离机械所处的区域。

"你来了，我正好想找你。"震耳欲聋的声音响起。机械突然推倒一处墙，露出整个身躯。

原来他是没有下半身的，只有个血肉与金属杂糅的上半身，腰部以下似乎曾被某种强大的力量切割或撕碎了，拖拽着地上的身体内部结构里夹杂着血肉的电路管，且时不时有电火花冒出，黑色液体更是一直在流淌。

"你能否告诉我，我是谁吗？"我克制住想逃跑的念头，问道。

机械用双臂撑起身躯，双瞳中蓝光闪烁："你为什么这么问？"

"我忘记自己是谁了，你能告诉我吗？"

机械暴怒："你不是镜子吗？难道你背弃了你的诺言！"他狂暴的声音震天撼地，将附近几栋高楼仅剩的玻璃全部震碎，也让我抱头蹲下，耳朵里流出了血，大脑都仿佛随着声波震颤起来。缓过神之后，我深刻地意识到，对于这些扭曲且强大的噩梦而言，我实在太弱小了。

于是，我选择了逃跑。

边跑，边想，他也说我是镜子，但镜子又是什么，镜子中的那个女人又是谁？那女人也可以在任何时间保持理智，这完全可以说明，那个女人也是神化的，甚至不比机械弱。或许我应该去找她，让她帮我抵挡疯狂的机械——对，我可以去找镜子，她可以出现在一切镜像之中，哪怕是地上的水洼里都可以。

想到这里，我加快了脚步，在楼里的每个房间里查看，而后又跳出窗台，沿着藤蔓下滑，横跨空旷的街道。身后，有规律的撞击声不断传来，脚下的大地轻微摇颤，机械用他巨大的双臂撑着半截身躯，穿梭在林立的楼群中，横冲直撞，穷追不舍。

在进入一座新建筑之前，我回头看了一眼。机械浑身正在闪烁着电火花，更为奇妙的是，他经过之处的藤蔓，都会瞬间活跃起来，疯狂地去缠绕他的身躯。但这种阻碍对于狂暴的机械而言，简直微不足道。

"我会杀死你，你嘴里都是谎言。"机械撕扯开藤蔓，向我怒吼。

推开眼前的遮挡物，经过一个昏暗房间，奔入一条光线略好的走廊。我这才发现地面的尘埃中有大量短小的条形痕迹，密密麻麻地覆盖到尽头。再向前跑了几步，我注意到墙面上也有许多类似的诡异符，巨大的危机感在脑海中浮现，我迅速举枪对准四周的空旷。

心跳在加速，有规律的震荡声中，我听见许许多多细小的声响，循着动静的源头，我轻手轻脚靠近一个窗台，探头朝楼外的空地上只看了一眼，便被眼前的景象惊呆了——海量的蜘蛛，长着八条腿，并且拥有尖牙利齿的蜘蛛——这庞大的群体也感受到了大地的震动，但它们却没有逃避，而是聚集在一起，像水流一般朝着机械的方向汹涌而去——它们所过之处,藤蔓消失得无影无踪……

从目前的情况看,这是好事,有两个噩梦都将机械视为敌人,并且互相杀戮,这说明身在其中的我是相对安全的。然而美好的念头只持续了一瞬,一阵恐怖、细碎的声音便已涌入房间。

砰!枪响声中,左侧扑过来的一个生物被子弹击中,碎成一地黏稠液体。

我迅速转身,躲入另一个房间。因为我这时听到了更多细碎的声音正从楼下向我这边涌来 ——目标很显然就是我。

我将门关上,堵上一堆杂物,然后跳窗而出,继续奔跑。

房门很快被推开,一堆蜘蛛跌落进来,简单维持了一下平衡后,又朝我追来。我连续扣动扳机击碎了几个,但其他蜘蛛仍对我穷追不舍,虽然它们很脆弱,数量却极为庞大,并且它们一直都在凭借啃噬藤蔓疯狂地进行着自我复制,想彻底灭掉它们实在太难了。看来白天蜘蛛让我不要杀死他是太过高看我了……

不过也有好的一面。因为蜘蛛的出现,同样限制了机械对我的追杀。我能听到外面传来的倒塌声、沉重的怒吼声,这说明两个噩梦似乎正在发生激烈的交战。

前方,一道布满锈迹的铁门挡住去路,我用力去推,却无法撼动,这时后面又有大量蜘蛛潮水般涌来,陷入绝境的我感觉自己的心在猛烈跳动,脑海里疯狂思考着,却没有找到任何可行的对策——"别急,一切还没有结束。"我在心里提醒自己。

"看着我。"一个女人的声音突然从背后传来,冰冷但亲切。

我回过头,发现身后墙上的灰烬被我蹭去了一片,露出了一面镜子。

"看着我啊……"身穿白裙的她从镜中探出半个身躯,寒冷的手臂环绕住我的脖子,将我揽入怀中。大量的红色细线一并出现,它们以轻柔的方式扎进了我的皮肤,深入我的血肉,但却没有丝毫痛感,反而有一种诡异力量,正在悄然涌入全身。

我偏过头,看向她。

她的瞳孔明亮而深邃:"你曾握住我的双手,为我缔造了一个新的噩梦。"

"我不记得了。"我低声说。

她的嘴唇在开合,却没有任何的气流出现:"这是我们共同的力量,现在我把它交给你。"

我深深地看了她一眼,希望从她的脸、从她的眼眸里,找寻那些被自己遗失的记忆。然而一切都是徒劳,我的脑海中有一块明显的空缺,仍需要有人来填补。

"既然如此,谢谢。"说着,我轻轻推开她的双臂,此刻我已感觉到自己充满了不可阻挡的力量,我清楚地看到周围那一堆蜘蛛都在退缩,完全没有了刚才想要将我吃掉的嚣张。

是时候去挑战机械了,因为……他有钥匙。

虽不知道钥匙是什么,但是我想得到它。我迅速撞开铁门,从二楼的窗台跳了下去。

机械转过头颅,发光的眼睛与我的视线对撞:"我要杀死你。"

我双手握枪,以前所未有的速度冲向机械,手枪的金属缝隙间,这时疯狂涌动出巨量血肉,枪身上同时长出了一只硕大的眼球,深邃的瞳孔转向我,透过那澄澈的虹膜,我感受到一个被压抑着的强大意志 —— 正在走向复苏的意志。

战斗开始了,在红月的见证下,庞大、凶悍的机械甩开缠上来的蜘蛛们,不顾一切向我撞过来:"你不可饶恕!"他咆哮着。

"那就杀了我啊!"我扣动扳机,子弹带着深红色尾迹击中机械,与此同时,手枪还在发生剧烈形变,枪管这时已延长到了一米,蠕动着的血肉以及更多的眼睛正在形成,而我的双手也在与异变的手枪融为一体。

子弹射入机械的身躯,最初看似伤害不大。他依然在向我扑来,以他的体量,哪怕是手掌简单的按压,都可以将我碾碎。不过,在距我还有几米的时候,机械全身突然一滞,胸口竟然炸开一个大洞,大量黑色的液体以及凌乱的筋肉组织随即涌出,几乎与此同时,无数密密麻麻的眼睛覆盖到他身上,大量红色丝线交错蔓延,将他牢牢缚住。

"你在利用我,她述说着!"机械状似癫狂,挣扎怒吼。吼声震破我的耳膜，耳朵、鼻腔里都流淌出鲜血。

"她，她是谁？"我问。

机械的身体轰然崩塌，一颗巨大的头颅滚落在我面前。

机械试图开口，可是他的头颅，也被红色丝线全部笼罩，再也发不出声音。

我就那样看着他的头颅彻底分解，之后，一个黑色的盒子从解体的头颅中掉落下来，里面传来一个失真的声音："她是眼睛。"说罢，盒子也爆开了，连同机械被分解的血肉组织以及他身上的一切，开始幻化成花朵，自下而上与我手中面目全非的武器融合。

一瞬间，我突然产生了许多奇特的感觉，比如力量的丧失，比如大脑的疲惫，还有就是原本失去知觉的手掌里，多了一件冰冷的事物。

红月黯淡消失，天边浮现出温暖的亮光。

5. 复 活

斑驳的记忆画面中，镜片交错，形成强有力的外壳，覆盖到下半身已被藤蔓毁去的机械身上。生长着的藤蔓摇晃着肆意而上，将这些反射着红光的事物完全笼罩。无数的尖牙利齿带着猩红的舌头从藤蔓上长出，发出刺耳的叫声，他似乎感到愤怒，对镜子和机械发起疯狂的攻击。但是突然间，镜片里竟然也涌出了无数相似的藤蔓，这些看起来明显虚假的藤蔓，竟和外界的真实藤蔓纠缠在一起……

"我说过，我们中任何一个都无法单独战胜藤蔓，让我们联手吧！"由大量镜面碎片组成的人形缓缓起身，对机械说。

"闭嘴，我不需要与你联手！"机械怒吼。声波让镜子一阵激荡，身体呈现出更深层次的碎裂。

"你不用愤怒，我会告诉你我的计划，相对于只能凭借各种细节进行推理，一头雾水还以为自己已接近真相的蜘蛛，我知晓所有答案，我清楚怎样才能打破这个世界。怎么样，联手吗？"

机械的巨掌拍下，镜子的躯体瞬间被拍成粉末，然后又迅速重组，再次出现在原地，镜子继续说道："计划的第一步，是杀死眼睛。我会夺取她的一切，包括她的记忆和她所恐惧的噩梦，让她的噩梦与我的噩梦融为一体……但她也是个难缠的存在，所以我需要借助你的力量。"

机械沉默了，良久才问："你要我怎么做？"

"保管好钥匙，不要再去挑战藤蔓，也别再把关于我的秘密透露给蜘蛛，你知道的，那会让我生气。另外，把你的噩梦本源交给我，我需要将所有噩梦拼接还原，寻找到能让我们脱身的真相。"镜子说完，伸出了自己的右手。

"你这邪恶的浑蛋。"机械的吼声不减。

"彼此彼此，毕竟我们都别无选择。"镜子露出了古怪的笑。

机械沉默了许久，最终才将一把红色手枪递给镜子："拿着吧，浑蛋！"

"谢谢。"镜子接过了枪，端详了片刻后才说，"看来，你是被手枪杀死的。"

"等等……"

机械注意到镜子话中透露出的信息，于是询问："如果你知晓最终的答案，那么请你告诉我，我究竟是什么？"

"死者。"镜子回答了他的问题，并接着说道，"你们都是已毁灭了的世界中的死者，被投入到一个虚假的容器内。外面的世界已一片狼藉，只有这里，才是最后的净土。"

我从席卷大脑的记忆中挣脱出来，跪坐在地上，久久无法平息内心的悸动。与机械沟通的记忆画面表明——我就是镜子。我与机械曾达成过一项合作，并准备去实现一个计划。

可是计划成功了吗？思索良久，我觉得那女人应该就是眼睛——她在镜子里，她与镜子已合为一体，而作为镜子的我，却好像失去了原有的力量……

那么，按照现有情况判断，计划很可能是失败了，而且是以机械的死亡告终。

想着这些,我张开五指,一枚金色小巧的钥匙静静地躺在掌心,在晨光中散发出柔和的光芒。附近的藤蔓刚好完成了对尸体的吞噬,一根一根退回到街边。而不远处的蜘蛛正小心翼翼,以人类的形态向我走过来。

"机械死了,你得到了钥匙。"他说。

"我们去找眼睛吧!"我说。

蜘蛛一愣:"我不知道她在哪里。"

"在所有的镜子里。"

说完我跑进街边的大楼里,推开一扇又一扇门,只为找到能让她出现的镜子。蜘蛛也没有闲着,他明白了我的意思,也进入一个个房间,帮我寻找。

很快,我便站到了那面镜子面前。此刻,被称呼为眼睛的她,正站在镜子里,红色丝线几乎覆盖了她所在房间的每个角落,就连窗外的光芒都被遮挡。我给她看了钥匙,她没有说话,而是抬起手指向了远处。

我心头一亮,立刻向她所指的方向奔去,之后又看到一面镜子,镜子里的她继续指给我一个方向。就这样不停地奔跑、寻找,从一个目标奔向另一个目标,奔跑过程中,我渐渐知晓了她想让我找的是什么。

答案是她的尸体。

我又推开了一扇门,发现那正是我最初醒来时的房间。

她还在地上躺着,恬静的表情,微睁的眼睛和之前见到的没有什么差别,而镜子里的她却露出了微微的笑,她看着我说道:"这是你的承诺。"

"我的承诺?"我蹲下来,端详着她的容颜,观察着她的伤口……然后取出钥匙,松开手指,让这抹金色落入她胸前的伤口。她的伤口开始发生变化,奇迹般的开始生长,愈合……

"你的选择是什么?"镜中的她问道。

我立刻举起手枪,对准了镜面。

砰!镜子彻底破碎,红色丝线从镜子碎片中喷出,而数以万计的镜子碎片则幻化成血肉,融入我的身体,构成了我的身躯以及意识,表明了我的噩梦,似乎就是镜子。日复一日、年复一年面对着几千米深的地下一个个屏幕时的孤独与恐惧。

"我们所怕的,都是自己的噩梦。"一个身影站了起来,是复活之后露出笑颜的她,是身穿黑色休闲外套内里白色短衣的她,是与噩梦分离回归"真我"的她。

她走到我面前,将手放在了我的脸颊上。那些流动的镜子碎片,瞬间割伤了她的手,温暖的血液让我感觉到一阵心悸。

"我还在害怕。"她说。

"如果恐惧,请闭上眼睛。"我回答。

所有的记忆，顷刻回归……

6. 弑 神

人脑组成的维生室，满目疮痍的世界。

永远孤独的管理员，仅剩一只眼球的头颅。

残酷的真实世界，日复一日，年复一年。在地下几千米深处，看守维生室的管理员终年累月，独自面对着一个个幽冷的屏幕，人类世界已经很久没有消息传来，孤独令他疯狂……

最后的最后，他唯一的执念只剩下她，一颗只剩下一只眼球的女性头颅。

她原本是个平凡的女人，资料库信息显示，她死于来自星空的第一轮打击，她与其他许许多多的头颅一样，都被浸泡到营养液里，成为缸中之脑！但在日渐疯狂的管理员眼中，她是与众不同、特征鲜明的，因为和其他裸脑相比，她至少还有一只独一无二的眼睛。

她的意识已经通过系统的信息接口链入虚拟的世界，但她的那只眼睛却始终看向外界，寻找着光明，哪怕那光明仅仅只是用于照亮维生室的普通灯光。

他每天看着她的眼睛，与她进行着无声的精神交流。

处在深渊中的她,也感受到了管理员的注视,只是无法表达。这在潜意识中隐约感知的注视,这充满了死寂、来自外界管理员接近崩溃的眼神,让她越发绝望,并因此诞生出以眼睛为题的噩梦。

他同样承受着孤独的煎熬。现实世界仅剩下他一人,在密闭幽静的几千米深的地下……最终他做出一个疯狂的决定,他要去拯救她。

他将自己的意识投射到了深渊,并制定出了详细的计划,甚至用所剩无几的能源,制造出将属于她的完整身躯。他不在意任何一个虚假的个体及意志,甚至不在意自己的死活,他想与她融为一体,让生命逃离孤独。

曾经的他,是个外来者。

现在的我(他)和她一样,同属于深渊。

然而,在这虚拟的深渊里,肆意生长延伸出的藤蔓,才是掌控这个世界的神明……

而我们的选择,则是向深渊的神明宣战。

"计划没有失败,还差最后的一步……弑神!"

红月在天空中浮现,混沌的夜晚,又一次将原本的白天驱散。我察觉到了外界的变化,尽管无比迷恋着,但我还是捏了一下她的掌心，让这温暖离开了我的身躯。

她明白了我的意思，点点头笑了起来。

很奇怪，我们都彻底地化作了噩梦，却依旧没有丢失人性，反而在内心涌现出许多只属于人类的感情。也许这才是转机点，因为神明是不会拥有人性的，所以我和她在战胜藤蔓之后，将很可能打破循环，找到生路。

"现在，我们将直面共同的噩梦。"她说着将手指伸进了自己胸前的伤口，取出了那枚钥匙，在手中彻底捏碎。

一种不寻常的感觉以她的手为中心向周围扩散，超乎想象的疯狂念头突然席卷了我的大脑，却又骤然间沉寂。随即，整个城市都震动起来，而红月也变得异乎寻常的明亮，但这一次城市并没有崩塌重组，而是直接进入了夜晚。

藤蔓苏醒了——这次是真正的苏醒。

他是神，是最终的敌人。

这时，还在其他房间里寻找镜子的蜘蛛，忽然抱着头颅蹲了下来，这熟悉的感觉让他知道，又一轮噩梦开始了，但他隐约觉得这一次会是不一样的，他期待着会有不一样的结局。

但他已没有时间做更多的思考，因为他身体上的血肉正在掉落，那一个个熟悉的蜘蛛正在地面上出现，难以抗拒的恐慌在他内心汹涌。这表明蜘蛛又将成为他所畏惧的噩梦，然而奇怪的是，这个过程只进行了一半，周围便突然伸过来无数藤蔓，将他分裂的所有个体都缠绕起来，并且开始了残忍的吞噬。

"为什么？"蜘蛛疑惑——他承认自己一直都在逃避，为了保住性命，为了苟延残喘地等待有一天能够离开这里，他一直在很努力地寻找细节，拼凑出所有可能的结果，但他早已意识到，自己是做不到的。在这个残缺的、本就留不下真实线索的世界，答案可能永远都无法找到。所有的分析和辩证，都只是一种让自己保持希望的偏执。

直到镜子突然出现。

这恐怖的、高傲的家伙，好像从一开始，就什么都知道。

地面上成形的蜘蛛被藤蔓吞噬殆尽，蜘蛛非常不甘，发出了微弱的低喃："我好想，好想看到希望。"

而另一边，红色丝线正以匪夷所思的速度扩散、纠缠、刺入每根藤蔓，开始吞噬藤蔓的身躯，然后绽放出拥有无数眼睛的血肉之花。城市的每个角落里，海量的黑色藤蔓一同狂躁，它们的茎叶在卷曲翻滚，亮出锋利的牙齿和噬血舌头，尖叫着用牙齿咬碎眼球，用舌头舔舐红色丝线。

黑暗笼罩了目光所及的一切，而红色丝线占领的区域，就如同混乱的沼泽地中心有一朵随波逐流的小花，随时都可能被淤泥吞噬。

我看到她在颤抖……于是走上前，看着她的眼睛说："我会陪着你，直面这场噩梦。"我回忆起最初见到她的场景——红色的丝线海洋之中，面色苍白的女人蜷缩着的身体……我想起那时的我，拥有与现在完全不同的情绪，说着那些残酷的真相，步步接近着她的情景。可是现在，我产生了一种来自内心深处的抗拒，就算知道这所谓的真实令人难以接受，也依旧渴望做出改变。

我曾说："真实的世界只有被毁坏的大地，死寂的荒原，濒临灭绝的人类，血红色的天空，失败的虚拟世界计划，地下深处的维生设施……被抛弃的管理员以及他所负责看守的缸中之脑。"

现在我却想说："只要脱离了这场噩梦，就算光再微弱，也依然能找到希望。"

我曾说："真实世界空无一人，整个人类群体都在将自己变成寄托于微弱能量的等离子生物，以卑微的姿态逃离了面目全非的现实。所以，当我们离开噩梦，我们会迎来真正的孤独。"

现在我却想说："无论是怎样的世界，我都会陪伴你。"

不知不觉间，回忆终止，我的身体这时正化作细小的镜子碎片，完完全全地飞散出去。

天空突然出现了一片片乌云，并在短短的几秒内，融合在一起，笼罩在整个城市上空。如果仔细看就会发现，那并不是真正的云朵，而是亿万颗细小的水珠状镜面的共同聚合，遮挡住了红月的光芒。

镜子的能力是复制。

我复制了她的泪水,构成了水滴状的镜子,酝酿出一场滂沱大雨。

雨滴在坠落、坠落、坠落……

每个雨滴都在反射光辉、洞照现实,每个雨滴里,都在生长出红色丝线,丝线上生出无数的眼睛,连同雨滴一起,滴落到藤蔓上,并深深刺入藤蔓的茎脉。

被雨打湿的世界变为黑与红。

黑与红混杂,变为沉重的深红。

深红的荒原上,正在生长血肉之花。

血肉之花睁开眼睛,刚望向天空,便又很快枯萎。

但是雨滴,又带来了花的种子。

这场战争没有见证者,那些不够资格的意识都被毁灭,进入了更深的沉睡,等待着新的轮回。这座城市里残存的其他噩梦,包括之前协助我的蜘蛛,都被这一场盛大的战争席卷,湮灭于无形。

幻梦与深渊,都因死亡而生,也会因死亡而终结。

只有我知道,最深处的答案。

深渊中的所有意识都是死者,他们大多数死于来自星空的第一轮打击，少部分死在生态系统完全崩塌的地表。对抗灾难的人类为了延续文明，制定了很多个计划，深渊计划只是其中之一，并很早就被人类彻底遗弃。

深渊计划中的死者都沉睡在分离的容器里，他们通过思维通路链接在一起，接入主系统的集群运算，投身于虚假的人造幻梦。核聚变装置可以让虚拟化的深渊世界维持数千年，就连生与死也都是虚假的过渡，甚至外界没有权限控制幻梦的发展，只是安排了一位管理员——我——进行监视与记录。

然而这庞大的设施却连同方案一起被抛弃了，因为它还不能够成为基石，不足以为人类带来真正的延续。就这样，深渊世界在长时间运行中不断产生错误，自我修复接近极限之后，终于抵达崩塌的界限。

这时，一个在错误中知晓答案的意识，借助失控的权级控制算法，成为了深渊中最初的神明，他构建出了新规则，并将真相散播给所有的死者，让他们都能化身为自己的噩梦。

于是幻梦，成为了深渊。

而最初的神，则彻底丧失了人性，成为疯狂的化身——悬挂在城市上方的红月。

7. 升 华

"杀死我的眼睛!"

"求求你,杀死那些眼睛!"

"那是我最畏惧的目光,我最深的噩梦。"

"我从真实来,为了拯救你。"

"我会以我的一切,乃至我的死亡,换取你逃出深渊的资格。"

支离破碎的话语在脑海中席卷,我痛苦万分地发出无意义的吼叫,奔跑在荒凉的街道上。布满裂纹的高楼从视野里飞速掠过,我的心跳在加速,我的呼吸异常急促。藤蔓彻底被毁灭后,世界回归了寂静,只剩下更加腐朽的残垣断壁。周围安静得令人发狂,我此刻深刻地期待着,能够找到那个与我生命交融之人——只属于我的她。

大脑内已经不存在什么理智了,我只剩下一种来自心底的空洞感,那种缺失了灵魂的感觉正在刺激着我,让我产生了一种发自内心的恐惧。

好在,她终于出现了。她就在不远处,在那个由红色丝线组成的球壳内部。她是如此的特征鲜明,是整个破败城市里,最独一无二的存在。

我奋力冲过去，发疯似地将十指深深插入球壳的表层，用尽所有力气撕开一道缝，不顾一切地向里面挤去。

在黑暗的空间中，红月内壁上紧贴着数不清的眼睛。她闭着眼睛坐在那奇特几何体拼接而成的黑色王座上，她被我的焦急和嘶叫唤醒过来，睁开眼睛望向我。这是个绝妙的场景与氛围，我们在所有眼睛的注视中，紧紧地拥抱在了一起——天下因此发出一阵极有规律的震颤，世界在悄无声息间，等待着新主人的诞生！

"我们赢了，旧神已不复存在。现在拥有最高权限的是你，你可以按照自己的意志重新构建这个世界的规则。"我抱着她，激动地提醒。

"但我想出去，去触碰真实。"她在我耳边低喃。

"外界的世界已经残缺。"

她停顿片刻，深吸了一口气："我知道的，你都告诉过我了……在你临死前。"

记忆再一次涌上来——在眼睛与镜子碎片相互交融的瞬间，两个噩梦用尽所有的力量对抗着。丝线与眼睛粉碎了镜子，镜子复制了丝线和自身，血液在流淌，碎片在零落，无休止的抗衡在持续，我将手枪交给了她，对她说："开枪吧，你会拥有一个新的噩梦。"

原来，在那一刻，我已选择了死亡，并将自己的记忆与噩梦，也一并赋予了她——原来我真的死了，但那又怎样呢？至少这是最好的结果。

"那现在的我又是谁呢?是你分裂而出的意识、是你的妄想、还是你的懦弱?"我问。

她没有回答。她开始以自己的意志构建新的规则。她举起纤细的手臂,毫不犹豫指向天空。

"我赐予所有沉睡的意志,再次拥有充满光明的乐园。"

"我赐予我自己,向往真实的权力……"

她的声音是如此嘹亮,如此坚决。

伴随着她的声音,城市开始分解,一切悉数消失,庞大的物质流化为一团混沌,静待着新主人的全新重构。所有已经死亡的意识,都会被投入新的轮回。不过在新的世界里,噩梦将不复存在——新的世界,是为人类文明和未来所构建的虚拟乐园。

蓝天出现、绿草出现、河流出现、鲜花盛开,无数几何模块聚集而来,在她脚下组合成一道闪光的阶梯,旋转着拼接,通向天空中一颗冉冉升起的太阳。

我站在她的身旁,呆滞地看着她,并感受着这个世界的重置。

剩余的、属于我的所有记忆也在这一刻,全部回归。

我知晓了所有一切,也真正地回归了自我——尽管那并不是我想要的自我。因为我已不再是我,我是她用镜子复制的镜子,同时也是她千疮百孔的意识里分裂出的一部分——我既拥有镜子的部分记忆，还混杂着属于她的部分意志。真正的镜子，将自己所有的一切都赋予了她，导致她失控的思想孕育出我的灵魂，她的愧疚让我看到了她以死亡姿态所呈现的躯体……但是，当她决定迎接光明时，我的存在将失去意义。因为噩梦即将全部消失，而我是噩梦的一部分。向往光明的她，只有否定我的存在，杀死内心的恐惧，才能脱离这虚拟的世界。她似乎也明白了，现在的我不过是深渊里独属于她的一份错觉，是她的意识在这错乱世界崩溃所诞生出的杂乱数据。

也因此，新规则的诞生，便意味着我的彻底终结！

不知不觉间，我的血肉在消失，形象特征在解离。

阶梯拼接完成，直通光芒万丈的太阳。

世界被光明完全笼罩，她迈开脚步，缓缓上升……

"回头，回头，再看我一眼吧！"我暗想。

她终于回过头来，眼神中有眷恋，更有决绝。这绝望的世界，本不是她该得到的宿命和未来。她应该属于未来和希望，哪怕希望渺茫。而我，终将与她永绝，化为彻底的虚无。

我不舍，开始奔向她，想与她再来一次最后的拥抱。但奔跑的过程中，身体已化为一副雪白的枯骨。

我已发不出声音，但依旧没有停步，直至追到她身后，直到用我白骨裸露的手，揽住她的腰身。

她又流泪了。落着泪,看着我的骨骼在她眼前化作无序的离子团,然后消散于无质,无形。

现实就在前方,若隐若现。

Error, Error, Error

内存溢出,服务连接异常

正在检查节点链路……

集群系统将在3秒后重启……

3……2……1……集群重启异常,正在联系管理员

管理员无回应,再次尝试联系中……

联系失败,已报告【坍缩议会】

异常记录完毕。公元7044年。

听风的歌

自然人与克隆人

文／哈迪

科幻硬阅读
DEEP READ
不求完美 追逐极致

我听到风的歌声穿过走廊，它在来自窗外街道的喧闹里震颤。我不禁打了个寒颤，呼出的热气化为可视的白雾。

我放下笔，按下古董磁带录音机的播放键。一阵沉默后，熟悉的声音出现在这个房间里。

"嗨，埃米特，是我，布兰登……"

是的，我用这古老的方法记录布兰登，也记录着埃米特……

那是3月1号的下午——我记得很清楚，因为那天是后来新闻反复播报的"洛城大游行"发生的日子。

为克隆人谋取权利的前议会平和派议员，布洛克·卡莱尔，在家中非自然死亡。于是数十万克隆人组成了浩浩荡荡的"洛城大游行"的罢工游行队伍——这几乎是整个洛城克隆人总数的一半。他们举着布洛克·卡莱尔的名字，向社会呐喊权利和自由，熙熙攘攘地簇拥在泰勒区的兰夏克大街上。

而他们险些挤没了我的报童帽。

帽子掉到街边，一只手捡起了它，将它递还给我。

我接过帽子，抬眼看那人。他正靠墙坐在垃圾堆里，显然是个克隆人。

由原人类克隆出来的克隆人多少有些常人不会有的"缺陷"。而此刻，他蓬乱金发下那异于常人的眼睛正盯着我——棕色的瞳仁在建筑的阴影里大得如同硬币，几乎看不到眼白。我愣住了，竟一下子失了神。

那是猫的眼睛。

"先生，我看你对游行没什么兴趣，怎么会在这个时候出现在风暴中心呢？"我下意识地同他攀谈起来。

"你呢？你，不是克隆人吧？"

"我是一名记者。"

我能明显感觉到他警惕了起来。我注意到他脏乱膨大的衣物、颓废的坐姿和颤抖的双手，他看起来不像是要争取社会权利的游行者，而是逐流到此的流浪汉。尤其是他身边放着一个酒瓶。可是一般的克隆人都是为特定工作而生，不会有工厂安排克隆流浪汉吧？我愚蠢地联想着。

"现在记者还用这么古董的装备吗？"他的声音虚弱得微颤，其中的笑意指向了我口袋里露出的纸笔以及磁带录音机，

"我以为这种东西现在只能在垃圾场或者古董店见到了。"

"我只是一直认为刻下的真相不易被篡改。我是埃米特·卡弗,为《方舟日报》工作。"

"哦,我有幸看过你的文章,对原人类激进派党魁艾登·霍恩斯议员的专访……时局动荡,作为原人类中的平和派总是很令人钦佩……"他顿了顿,脸上自然流露出一抹让我莫名感到熟悉的神情,"对了,霍恩斯的态度可真是激进啊,说由于克隆体会因逆反心理而与原型立场对立冲突,所以只能有一个独特的个体能活在这个世界上?"

"毕竟克隆人的出现造成了原人类的恐慌,他们会害怕跟自己一模一样的人。"我瞧着他病态苍白的脸,随口应和。

"时代一直在变不是吗?最初原人类培养出克隆人来是为了节约培训和时间成本。比如那被送上月球的家伙,最初的身体死在了四十岁,记忆却延续百年……"他絮叨着,像是在同我说话,又像是自言自语,"而说到底他还只是别人眼里的工具。如今原人类因为差异性和自身利益受损而歧视、恐惧、攻击,不承认克隆人与生俱来的自主性,克隆人则在为了成为'人'而振臂呼喊——这一幕不觉得熟悉吗?"

我笑了。要真是个流浪汉,他的确很不寻常,可他的举止透露着教养,说这番话时脸上的神采让人熟悉。

"原人类中有为克隆人群体谋取权利的平和派,克隆人中也有寻求和平对等谈话的协进会,你是他们中的一员吗?"我猜测地问道。

"啧。我来这儿只是为了……围观一下……"他面露难色,"我没有心情去卷入其中。"他撇撇嘴,站了起来,拉了拉松松垮垮的卫衣外套。

他高而瘦削,蓬乱的头发更助长了他的高度,犹如一根立起来的竿子。歪斜的阳光穿过建筑的缝隙照在了他的脸上,棕色的瞳仁在阳光下收缩成了枣核状,让我想到儿时养的猫。

这时看着他的脸,那股熟悉感终于在我的记忆里找到了归属,我的瞳孔在诧异中放大——"等等,你是……布洛克·卡莱尔?"

"不……我不是他,你能看出来的,我是克隆人。布洛克·卡莱尔是议会中平和派的议员,他生前西装笔挺,在议会里为克隆人争取权利,死后仍有人高举他的姓名;而我只是在大街上疯言疯语的酒鬼,可能有自杀倾向和暴力型抑郁症的反社会分子,一个自生自灭的垃圾,一个影子,而且十分健谈。"他的笑容消失了,"你可以叫我布兰登。"

政客的克隆人?一般克隆都是功能性的,但克隆政客……是为了什么呢?卡莱尔有个自己的克隆人?另外,这个克隆人明显比卡莱尔瘦弱病态得多。我伸手去摸口袋里的纸笔,小心翼翼地试探着问:"方便告诉我你已经存在几年了吗?"

"'存在'吗?如果你是问我拥有自己记忆的开始,那么已经十年了。"

"那你怎么会出现在……"

他的脸阴沉下来,转过脸去看浩荡队伍的尽头。我收回摸索的手,随他的目光看去,只见那些带着克隆人独特标识的人正向着未知的方向进发,直到人群举着的巨大显示屏消失在街的转角。

良久,他扭过头来,眼圈周围泛起红色:"不是时候,卡弗先生。现在不是时候。"

片刻的恍惚间,我感觉到在这一瞬,那个让我感到熟悉的"政客"卡莱尔从他身上消失了,一个全然陌生的落魄病人立在我面前。

"……对不起,刚才冒犯了,请你原谅,布兰登。"我注意到在我叫出这个名字的时候,他的瞳孔微颤了一下。于是我歪头瞧着他,顺势温和地问到:"嘿,你对这片街区熟悉吗?或许能陪我走走?我想认识认识布兰登,而不是刚刚那个夸夸其谈的卡莱尔。"

他怔怔地看着我,猫眼里透露出警觉和怀疑,似乎还夹杂着困惑和疲倦。而我只是一脸轻松地微笑看他。

他伸手从口袋里掏出一副墨镜戴上。"我不知道是否该轻易相信一个记者……"他顿了顿,"不过,我也的确该回去了。你可以陪我走到洛克威尔街吗?"

"你很介意吗？"

"嗯？"

我伸手示意他的眼睛。"我觉得它们很好看，像猫。让我想起小时候养的那只棕色小猫。我喜欢猫。"

"你喜欢可没有什么用，"他和我并肩走着，眸子在墨镜后面隐隐约约地晃动，"大多数人会想到蛇，就是那种没有人会信任的蛇。"

我脑海中出现伊甸之蛇和中庭之蛇的模样，于是摇了摇头。"你不像。"

"啧，你是第二个说这话的人……"他戏谑地看我，"话说，你呢？你不介意吗？你额头那边有条伤疤。"

我下意识抬手去摸前额乱发遮挡下的疤痕，大方地露给他看。"喏，其实脸上有这个我也不是很在意，只不过它会让我想起夏洛特，一个红发女孩。那次我跌倒，头撞在了石头上，是她帮我包扎的。"

"你和她结婚了吗？"

"不，没有。她生病去世了。"

"我很抱歉。"

一阵沉默。

其实这么多年不停揭伤疤，每次感到抱歉的都只是听者而已。我倒是注意到了他刚刚提到的,便好奇地问他:"第一个是卡莱尔吗?觉得你像猫?"

"不,布洛克不信任任何人,即使是他自己……"布兰登扭头看着我,"第一个是萝丝。有次我躲起来时是她找到了我,那是我第一次和布洛克之外的人说话。"

"她好看吗?"

"当然。即使她是园丁克隆人,脸上天生就带着'缺陷',但我仍觉得她比布洛克给我的记忆里那些原人类女孩好得多。"他脸上的神情就像个初恋的孩子,回忆幸福的人总是十分可爱的。我也笑了。

"让我猜猜,她和你一样是金发?"

"是的。"他露出惊喜和羞涩的神情,"我永远忘不了三年前的那天在花园里,光穿过叶隙落在她长长的金发上的样子。"

他在嘈杂的背景里看着虚空陷入了遐想,而我抬眼看他的头发,一丝一缕尔在光中炫耀着璀璨。

"那后来有再见吗?"

"以前我们经常见面。大概是她的原因吧,我那段时间很少像以前一样躲起来或者摔东西,直到……"他深吸了一口气,顿了顿没有接着说下去。

"看来我们都有再也见不到的人可以想念……"我不由得

说出这句话,脑海里一个病弱的红发少女蹦跳着走出记忆。

我们皱起眉头,再次陷入了雪茄般浓重的沉默。

我不知道他身上到底埋藏着什么秘密,也不知道这次交谈我们可以深入到什么地步,但是我知道,有时候,比起咄咄逼人的连环发问,沉默和时间或许是最好的方法。而且我知道他不一样,与我以往见过的那些如同复制黏贴的克隆人都不一样,他显然不是作为工具性机器诞生,他也不是那种为了显示自己的"人性"强求感情的克隆人,他显然已经作为自己活过很长时间,拥有属于自己的记忆和过往。他是布兰登,而不是布洛克·卡莱尔。

一直走到洛克威尔街街口,我们都没再开口说话。"就这样了,再见。谢谢你。"这是我们再见前的最后一句话。我记得当时这句话是布兰登说的。

我那时怀疑能不能再次见到他,于是在街角转弯之前就又回头张望——他还站在那里看着我。他逆光站在那儿,双手在胸前抱着酒瓶,年轻苍白的脸上满是落寞。

现在想来那一幕仍然历历在目。

那天晚上我回到家,翻找了些资料,联系了些熟人,发现居然没有人知道布洛克·卡莱尔有克隆人这件事。

卡莱尔死时仅 25 岁。他毕业于洛城大学,后来加入议会平和派。他的讲话往往由愤怒驱使,充满疯癫气息,故作为平和派里难得一见的激进分子,深得克隆人的喜爱,年纪轻轻便已身处社会风口浪尖。而他的父亲则是激进派的党魁艾登·霍恩斯。父子对立的戏码很有看头。据说是他的父亲一心控制他让他从政，尚在大学时的他却义无反顾地加入了与父亲对立的派别。除此之外便都是些小道消息：有消息称卡莱尔实际上是霍恩斯和克隆人生下的孩子；还有他抑郁症的传闻，很多人猜测这就是他一直无法成为党魁的原因之一……

端着咖啡翻找了一夜，我还是无法找到卡莱尔克隆出布兰登的线索。如果布兰登已经诞生10年了，那么他应该是卡莱尔在15岁时克隆出来的；如果传闻里卡莱尔经历的一切都是真的，那么可以让布兰登的出现具有合理性吗？那样只会让事情变得更糟吧……

那时候的我还不知道那些就是一切的开始。

由于兰夏克大街成为了克隆人协进会的据点，所以接下来几天我为了得到更多的报道资料只得反复出入兰夏克大街。

布兰登一直一个人靠坐在我们第一次见面时的地方，身边摆放着几个空酒瓶，或无谓地看着路上的人们来来往往，或垂着头不知在想些什么。

每天工作完后我会"路过"他的小据点，同他聊天、喝酒。其实除了那些有关克隆人和原人类的长篇大论，作为布兰登，他很少说话，更多时候他只是用那双猫眼打量着路人，打量着我。

"我仅有的谈资几乎都来自布洛克给我的记忆,可那不是我。"他说。

起初,我的确会因为他身上潜藏的那些秘密感到忐忑和兴奋。然而我愈发注意到他墨镜后面迷茫哀伤的眼睛,瞥见他大大的卫衣下面遮盖的新伤口和旧伤疤,还有从他口袋里掉出来的药片——但我没有问他。渐渐的,我更多地在乎起他跟我之间那种独自身处城市的孤独的共通点,以及和他在一起时那种彼此沉默陪伴的感觉。

天还没完全黑透,在街角坐下来正好能够看到街对面复古建筑的剪影映在紫罗兰与灰色交融的夜空中,迎面而来的空气中混杂着烟尘和布兰登身上总带着的酒气。夜晚的洛城只不过是隐约星空之下的一丛丛闪闪烁烁的灯光,房屋的棱角在蒙蒙亮的天空和来往的空中客车的灯光中隐隐浮现出来,远方建筑的轮廓更像是游走在世界末日的巨兽。身处洛城这个黑色大都市的孤独和渺小在这时被放大,而洛城正孕育着的风暴,似乎都跟我们无关——即使我们一个是原人类,一个是克隆人——我们靠着街角置身事外,只需要坐着,不说话,听风的歌,就很好。

一种纯粹的无力感,却不孤独。我至今仍很怀念那种感觉,比我在这洛城独自来来往往少了几分落寞。

他第一次开口讲那些事是在4月3号。那天傍晚我收起纸笔,走到他面前,轻轻踢了他一脚。

"今天需要我陪你走到洛克威尔街吗,布兰登?"

他在恍惚中晃了一下头,随即意识到了什么似的抬头看我。"埃米特?我今天看到了一些记者,他们的装备可比你的高级得多。"他神情恍惚地说。

于是我也回应他一句胡话:"而我的帽子可比他们的高级得多。"他痴痴地笑了。不是那种"卡莱尔官方微笑",而是醉汉布兰登的傻笑。

我一如既往地尝试扶着他走到洛克威尔街。他瘦弱得像是没有血肉。

我闻到他身上散发出的酒气,混合着一种定期服药的人身上特有的、柔软且温热的味道,就像我记忆里还活着时的夏洛特,疾病在一点点吞噬她的身体时所散发出的那种味道,令她的身体有种吸引人的脆弱感。布兰登也有这种感觉。他像街头虚弱的流浪猫,令我即将要做的事充满了费解的罪恶感。我环顾这喧嚣的都市,心中竟有一丝绞痛。

"布兰登,我明天不会来这里了,也许后天也不会。"我在他耳边轻声说,"我在这儿的工作结束了,协进会的据点正向南移动,我得跟着去南方。兰夏克这儿……我可能很少会过来了。"

"嗯。"他闷哼了一声,也不知他到底听没听见。我苦笑起来。

走到洛克威尔街街口的时候,他突然开口问我:"你为什么想认识布兰登呢,埃米特?他只是一个醉汉、疯子、流浪汉。"

"嗯……"我伸手撩开挡住视线的乱发,抬头看向建筑和空中客车之上的晚霞,紫红色的霞光正给城市罩上一层淡淡的血色,"我出现在兰夏克大街是因为《方舟日报》派给了我任务,刚开始认识你我也的确只是对你的故事感兴趣,可是这么多天了,如果只是对流浪克隆人感兴趣的话,我早就被报社辞退了。所以,现在我只是想认识你,布兰登。如果你愿意,我会作为朋友去认识你、帮助你。"

"朋友……"他似乎对这个词嗤之以鼻,又十分困惑。沉默良久后他还是又问了句,"哎,可是,为什么呢?"

"因为你待人和善真诚……天呐,得了吧,你难道要我说我喜欢你吗?嗯?"

他嘿嘿地笑出了声。"可是埃米特,我唯一的朋友,是布洛克·卡莱尔。真说起来,他从来都是一个人。在议会上看起来那么愤怒激进,可是从小到大他最爱做的事就是一个人躲起来,什么都不做。没有人愿意理睬他,除了十分乐意用打骂填充他的父亲。他有时候会大吵大闹,谁都接近不了。他谁都信任不了,除了他自己。而这就是我被 15 岁时的他创造出来的目的 —— 去当他可以信任的朋友……"

我心中好似抽搐了一下。真的会有人因为这个目的去克隆吗?去复制出一个同样痛苦的自己?

"可是克隆能够复制躯体,却没办法复制灵魂。埃米特,诞生之初我就得到了卡莱尔的那些痛苦记忆,我也像他一样脆弱,可是我还是跟他不一样。他的父亲倔强地在弄坏他后,又'治好'了他,他在伪装外壳下成为了政治疯子;而我则仍然像是那个有暴力倾向的15岁虚弱少年。

"曾经孤独的他认为还有自己可以信任,于是诞生了我。可是他终究会发现我跟他不一样。自从意识到这点,他盯着我的样子就像盯着恶魔,他视自己为恶魔……为什么我一诞生就要经历这些?为了陪伴他,活在黑暗里,在他的猜疑下苟活,忍受他的暴力……其实从始至终我也都只是一个人——你也要走了——啊,也许我不是一个人,恶魔在我身体里呢……"

他挣脱了我的搀扶,跟跟跄跄地走上街边的道路,但他还在喃喃:"埃米特,你还记得萝丝吗?她死了。一年前就被原人类打死在兰夏克的那个街边……这是……我的记忆……"

我怔怔地站在原地,他的背影像是随风摇摇欲坠的灵魂、一条丧家之犬。我回过神来,连忙掏出我的录音机追了上去:"布兰登,等等!这个录音机给你,你可以试着录些什么,如果你愿意的话。我住在哈默街29号,你有需要可以来找我。"

他咧嘴笑了。"你这样随便跟人说地址可不好啊,那些图谋不轨的人找上你怎么办?"

于是我的家门在 4 月 11 号午夜被人敲响了。布兰登浑身是血地出现在我的门前。

"我的天呐,布兰登?"我艰难地从来自我身后的灯光里认出他来。

他在不停地哆嗦,在黑暗中发出啜泣的声音。我看见血仍在从他头上的伤口处流出,他一直穿着的卫衣因沾染血迹而变色。

他身上除了血腥味还有令人作呕的酒味。

我急忙把他拉进门来,又探头出去确认平静的街巷没有发生什么突如其来的事故。

"对不起……除了你这里我没有能去的地址……"他哭着站在客厅中央,不知所措,像个做错了事不知如何是好的孩子。"我应该把外套脱掉,我不想弄脏你这里……对不起,我半夜突然跑过来就像个疯子。"

"不不不,没关系的,快坐下,我看看你的伤口。"我迅速拿来医疗箱,看着他哭着把自己高瘦的身躯蜷缩进沙发一角。

"埃米特,我知道很多原人类的经历都和我一样,而他们大多学会了接受和和解,活得很好,在竞争中积极向上;可我,为什么我搞成了这个样子呢?"

他的眼泪和血混在一起从他涨红的脸颊上流下来。

"我能怪谁呢?我的诞生、我的反社会、我的颓废?还是布洛克·卡莱尔?我找不到我被伤害的理由……哦,这一切都是我的错。我本不该出现,埃米特,我一直用头撞、用头撞、用头撞……我一喝酒就想着残害自己,我想躺下死掉,我想杀了自己。我知道自己已经疯了,我想挣脱这种疯狂的束缚,或许我想和自己同归于尽……"

"埃米特,他们要找到我了。布洛克……我应该回到布洛克身边,他只有我了。可是他压根没有被'治好',伤口一直在,恶魔一直在,他撑不下去了……这都是我的错,我不应该责怪别人,我不应该诞生,天呐,埃米特……"

我抱住了他。他的身体很冷。

"冷静下来,布兰登。"我凑到他耳边轻声说。他渐渐停止了哭嚎,在我怀里低低地啜泣。

"我这次真的要撑不下去了……流浪和酒精只会把我和死亡越推越近。天呐,该死的暴力型抑郁症,我刚刚差点把可怜我的房东杀死……你知道吗?那次游行,那是我难得清醒的时候,我本是想回去自杀,但是你出现了……"

"别说了,布兰登。我周四会去兰夏克大街找你,好吗?"

"嗯。"

早晨,我叼着面包站在客厅里,除了睡衣和沙发上的血迹以及开着的医疗箱、一盘写着"给埃米特"的磁带,布兰登似乎没有留下来过的痕迹。

或许我那天不应该放他走，周四我到兰夏克大街等待了一整天，却在傍晚报社传来的影像讯息里看到了他。

那天是 4 月 13 日，布兰登被关进沙达监狱，被指控一级谋杀，死者是他的原型——布洛克·卡莱尔。

这一天，克隆人和原人类的矛盾达到了高潮。两方的激进派笑了，平和派的原人类居然被自己的克隆人杀死？哦，战争无法避免，妥协容忍和一再的让步只会带来更多的得寸进尺，要用一切必要手段来赢取彼此在新社会的权利。而平和派和协进会紧张地进行了会谈，他们想尽力缓和各方紧绷的弦：那个克隆人真的存在吗？他真的杀死了自己的原型吗？一切会不会是激进分子的阴谋，他们在用莫须有的谋杀破坏此前"非暴力运动"的一切已取得的成果？

所有人都在等最后一刻，等布兰登认罪。

"请把《方舟日报》的埃米特·卡弗找来，我只跟他说话。"

影像里的布兰登穿着我那件衬衫和大衣，浑身是血，瞳孔危险地收缩着，满是绝望。

我恍惚地关掉收讯机，一抬头，发现整条兰夏克大街的人都停下了脚步看着我，所有建筑显示屏以及人们手中的屏幕都在播放着布兰登在监狱中的影像，所有的人，原人类、克隆人，所有的布兰登，都在注视着我。我就是那个针尖，突然间毫无预备的，整个风暴都顶在了我的身上。

那一瞬，我想逃。

我被紧急带到了沙达监狱，迎接我的监狱负责人告知我，我和布兰登独处的时间只有一小时。

"请千万不要让他认罪。"负责人紧紧地握着我的手小声对我说，"平和派希望看到天平翻转时，您会站在和平的一边。"

我没有说话，低头看了眼手表——22点55分——离预定的时间还有五分钟。

博士点头示意一旁的狱警，我跟着他走进长长的走廊，口袋里装着我的纸笔和磁带录音机。

会面室没有我想象中的压抑、特别，寻常的黑色墙面和寻常的木桌椅，布兰登正坐在那边的椅子上，和收讯机影像里一模一样。一看到我，他凌厉的竖瞳缓和下来，强装起疲惫的笑意。"埃米特，对不起，我不应该把你卷进来，可是除了你，我不知道还能相信谁。"

我在他对面坐下，掏出纸笔摆上桌面。说来奇怪，这是我们第一次面对面坐下，而这一次我竟要决定他的生死。

"太可悲了不是吗？生不由我，死也不由我。或许我早该在那天自杀，至少死的权力掌握在自己手里，现在却成了个'棋子'。"

"那样你就遇不到我了,不是吗?"

"你相信我杀了布洛克吗?"他靠在椅背上,眼神很是凄然。

我翻开笔记本,指着记下的笔记读出来:"2月20号早8点23分,布洛克·卡莱尔被邻居发现死于家中,室内有入侵痕迹,十分凌乱,血迹斑斑。尸体身着睡衣倒在客厅的角落里,身上有多处刀伤,失血过多而死,推测死亡时间为凌晨2点左右。多处证据指明克隆人布兰登有重大作案嫌疑。"我合上笔记本,"我遇到你是在3月1号。"

"我没有杀他,埃米特。"他的手在不住地颤抖,"那天……那天凌晨我两三点才从酒吧回去。我吓坏了,整个房子乱成一团,到处都是血。他已经很久不这样了,医生给他的药很好,他也一直专心于议会的事,所以我真的没想到那天会……我找到他的时候,他缩在小时候经常躲着的角落里已经奄奄一息了……"

布兰登垂下头抽噎了一下,头顶的灯光照在他沾血的金发上。

"他遇到了艾瑞雅,"那双蛇一样的眼睛缓缓升起看着我,"他说他傍晚下班时遇见了艾瑞雅——他的母亲。"

"……"我看着他说不出话,我在揣测,现在用这具躯体盯着我的灵魂,是来自布兰登还是来自布洛克·卡莱尔的记忆呢?

"自从7岁以后布洛克就再没有见过艾瑞雅,霍恩斯也从未向布洛克提起有关艾瑞雅的任何事情,但是布洛克偷偷查过,查过她的住址,只不过一直没有去见面。我们都知道,现在

40岁的她显然早已经不是我们记忆里那个即使满身伤痕也会带着布洛克到花园里玩的女孩了。布洛克仍旧会时不时拿出艾瑞雅年轻时的照片,隔着时空去触摸她的金发……只不过命运还是让他们相遇了。"布兰登怔怔地盯着我,"他遇到艾瑞雅坐在布拉切特路路边嗑药,一个跟他年纪相仿的男孩正拽着她沾满呕吐物的金发,试图……"

会面室里除了呼吸和心跳,什么声音都没有。他的样子像一个溺水的人,绝望空洞的眼睛死死地瞪着虚空,没有眼泪,眼圈在缓缓变红。

"他说放我走。布洛克在我怀里说出的最后一句话,是'布兰登,我让你走'。"

沉默了不知多久,我深吸了一口气。会面室里只有两个人,却让我感到窒息。

"布兰登,"我低头看了下手表,离午夜还远,我叹了一口气,"我需要让你认罪。"

"什么?"

"是你杀了布洛克·卡莱尔,"我定下神来冰冷地说,"2月19号夜至20号凌晨,你因对卡莱尔长期囚禁虐待你感到不满,在冲突争执中将他杀死,随后逃离现场,直至4月13日被抓捕。"

"什么?!"他的脸在震惊和困惑中拧成一团,嘴巴一张一合却什么都说不出来。

我隔着眼镜镜片看着他。

"布兰登,我知道你相信卡莱尔已经给了你想要的自由,可是他给不了你,很遗憾,社会还没准备好给克隆人自由的位置,你的一厢情愿是不会有结果的。何况,你的流浪汉生活并不能称之为生活。布兰登,你作为克隆人,注定只是一个工具,注定是要被使用的。"

布兰登一言不发,他的脸呈现出病态的死灰色。他的嘴唇动了动,但没发出声音。

"你知道的,克隆人和原人类的矛盾冲突已经很久了,与其这样耗下去,看着克隆人在千篇一律中继续被奴役和歧视,不如大胆展示个性。和平演化没有结果,那么暴力斗争便要提上日程。我知道你不想被卷入其中,但是你已经被卷进来了,你就是风暴中心,你要有所行动。你需要认罪,布兰登,我知道你没有做,但是你要认罪。"

"这些都是激进派的理论……"他在颤抖,"霍恩斯找过你了?"

"你就是他的棋子,布兰登。不管你愿不愿意,你认为你诞生的目的就只是陪伴卡莱尔吗?那是一个疯子,没有理由再去克隆一个疯子出来。"我顿了顿,"是霍恩斯克隆了你,他想要的是疯子杀死疯子。"

他瞪大了眼睛,在惊诧中说不出话来。

停顿片刻,我问道:"你还信任我吗?"

他噙着泪,尝试给我一个扭曲的笑脸。"这……这是你想要的吗?这就是你想要让我做的吗?埃米特?你现在是我唯一还能相信的人了啊,你怎么……"

我沉默着没有说话。他笑出声,却像是啜泣。

"好,反正我迟早要死,如果你想要,我就给你吧——我认罪。我的确杀了布洛克·卡莱尔,那天是我发病杀了他。"他的模样像是在乞求,"怎么样,可以吗?"

我向后靠,用手擦了擦前额,站起身来,把笔记本收回口袋。

"就这样了,再见。谢谢你今天愿意跟我说话。"

我起身要走。

布兰登的表情突然凝固了,他震惊地看着我的额头——"伤疤!你没有伤疤……你怎么没有伤疤……"他疯了似的喃喃着,接着转为嘶哑的低吼。他全身发抖,在震惊和绝望中不顾枷锁的束缚奋然起身,声音嘶哑地朝我的背影大声呼喊,像是要叫回那个曾跟他一起坐在街边的朋友——

"卡弗?卡弗!我没有杀布洛克!卡弗!埃米特——"

布兰登的嘶吼仿佛仍混杂在风中,但是埃米特听不到。我坐在书桌前回忆这些记忆,而其中属于我的只有最后这段。

真正的埃米特·卡弗没有离开4月13号傍晚的兰夏克大街，他躺在那个街角，和萝丝倒在一起。与此同时，在霍恩斯的住宅，我的生活开始了。

我记得那天的报道这样写到："4月14日，在与布洛克·卡莱尔的克隆人交谈之后，原人类平和派方《方舟日报》记者埃米特·卡弗确认其认罪……多方证人证据佐证……正式拉开原人类与克隆人不可调和矛盾冲突的序幕……"而今后的历史书会怎么写呢？只会记载"4月14日一克隆人谋杀其原型议员"吧！

布兰登是棋子，是激进派的棋子，我亦是——我们克隆人生来就是工具。布兰登他到底在奢望什么呢？再多的情感，再多的身不由己和背叛，都将化为无人在意的过往。

来自走廊和街巷的风混在一起，在我的窗前碰撞低吼。我不禁打了个寒颤。熟悉的声音从录音机里出现在这个房间，就像那晚缩在沙发里的少年未曾离开。

"嗨，埃米特，是我，布兰登。我又喝多了……我禁不住想起霍恩斯，或许我该叫他父亲？不，他不是我的父亲，他是布洛克的父亲——他是布洛克的父亲吗？我想不明白为什么一个父亲可以这样对待妻子和儿子，全都是工具吗？他是恶魔，布洛克也是，布洛克从霍恩斯那里学习到了暴力，但是他自控不了，愤怒化成恶魔，渐渐霸占了他的身体，不想离去。但是他克隆了我，我是他的工具，我的身体里就有了恶魔。我是15岁的脆弱敏感的少年，我也是愤怒值随时爆表的猛兽……哦，这些该死的碎片,你瞧瞧,我又打碎了好多东西……我只是希望,哪怕只有一次,能逃离这种疯狂……

"埃米特,我很感激你,你愿意每天陪我这个尘土般的流浪汉。有时候我也会怀疑自己是不是应该相信你,我会问自己:你会不会是又一个把我推向深渊的人?可是我觉得你不会……

"每天看着布洛克、你和那些克隆人为了权利和自由奔走,我觉得蛮好的,但是也很难过,因为我做不到、也不想被卷进时代的风云,我只是这个光怪陆离的世界的尘土,我只能躲在黑暗里一步步步入毁灭。即使我也真的活过,我也有过爱人,也有着自己的人生……"

版权专有　侵权必究

图书在版编目（CIP）数据

地球大炮 / 刘慈欣等著. —北京：北京理工大学出版社，2022.3(2025.5重印)
（科幻硬阅读. 窥视未来）
ISBN 978-7-5763-0887-7

Ⅰ. ①地… Ⅱ. ①刘… Ⅲ. ①幻想小说-小说集-中国-当代 Ⅳ. ①I247.7

中国版本图书馆CIP数据核字（2022）第016931号

出版发行 / 北京理工大学出版社有限责任公司		
社　　址 / 北京市海淀区中关村南大街5号		
邮　　编 / 100081		
电　　话 / (010)68914775（总编室）		
(010)82562903（教材售后服务热线）		
(010)68944723（其他图书服务热线）		
网　　址 / http:// www.bitpress.com.cn		
经　　销 / 全国各地新华书店		
印　　刷 / 三河市华骏印务包装有限公司		
开　　本 / 880毫米×1230毫米　1/32		
印　　张 / 10.125	责任编辑 / 高　坤	
字　　数 / 215千字	文案编辑 / 高　坤	
版　　次 / 2022年3月第1版　2025年5月第9次印刷	责任校对 / 刘亚男	
定　　价 / 44.80元	责任印制 / 施胜娟	

图书出现印刷质量问题，请拨打售后服务热线，本社负责调换

科幻不是目的,思考才是根本。
我们每个人都是星辰,都有思考与创造的天赋。
特别鸣谢:科幻锐创意·硬阅读、零重力科幻,鼎力支持。
喜欢科幻的书友请加QQ一群:168229942,QQ二群:26926067。